# 法医宋慈 ②

FORENSIC Song Ci

纨纸——著

雁北堂出品

北京联合出版公司
Beijing United Publishing Co.,Ltd.

**图书在版编目（CIP）数据**

法医宋慈.2/纨纸著.—北京：北京联合出版公司，2019.10（2024.12 重印）

ISBN 978-7-5596-3387-3

Ⅰ.①法… Ⅱ.①纨… Ⅲ.①长篇小说—中国—当代 Ⅳ.①I247.5

中国版本图书馆 CIP 数据核字（2019）第 134353 号

**法医宋慈.2**

作　　者：纨　纸
选题策划：雁北堂（北京）文化传媒有限公司
责任编辑：宋延涛
特约编辑：王明旭
封面设计：蔡小波
版式设计：冉冉工作室

---

北京联合出版公司出版
（北京市西城区德外大街 83 号楼 9 层　100088）
小森印刷（天津）有限公司印刷　新华书店经销
字数 232 千字　880 毫米 ×1230 毫米　1/32　10.5 印张
2019 年 10 月第 1 版　2024 年 12 月第 8 次印刷
ISBN 978-7-5596-3387-3
定价：42.00 元

---

目录

# 第一章　神秘扫墓人

结束了窦天宝和吴通两起案件，宋慈他们终于又将心思放回到了方玉婷的连环杀人案上。

而此时，他们手中掌握的证据也远比之前要多了不少，也更有条理一些。

这自然和宋慈的到来有着密不可分的关系，如果不是他在细节处取得突破，也许直到现在，安盛平和徐延朔还是毫无头绪，只能等着下一次方玉婷再作案时，才有机会寻得一丝线索。

物是死的，人却是活的。

现在，除了那四个神秘的抬棺人，他们重点调查的还有柳仙仙曾提过的那两个符合被害条件的人选。

首先是那名叫翟金玉的，是一位在书院当差的书生。

这人年岁不大，也就二十来岁，尚不及而立，应该和宋慈、安盛平他们年纪相仿。

听闻此人长得一表人才，且他这书院的差事既稳定又有前途，是以成了很多人心目中最佳的女婿人选。

偏偏，这翟金玉接连退了几次婚，虽然退婚的原因不明，但据徐延朔的调查所知，翟金玉每每定亲，对方都会在与他成亲前背上一些或真或假的传闻，闹个不欢而散的下场。

不过正所谓苍蝇不叮无缝蛋，也许女方还真有什么有失贞洁之处，每次退亲，那翟金玉都能狠赚上一笔。不仅他之前送出去的礼金悉数被奉还，女方家里为了压制此事，还会额外给他一笔银钱。

随着翟金玉的身价越来越高，他非但没有因为多次退亲而走了下坡，他的婚事反倒成了长乐乡媒婆眼中最抢手的买卖，短短几年内，竟水涨船高，走势愈发凶猛起来。

至于那画师柴峻，虽然样貌清秀，可人品极差。既骗财又骗色，这些年不知害了多少女子，却偏偏无一人告发他。时至今日，仍逍遥快活得很。

安盛平暗暗派了人去监视这二人，因为现如今还没有找到那四个抬棺人，所以也别无他法，只能守株待兔，等那方玉婷自己送上门来，给那柴峻或是翟金玉下婚书。

不过她究竟会不会选择他俩，又要多久才会找上门？这些对宋慈等人来说都是未知数。

等待的时候自然也不能闲着。这期间，宋慈说他有些事需要准备。而他首先要做的，便是找一个人——一个擅长闭气且有些身手的人。

安广和徐延朔的功夫都不错，安盛平也有些底子，但他们的脸都太过招摇，并不适合做宋慈安排的工作。而且，这三人在闭气方面，也确实没有什么特别之处。

想来想去，宋慈决定去码头寻人。

那里有不少船家，有些人靠摆渡为生，有人则是靠打鱼为生，因此水性都不错。而水性好的人，自然要会闭气，所以在他们之中找出一位有武功底子的，倒也不是什么难事。

因为要抛头露面，安盛平就不便出场了。于是宋慈为首，只带了徐延朔、阿乐和福顺，一行四人一起直奔了码头。

只是，宋慈没想到，他们刚到不久，就在人群中遇到了一个熟面孔。

“欸，这不是恩公！”黄三川远远地便认出了宋慈，当然，也认出了那个曾经扭伤自己手腕的徐延朔。

黄三川虽是大家口中的地痞流氓，但性格很豪爽，也知道徐延朔当时是误会了自己，倒也不像唐松唐县令一样是有意陷害他。因此他也不记仇，跑来和他们打起了招呼。

“黄大哥，你怎么在这里？”

宋慈在这长乐乡认识的人不多，而且跟黄三川也还算投缘，所以也不拘谨，直接像是老友会面一样，和他聊了起来。

“嗨，我能来干吗啊，收钱呗！”黄三川笑了起来，自我调侃道，“我也没有别的营生，只能靠这个生活了！”

说完，又看看一旁的徐延朔，抱起拳头，主动打了个招呼：“徐大人。”

“黄兄弟，”好在徐延朔也不是那种小气的人，有一说一，有二说二，“上次的事，还是徐某多有得罪。”

“哪里的话，是我莽撞了，那日我要是不跑，徐大人也不会擒我！哈哈哈哈，说起来，徐大人身手真是了得，我还想有空向您讨教讨教！”

“黄兄弟的功夫也不错，不然怎么可能连七八个官差都近不了身！”

他们这话入了宋慈耳中。这黄三川的武功，竟这么好？

宋慈这么想着，不由得细细打量起黄三川来。这人皮肤黝黑，虽然个子不高，但是看得出有一身腱子肉。而且此人呼吸均匀、有规律，似乎……

“黄大哥可会水？”

宋慈没头没脑地突然冒出这么一句来。

不过黄三川也没多想，直接回答道：“会啊，恩公怎么知道的？我从小就在码头边上长大，三岁就跟着我爹出海打鱼了！”

宋慈笑了，点了点头，“黄大哥水性可好？另外，你叫我宋慈就行了，恩公不敢当，上次我也只是帮了个小忙而已。黄大哥自己行得正、坐得端，没有我，也一样会没事的。”

“欸，那可不好说！要是没有恩公，我估计早就被押进大牢，屈打成招了！”黄三川豪爽地笑了，“只是，就算不叫恩公，直接称呼名字也不太好，既然如此，我就叫你宋兄弟吧，你也别客气，不用黄大哥黄大哥地叫我，一般熟人都称呼我一声三哥。”

“是，三哥。”

“痛快！我黄三川就喜欢这样的兄弟！”他说着，用力拍了拍宋慈的肩膀，“我水性不算太好，不过毕竟是水边长大的，总比一般人强些吧。”

听他这么一说，徐延朔也来了精神，“那你闭气的功夫如何？”

“闭气？没算过，不过应该还成，我小时候还和邻居家的孩子们比过赛，每次都是我领先。”

徐延朔大喜过望，转头看看宋慈，他也是一脸笑容。

宋慈和徐延朔两人都没想到，这回竟如此顺利就找到了要找的人，而且这黄三川之前还和他们有过一段渊源，想来这事他一定能尽心尽力去办。

于是，宋慈说明了来意，那黄三川果然痛快地应了。说是只等他们通知一声，就会赶过去帮忙。

又过了几日，翟金玉和柴峻那边都还没有动静，而转眼，就快到了那方小姐的忌辰。

之前，关于那释空也就是江鸣赫的事，安盛平已经悉数告知了宋慈，自然也包括那次不欢而散的见面，以及释空那全不配合的态度。

只是，宋慈却觉得事情并没有想象中那么简单。

首先，方玉婷死后，埋在了离法源寺不到四里路的凤栖山，那是长乐乡的一块风水宝地，所有达官贵人死后都会争破头地想将棺木埋放在此处。

按理说，那方玉婷变成厉鬼挖人心这件事发生后，肯定会有好事之人跑去挖坟掘墓，或是说她是妖孽，找人来作法。但奇怪的是，偏偏没有一人敢去动她的墓碑。

据说，大家全是碍着那释空的面子。

那释空可是为了方玉婷才舍了功名，他这种行为成了文人墨客口中的大丈夫，深闺千金心里一片深情的好男子，因此甚得推崇。所以，这十年来，总是络绎不绝地有人来拜访，甚至还有人为他写了诗词，夸赞他这种十年如一日的情操……

更有甚者，因为那释空文采斐然，当年曾是状元，于是慕名前来，想向他求一道开过光的灵符或是一串佛珠，希望自己也能高中。

所以，莫说这法源寺了，放眼整个长乐乡，甚至是湖南境内，这释空都是个响当当的人物。

“要我说，那和尚心也太大了！”阿乐年纪轻，不理解，“方玉婷背叛了他，结果她死了，释空还这么维护她！我都不知该说些什么，到底是他太傻，还是用情太深？”

反正设身处地地想，应该没有几个男子能做到像释空这样。

“他也算是个奇人了。”

甚至连宋慈也不得不承认，这释空确实不是一般人，如果换作他，那方玉婷换作安雨柔……

“不知这次前去，会不会遇上释空？”

一旁的安盛平略作思索，“应该会吧？据说每年方玉婷的忌日，释空都会为她作一场法事。”

“每年都作？”阿乐听闻后咂舌，“都爬出来吃人了，看来这法事作得尚不到位。”

这一席话，将在场所有人都逗笑了。

“不过话说回来，就我们几个大男子去，是否不妥？”毕竟人家是女眷，且她父母早就不在本地，就算已经故去了，贸贸然前去，总是有些不妥当，“这样如何，我叫上我姐一起。反正法源寺经常会有布施什么的，我姐和那些有钱人家的夫人们偶尔也会过去帮忙，所以跟那释空还算熟悉。”

安盛平问这话时，眼睛一瞬不瞬地盯着宋慈，这其实也是安盛平有心撮合，希望宋慈和他姐能再续前缘。

宋慈却不动声色，仿似没听懂一样，“你决定就好。”

“既然如此，那我就跟姐说了。”

就这样，转眼便到了方小姐的忌日。

一大早，董府门口就停了两辆马车，一辆直接从董府出发，直奔法源寺，上面坐的是安雨柔和两个丫鬟，还有周嬷嬷。另一辆，则绕行去客栈接上宋慈主仆，里面坐的是安盛平。

至于安广和徐延朔，因为徐延朔毕竟是外人，又是独身的男子，不方便跟在安雨柔身边。所以由安广跟着安雨柔，负责她的人身安全，徐延朔则跟宋慈他们同行。

而那福顺，因为是近几年才开始伺候安盛平的，不是家生子，所以这次没有跟着。

许是因为今日是那方玉婷的忌辰，这硕大的法源寺除了本家和尚以外，连一个进来烧香拜佛的都没有。

马车停在法源寺门口，安雨柔在映月的搀扶下下了车。她今日穿着件素色的衣裙，头上除了那几乎日日别着的金钗外，再无其他装饰。蛾眉淡扫，唇上只淡淡地点了些口脂。

宋慈与她，已有多年未见。

当年最后一别时，她还是郡公府的三小姐，如今却已是董家的未亡人。

当年，她梳的还是未出阁的小姑娘才有的发髻，如今却做了妇人装扮。虽然成熟了些，但容貌几乎未有改变，似乎时光对她格外恩惠，舍不得侵蚀她那美好的容颜。

安雨柔低着头，连看都没看宋慈一眼，由映月扶着，旁边还跟了一个年纪稍小些的丫鬟，举步朝着寺门走去。

周嬷嬷也是故人，回头看了看宋慈，虽然她慈祥依旧，但宋慈觉得她是真的老了。周嬷嬷一直待安雨柔宛若亲生，这些年，怕是没少替她操心。

想到这里，宋慈不禁百感而生，他朝那周嬷嬷微微一笑，俯下身，行了个大礼。

周嬷嬷看他这般，心里有了数，也是欣慰地点了点头，什么都没说，跟着自家小姐上了台阶。

“唉，你俩这是何苦……”

安盛平站在宋慈身侧，低声叹了口气，撩起下摆，健步跟了上去，而徐延朔则紧跟其后。

一行人分了几拨，相继跨进了法源寺的大门。

院子里，一个十来岁的小和尚正在扫地，看到有人进来，立刻放下扫把，跑进了大殿。

他认得安盛平和徐延朔，知道他二人是大官。之前，就是他们来找过他释空师叔。

不多时，穿着僧袍的释空便迎了出来。

释空遁入空门多年，身上早就没了人世间的烟火气，本就生得俊朗不凡，如今更是宛如谪仙一般，周身都带着股出尘脱俗的气质。

宋慈虽是男子，也不得不承认，此人真的宛若画中走出的神仙一般，根本不是世人该有的姿态。况且此人还才华横溢，用情极深……

既然有释空这样的未婚夫，那方玉婷怎么会对其他男子动了心？

她那所谓的奸夫究竟有没有，如今十年过去了，也没个实证，倒是让人不禁怀疑起来了。

“不知董夫人前来，还恕贫僧失礼了。”

释空没有先拜见安盛平和徐延朔，反而先向走在最前面的安雨柔行了个礼，说话时的态度不卑不亢，一点也不矫揉造作。

“释空大师客气了，”安雨柔早就有所准备，事先就想好了说辞，“是我不请自来，打搅大师了。”

“董夫人严重了，只是……若贫僧没有记错，您不是每逢初一十五才来法源寺为董大人祈福吗？”

宋慈站在远处听着，听到初一十五便来为董大人祈福这句话时，心头一紧。想不到这么多年过去了，她仍是在乎那个人。但宋慈转念又苦涩地笑了，他自己，又何尝不是如此……

“大师有所不知，这个月十五刚好是家母的生辰，所以不宜过来给亡夫上香，因此才选了今日。”安雨柔委婉道，“只是不知，今日释空大师可否方便？”

“这……”

释空眼中闪过淡淡的犹豫，他今日未披袈裟，身上不过是件最简单不过的僧袍，青衫白袜，叫人看着十分随和，若不是手上还拿了串玉制的佛珠，根本看不出他在这法源寺的地位有多尊贵。

那佛珠周身翠绿，用的乃是上好的和田碧玉，就连接口处的吊坠也都做工细致，吊了条黄色的流苏，还配了个象牙的吊坠。这坠子在释空手中，随着他手臂的动作摇摆，看不清是个什么图案，但形状却像极了一朵花……

释空今日本不想见客的，若来的只有那安盛平一人，他就会婉言相拒，不过此时来的却是他姐安雨柔。对于这位郡公府的三小姐，同时也是董家的夫人，释空一直打从心里敬佩。毕竟董大人已故去多年，这安雨柔又是富家千金出身，她原本可以留在临安的父母身边，况且她年纪尚轻，又生得温柔貌美，完全可以再另寻一门亲事。

但她没有，她抛弃荣华富贵，孤身回到了亡夫的故乡，为他守节。

这样的安雨柔，让释空仿佛看到了十年前的自己。

“好，夫人里面请。”

释空一直陪同着安雨柔走进大殿，没有回头看安盛平他们一眼，更没有打招呼。

安盛平苦笑，想不到他一个出家人，竟会如此记仇。

“走吧，”宋慈道，这释空既然已经进了大殿，一时三刻应是出不来的，“我们现在就去会会那方家小姐。”

“也好，反正没了打搅，我们查看起来也更方便些。”徐延朔也是这个意思，回应道。

就在他们转了身想要离开之时，突然听到一阵急促的脚步声。紧接着，便从那院子里跑出个人来。

那人穿着件灰色的僧服，领口开得极大，几乎露出了半个胸膛，左脚上踩着只破破烂烂的僧鞋，露着脚后跟，显然是随随便便踩上去的。至于那右脚则更是离谱，连鞋子都没穿，直接赤着脚啪嗒啪嗒地踩在地上。

这人看起来年纪五十开外，样貌倒是没有什么特殊之处，但是那表情极为呆滞，而且一边跑一边莫名其妙地笑着，看起来疯疯癫癫的，仿似心智不太健全。

“哎哟！怎么又出来闹事了！”

方才那进去通报的小和尚此时已经回到院子里，继续拾起扫把打扫，可见了他，又无奈地跺了跺脚，有些尴尬地瞅瞅安盛平他们，“对不起，让几位施主见笑了！”

说完，那小和尚点了点头表示歉意，然后提着扫把跑过去，想要拉住那疯和尚。

那疯和尚虽然年纪大，脑子又不太正常，可跑起来却快得很。

他左躲右闪，跟那小和尚玩起了猫捉老鼠的游戏，后来干脆朝着宋慈他们跑了过去，想要让他们来当自己的挡箭牌，他笑着扯住了阿乐的衣袖，躲在了阿乐的身后。

“你……你干吗！”阿乐有些惧怕，不知道那疯和尚会不会伤了自己，赶紧拼了命地想要抽回自己的手。

小和尚也被气得够呛，索性抄起扫把的一头朝他打了过去，“别闹了！你赶紧给我放手！”

疯和尚开心极了，搂着阿乐的脖子，把他挡在自己跟前，朝着那小和尚手中的扫把推了过去。阿乐踉跄了几步，眼瞅着那小和尚手中的扫把就要打到阿乐的身上。

徐延朔本不想出手，此时也只好无奈地抬手拦了一下，稳稳地抓住那扫把，迫使小和尚停了下来。

“你……你……”小和尚一边对着徐延朔点头哈腰，一边气得扯着嗓子大喊了起来，“来人啊！快来帮忙！智远又在闹了！”

听了他的喊声，后院冲出了几个小和尚来，他们有的拿着绳子，有的拿着扫把，有一个甚至还举了把锅铲，这几个人都是一脸愤怒，甚至还有些狰狞，想来他们方才一直在后院寻那发了疯的智远。只是没想到，他竟跑到了前院来，而且还不合时宜地冲撞了贵客。

一时间，吵闹声与道歉声不绝，智远也被押了回去。

待到他们走远，安盛平才一脸愠色地埋怨道：“实在太没有规矩了，佛门净地，竟闹得如此狼狈！”说完，他下意识地转头看了看宋慈，发现宋慈拧紧了眉头，不知在思考什么。

“怎么了，是不是这人有什么不妥？”

宋慈苦笑，摇了摇头，“没什么，只是方才看到他那衣领……”

宋慈方才好像看到那人的胸前有一道疤痕，而且那疤痕的颜色鲜红，显然是最近才有的新伤。不仅如此，他裸露在外的肌肤，也遍布着大大小小的伤痕……

而这之中，最令宋慈在意的是，那癫僧的手腕和脚踝上还有绳索套过的痕迹，他显然是被人捆绑过。

正想着，便见方才在那前院打扫的小和尚又返了回来，他远远地朝着他们跑了过来。一过来，就不住地双手合十，边作揖边赔礼道歉，“打扰几位施主了，方才那位是我们寺里的智远，他前些日子从山上摔下来，跌坏了头，近日才能下床，人倒是没什么事，就是从那以后，脑子就废了，心智变得如三岁孩子一般，若有什么冒犯的地方，还请几位见谅。”

“这位智远大师是何时进的法源寺？”宋慈看似随意地问道，“他的年纪看起来比你们都长些，不知辈分如何？”

“这……”小和尚没想到他会这么问，显然愣了一下，但马上回答道，“他虽然年纪长，但是辈分低，是今年年初才出家的，在我们寺里算是最小的一批……”

说到后面，小和尚的声音也越来越低，甚至有些含糊不清。想必，是怕他以为方才他们如此对待智远，有些不分长幼尊卑，不守规矩。

宋慈笑了笑，没有再说什么，摆摆手，示意他去忙自己的事。

“怎么，你觉得那智远有问题？”待到几人出了法源寺，安盛平看左右无外人，这才好奇地问道。

“没什么，那小和尚倒是没有说谎。”宋慈答道，“那智远身上有些大大小小的伤痕，看起来都是不规律的，确实像是从山上滚落造成的。虽也有被人捆绑的痕迹，不过那小和尚也说了，平时都把他锁起来，怕他出来伤人，所以……”

“算了，别为个疯和尚搅了正事！”徐延朔打断他们，指了指前方的那座山头，“前面就是凤栖山了，我们还是去会会那女鬼比较要紧。”

车子停在凤栖山下，安广仍旧留在安雨柔身旁，所以一起过来的只有安盛平、徐延朔和宋慈主仆。

留下车夫看守马车后，他们四个人步行上了山。

这凤栖山虽不是什么名山大川，但确实风景如画，而且山间的那条小径看起来十分干净，想必是每日都有人打扫。

许是觉得无聊，在路上，安盛平又提起那释空来。

“释空那人，着实是个情痴。”安盛平想起他那张冷冰冰的脸，但那冰山一样的身躯里，藏着一颗十年如一日的火热的心，“宋兄你可知，他院子里种了一大片栀子花。”

“栀子花？”宋慈蹙眉，“那方玉婷的头发，还有那棺材里，不就是栀子花的味道？”

“不错，听说那位方小姐生前最喜欢的就是这种花。不过，这花寓意虽好，他俩终究没能长久……”

“两位公子请留步！”正说着，走在最前面的徐延朔突然停下了脚步，并示意他们先不要走了。

“怎么回事？”

“这山上，似乎有人。”

“有人？”安盛平和宋慈对视了一眼，今日可是那方玉婷的忌辰，这长乐乡有哪个不开眼的，竟敢在这个时候上凤栖山。

“莫不是，那方玉婷的家人？”

“不可能，”安盛平摇摇头，“十年前她自缢后没多久，方家二老就变卖了家产，一起搬离了这里。府上的仆人或是带走了，或是叫人牙子拉去卖了，没有一个留下的。所以当时知道那‘女鬼’的身份后，我特意派人去查了一圈，发现这长乐乡唯有释空一个还能跟她扯上关系。”

“既然谁都不是，那这山上的是谁？”宋慈看看徐延朔，“徐大人，您确定有人？”

徐延朔认真地点了点头，“有脚步声，声音不大，应该是个女子。而且……我似乎闻到了烧纸的味道。”

“烧纸？”

宋慈眼珠一转，“不好！快上去！不然到手的人证就跑了！”

听他这么一说，众人不再迟疑，徐延朔为首，迈开步子，猛地朝着山上方玉婷的坟墓飞奔而去。

那坟孤零零地立在那里，看起来经常有人打扫，坟头很是干净，而且还摆着一束黄色的小花。

坟前确实有烧过纸的痕迹，灰烬还未散去，一个穿着白色衣裙的小姑娘正拿着扫把，站在坟前清扫着烧剩下的纸钱。

徐延朔仿佛从天而降一般，几步跃到她跟前，“是你烧的纸？”

那小姑娘显然被他吓了一跳，惊呼一声，连连退后了几步。若不是安盛平眼疾手快，一把扯住她的袖口，说不定她已踢翻火盆，摔倒在地了。

小姑娘扭头看了看他，脸颊一红，但当她注意到自己被四个陌生男子围住时，心里又不禁害怕起来，吓得扔了扫把，双手抱头，蹲下了身。

“大爷们饶命！我……你们要什么就拿去，只求几位大爷把我放了！”

“这位姑娘你误会了，我们不是坏人。”宋慈想笑又不好意思，只能抿着嘴，极力控制住自己，可还是忍不住抖动双肩，“这位是徐延朔徐大人，他是圣上派来调查这方玉婷一案的，既然你来给她烧纸，想必你是认识她的……”

这话他故意没有说完，虽然他语气和蔼，但听起来的意思却像是在说，如果你不说实话，就是包庇凶犯！何况，徐延朔还是圣上亲封，这件事可是整个长乐乡都知道的。

那小姑娘吓得赶紧抬起了头，宋慈他们这才看清她的面容。

她看起来年纪不大，按理说，应只是个身份低下的小丫鬟，此时又被留下打扫，可见在家中的地位不高，但却偏偏生了张与她的身份极不相符的脸。她的眉毛、鼻子、眼睛……没有一处是不美的，这脸精致得仿佛是被什么能工巧匠捏制出来的。

但此时此刻，那小姑娘的表情比方才还要难看，她慌张地摆着手，为自己辩解道：“不是我！不是我！是我家夫人让我给她烧的纸，我都不识字的，你说这是方玉婷的墓？我……并不知晓……”

说着，她转头看了看那墓碑上的字，一脸恐惧。

比起被大官误会，她反而更怕那坟墓里的吃人女鬼。一张小脸吓得都白了。

“小姑娘，你说是你家夫人来给这方玉婷上的坟？”徐延朔吹胡子瞪眼的，一点也不懂得怜香惜玉，“那我问你，你家夫人是谁？”

小姑娘小声道：“我……我叫素柳，我家老爷叫常煜。”

“常煜……”安盛平锁紧了眉，“怎么是他？”

宋慈初来乍到，不认识这号人物，便问道：“这常煜什么来头？”

安盛平苦笑着摇摇头，似乎有苦说不出，“你不是曾听过那专门靠杀人为营生的迎风阁吗？”

“是啊，那又如何？”

“那常煜，原本是迎风阁四大护法之一，早年人送外号‘铁血阎王’。只要是他经手的买卖，手下绝对没有一个活口。据说他杀了不下千人，就连当年江湖上名声最臭的，那个一夜间血洗一个村落的‘鬼见愁’曹达，也是死在了他的刀下。”

“鬼见愁……”这人宋慈倒是听过，曹达作恶多端、杀人无数，当年在十大恶徒中排名前三，“不过，你说常煜原本是迎风阁的护法？这原本二字，又是什么意思？”

“传言，他七年前被派去杀一个人，结果虽然完成了任务，可对方也震碎了他的心脉，所以现在他不过是个废人。”

宋慈倒是没想到他会这么说，可既然常煜已经是个废人了，而且手上还有那么多条人命，竟就这样光明正大地住在这里，难道就不怕有人来寻仇？

想到这里，宋慈看了看徐延朔，这江湖上的事，他知道的比安盛平要多。

徐延朔果然没有令他失望，也明白他心里的疑问，解释道：“迎风阁以杀人取命为营生，但他们杀的多是些朝廷要犯，所以我们与迎风阁之间有个不成文的规定，只要他们不滥杀无辜，我们就可以睁一眼闭一眼。至于这些已经退隐的，因为杀手是把自己和家人的头提在裤腰带上的营生，所以入迎风阁前，就已经签好了生死状。只要你给迎风阁卖命，迎风阁就会终生保护你的家人。退隐后，也不会叫人去干涉你的生活。如果有人敢去报仇，那迎风阁必定护你周全，若是保不住，也会为你报仇雪恨。”

“这位姑娘，既然如此，难道你家夫人认识那方玉婷不成？”安盛平回过身，让那名叫素柳的小姑娘面对着自己，语气温柔地问道，“若是不认识，怎么会来给她上坟烧纸？”

素柳摇摇头，脸又红了，“小的也不知，夫人什么都没说，只交待让我留下来打扫。”

接着，她又似乎想起了什么，“不过……”

“不过什么？”

“虽然我不识字，不知道这是那女……方小姐的墓，可我看得出，我家夫人是真心来祭拜她的，而且夫人还掉了几滴眼泪。”

“掉泪？”

奇怪了，一个退隐杀手的夫人，怎么会认识那方玉婷？方玉婷又怎么会和这种人扯上关系？

“那你家夫人，现在在哪里？”

“她……她到法源寺去了，说是要找那释空大师打个招呼。”

宋慈越发纳闷了，“她竟连释空也认得，四郎，你不是说这长乐乡再找不出认识方玉婷的人了吗？看来，你这消息不够准确啊。”

安盛平苦笑，并没有回应，但是很快，他们就见到了这位为方玉婷落泪的常夫人。

安盛平原以为，自己的姐便是这世上最温婉贤淑的女子了，也许是因为年纪的缘故，又也许是因为那常夫人已经做了母亲，所以她看起来虽然比安雨柔要年长几岁，体态也略丰腴些，但她脸上散发出的那种与世无争的安逸，叫人有种说不出的亲切感。就连站在她身侧一向没有人味的释空，看起来也多了几分祥和，仿佛沾染了些温情。

她的华美温柔虽与安雨柔有着相似之处，可细看之下，又有着些许不同。

安雨柔丧夫多年，这些年来一直独守空房。虽有着才女的气质，眉宇间却总带着股淡淡的哀愁。而那常煜的妻子举手投足间都洋溢着幸福感，眉梢嘴角无一不带着温暖。

只是不知为何，宋慈仿佛在哪里见过她，竟觉得有些眼熟。

“哎呀，娘，是他！”

常夫人身边站着一个俏丽的小姑娘，她看起来七八岁的年纪，穿着件豆青色的褙子，衬托得小脸白里透红，眨着一双大眼睛，睫毛又长又翘，十分灵气。

宋慈这才恍惚想起，他刚到长乐乡那日，曾经绕路去望月楼买过芙蓉莲子糕，当时他正要出门，外面走进来一对母女。

“是你！”

宋慈也笑了，想不到竟这么有缘，又和她们碰上了。

那常夫人显然已经没了印象，别过头，看着女儿，“婉儿认识这位公子？”

“娘，您不记得吗，他就是那日在望月楼跟我们争莲子糕的那个人！”说完，又噘起嘴，看了看宋慈，“你这人真没规矩，一人一斤还不够，就剩下两斤了，你却都买走了！”

宋慈恍然大悟，原来那日他走出店门后，那小姑娘之所以会追出来，竟真的是为了追自己。

他连忙弯下腰，朝她行了个礼，“对不住常小姐了，那日刚到此地，并不知有这些规矩。”

“婉儿你休要胡闹！”常夫人脸上有些挂不住，急忙将女儿拉到自己身边，她柳眉轻蹙，反而给那张原本就很美丽的面容又添了几分生动。

“你还不快向这位公子道歉！”

那名叫婉儿的小姑娘看看宋慈，似乎有些不情愿。

宋慈赶忙摆摆手，“夫人严重了，这事本来就是宋某有错在先……”

“娘，您看，他自己都这么说了，那我俩就算两清了！”说完，狡黠地瞅着宋慈眨了眨眼，那模样又可爱又俏皮，就连一旁板着脸的徐延朔看了，也不禁微微笑了。

“常夫人，请恕晚生唐突，方才，您是不是去后面的凤栖山拜祭了方玉婷？”虽然见了面，可几人尚未正式打招呼，因此小小的插曲过后，安盛平还是道出了他们前来的目的。

常夫人显然没料到自己去祭拜方玉婷这事会被人知道，她有些紧张地站直了身子。

“请问公子是……”

不等他们自己介绍，一旁的释空却先开了口。

“这位公子是董夫人的弟弟，郡公家的四公子安盛平，这位是圣上亲封的金刀名捕徐延朔徐大人，至于这位……”

释空也不清楚宋慈的身份，因此只能等他自我介绍。

“在下宋慈，是安公子的朋友。”

他只简简单单地说了这么一句，其余的竟真的一字不提了。

释空看着他，总觉得这人不简单，可却完全摸不到他的底细，因此也没有再说什么。

反而是那常夫人，听到其他人的名字还好，可听到徐延朔的名号时，显然脸上的表情有些僵硬。她下意识地看了看释空，释空不动声色，看起来似乎很是坦然，可他越是这样，那常夫人越是不安心。

这反应在众人眼中，又是另一番解释。

在徐延朔看来，她之所以会紧张，只因为她丈夫是一个杀手，而自己是一名捕快。试问她怎么会不怕?

在安盛平看来，却又觉得她肯定是隐瞒了什么，既然她能去祭拜方玉婷，这就说明她二人是认识的。而现在，当她听到徐延朔的名字时，肯定是怕被人查出自己与方玉婷有渊源。

至于宋慈……一个人，尤其是一个女子，当遇到危险或是需要帮助时，最先想到的一定是自己可以依靠的人。常夫人看向释空时的目光充满了期待，所以，抛开别的不说，她与这释空一定有关系!

常夫人一只手将女儿拉到了自己的身后，另一只手偷偷地在袖子下面握成了拳。距离她最近的是安雨柔，这一次，连安雨柔也看出了她紧张的情绪。

“婉儿爱吃芙蓉莲子糕啊！”安雨柔突然笑了笑，回过头，朝着身后的映月和那小丫鬟招招手，“我记得车上刚好有一盒。映月，你和心儿带常小姐去尝尝。”

“不……不用了，”常夫人摇着头，勉强挤出一抹笑，“董夫人太客气了。”

婉儿不知道大人们的心思，听到有莲子糕吃，眼里绽放出了光芒。她扭头看着母亲，那眼神仿佛能化开冰雪一般，令常夫人也没了拒绝的底气。

“去吧，就当是我赔给婉儿的！”安雨柔仍旧没有看宋慈一眼，朝着那常夫人和她女儿温柔道，“上次那莲子糕是我托宋公子买的，如今由我来还，也是应当的。”

听她提及自己的名字，宋慈心头一热，突然有种回到从前的感觉。

“娘！”婉儿看着她，哀求地唤了一声。

“去吧，”常夫人无奈，摇了摇头，“别乱跑，可千万别给两位姐姐添麻烦！”

“是，我知道了。”

说完，婉儿便乖巧地从她娘身后闪出来，跟着映月和心儿，一蹦一跳地朝着外面走去。

“素梅。”

常夫人叫了一声，她身旁唯一的那个丫鬟赶忙迎了上来，“素梅在。”

“还不跟上去照顾小姐！”

“是。”

那素梅看起来似乎比那在方玉婷坟前收拾的丫鬟要聪明许多，说起话来低眉顺目的，一直没有抬头。

不该看的不看，不该听的不听，倒是很有大户人家里下人们该有的风范。

偏在这时，方才在山腰上打扫方玉婷坟冢的素柳也赶了回来，她一脚跨进院子，便瞧见素梅正跟着自家小姐一起往外走。她几乎是下意识地快走了几步，也没先去和夫人打招呼，而是几步跑到了那素梅的跟前。

“姐！他们……他们……”

素柳气喘吁吁的，显然是从那凤栖山跑下来的，只不过她是个女子，又不会功夫，所以才会耽误这么久。

素梅朝她摇了摇头，示意她莫要再说话，然后左手轻轻一抬，勾住了素柳的手腕，顺势让她转了身，拉着她一起走出了院子。

而就在她们离开时，那素梅终于忍不住回头望了一眼。也难怪她方才一直不肯抬头，原来她那左半边脸上，有一块孩童巴掌大的类似被火烧过的伤痕。

虽然她右脸还算秀丽，可这疤痕刚好遮住了她左边的颧骨和半个眼角，乍看之下，就像是白皙的面孔上爬满了淡粉色的蚯蚓，生生毁了她原本出众的容颜。

“太吓人了！”就在她们几个女眷走出院子的时候，阿乐望着那两个丫鬟的背影忍不住喃喃起来，“同样是丫鬟，怎么这素柳姑娘长得这么好看，而这素梅却这么丑？一天一地，简直两个极端！”

“阿乐！”

宋慈蹙紧了眉，觉得自己是该好好管教管教他了。想起什么就说什么，也不看看场合。

尤其是，还当着常夫人的面，而且，宋慈明显从那常夫人的脸上看到了不悦。

“其实，素梅和素柳乃是一对亲姐妹。”待到她们彻底从众人视线中消失，常夫人轻轻地叹了一口气，惋惜道。

“什么？亲姐妹！”阿乐简直不敢相信自己的耳朵，“夫人，您说她二人！”

“正是，素梅比素柳大两岁，但她们却是嫡亲的姐妹。”

“那为何……”

阿乐没有说完，但是不用说也知道他的意思。其实不只是他，在场的其他人也忍不住被这话题吸引了，有些好奇起来。

“她们两姐妹也是可怜人，”常夫人解释道，“几年前，邻村闹饥荒，很多人都外出乞讨，为了几口粮食，打家劫舍的事情也不少。她们姐妹家原本还算是富裕人家，可那种时候，你有的别人没有，人难免会生出恶毒的心……也就是那个时候，有人放了一把火，烧了她们家的房子，烧死了她们的父母。素梅为了救自己的妹妹，被火灼伤了脸。后来我遇到了她们，觉得这对小姐妹很可怜，而且她们的感情也让我想起了……总之从那以后，她们就一直跟在我的身边。我听素柳说，原本她姐比她还要漂亮几分。”

常夫人这一番话说完，各人心中都有着不同的感悟。

而此时，阿乐意识到自己说错了话，赶紧搔搔头，傻笑了一下，试图来遮掩自己的过失。

安雨柔自然明白，这常夫人不想太多人知道她们的事，便朝着旁边点了点头，周嬷嬷立刻会意地找了个借口躲了出去。临出门时，还叫上了愣头愣脑的阿乐，还有那好像块木头一样的安广。

不相干的人都出去以后，常夫人显然是松了口气。其实安雨柔方才也想走，毕竟她对查案没兴趣，可若是连她也走了，留个妇人独自和几个初次见面的男子共处一室，又十分不礼貌。所以，她便留了下来。

“有什么话，夫人尽管说吧。这里都没有外人，您不用担心。”

听了安雨柔的话，常夫人又一次抬起头，看了看释空，这次释空没有闪躲，而是朝她微微颔首，示意她可以将实情全都说出来。

常夫人深深地吸了一口气。她话还没说，眼眶却先红了。

“实不相瞒，我与方小姐确实是旧识。”她面露悲伤，本就姣好的面容，因为哭泣更加让人心生了几分怜悯，“事实上，我们不仅仅是旧识，我们从小一起长大，情同姐妹……”

她擦擦眼角的泪，娓娓道来：“我本姓薛，单名一个霜字，小的时候家里穷，父母把我卖进了方府当丫头。那一年，我五岁，方小姐四岁。夫人嫌我名字不够好听，给我改名叫凝霜。从那日起，我就跟着小姐，陪她念书，陪她做女红……早起时，我帮她梳头，她画画时，我帮她磨墨，夏日里，我们一起去湖上泛舟，天凉了，我们就窝在被窝里说话……那些年，是我人生中最快乐的日子。无忧无虑，无牵无挂。”

许是回忆起了那些美好的时光，她的脸再一次有了光彩。

“只可惜好景不长，那日，是我发现了小姐的尸首……她用一条白绫挂在房梁上，早就没了气息……”

“这方玉婷，真的是自杀的？”安盛平皱着眉问道，“难道她真的与他人有染！”

听安盛平这么问，常夫人立刻皱起了眉头，朝他丢去一记冷冷的目光。

“小姐不是那种人！”

“没事的，常夫人，你慢慢说。”比起安盛平，安雨柔显然更懂女子心，她将手放在常夫人的手背上，轻轻拍了拍，“有什么你尽管说，吾弟和徐大人，一定会还方小姐一个公道。”

常夫人委屈多年，一直在心底藏着这个秘密，如今有人可以为自己做主，终于忍不住释放出来，“其实，这一切还要从江公子开始说起……”

江公子，自然就是江鸣赫，也就是此刻站在她身后的释空大师。

“这长乐乡谁不知道我家小姐和江公子有婚约，所谓树大招风，江公子当年一举高中，而且他殿试时也备受圣上赏识，这种天大的好消息自然是传得人尽皆知。小姐是江公子未过门的妻子，而且方家本来就有钱有势，所以也因为这样，小姐被那银狐给盯上了。”

“银狐？”安雨柔诧异道。这毕竟是十几年前的事情了，况且她又不是江湖中人，所以并不知晓常夫人口中的“银狐”是什么来历。

不过当徐延朔听到此人的名字时，不禁倒抽了一口气。

“怎么会是他！”

“徐大人，这银狐到底什么来头？”看到他的反应，宋慈也不禁好奇起来，试探问道。

“这……”

徐延朔抬头看了宋慈一眼，仿似有话想说，但他又转头看了看常夫人和释空，将那些话语悉数吞进了喉咙里。

见徐延朔支支吾吾的，一旁的安盛平恐他是因为有女眷在，不方便相告，所以只好替他来解释。

“那银狐原名萧万力，之所以得了这么个称号是因为他心狠手辣、禽兽不如。他是个强盗、采花贼，同时也是个杀人不眨眼的恶魔。他曾在一年之内奸杀了二十三人，而这还只是官府查出来的，未查出的无名受害者，不知还有多少……”安盛平提及此人，也是觉得背脊发冷，“他作案时，总是挑选有些家底的富家女，先是将女方劫走，再向其家人索要钱财，而当女方家中拿了银两送到他指定的地点时，换回的往往是妻子或女儿的尸体。而且经过仵作检验，这些姑娘生前都受到了残忍的虐待和侮辱……”

常夫人点了点头，她目视前方，仿佛又看到了当年的场景，“那银狐不是人，他几次想要欺辱小姐，可我们小姐性子烈，宁死不屈，所以他直到最后也没有得逞。”

“你是说，你们小姐就这么完好地回来了？”徐延朔有点不相信自己的耳朵，因为以那银狐的作风，就算得不到，也不会把受害者活着放回去。

“原本，他也是想杀了我们小姐，不留活口，可就在他想要下手之际，我们小姐刚好遇到一位高人，他正好经过，救了我家小姐。可真正的灾难，却是从小姐回了府之后才开始的……”

说到这里，安盛平和徐延朔都点了点头。的确，对于一个未出阁的女子来说，有什么比贞洁名声更重要的。何况，那将她掳走的还是个臭名远扬的禽兽。

“所以，你家小姐被救回来以后，便有人怀疑她的清白？”

“这世上哪有不透风的墙，就算我们再怎么遮掩，那件事还是被有心人传到了江家二老的耳朵里……”

常夫人说完，看了看释空。释空虽然没有什么表情，但直到这一刻，众人才明白他为什么会不顾家里的反对辞了官，还剃发为僧。

原来，他唯有用下半生的孤寂才能够偿还这情债。

“小姐不堪受辱，也不想被人怀疑，绝望之下，只能以死来证明自己的清白。”说完，那常夫人冷笑一声，“只是小姐不知，她换来的却是比被人糟蹋更不堪的流言。”

如果方玉婷在这种情况下还执意要死，那肯定是为了别的男子。

所以，才有了什么负心人一说，甚至有些人还说方玉婷死前被人骗去了身子，怀了身孕……

这方玉婷也是个苦命的人，银狐没有杀了她，她却被流言所杀。银狐没有玷污她，她却被无知之人辱没了名声。

想到这里，宋慈突然有点明白为什么她只杀那些道貌岸然的伪君子了。

只是，既然他们已经确定那“方玉婷”是被人假扮的，这说明假扮她的人，应该和她有些渊源。起码，那人应该知道方玉婷是蒙冤而死，所以才会以她的名义来杀人。

除了这常夫人，又有谁知道她当年死亡的真相呢？

“关于这件事，常夫人可有告诉过其他人？”宋慈问道，“请您务必如实相告，因为此事事关重大，极有可能与最近那女鬼挖心案有关！”

“知道这事，且在这长乐乡的，只剩下我和江公子，其余的人早就不在此地了。”

她说这些时，表情十分淡然，很明显她并不留恋过去。她现在过得很好，从一个小小的丫鬟变成曾经名噪一时的迎风阁的四大护法之一常煜之妻，这身份犹如天差地别，想来也有着一番曲折。

和宋慈一样，安盛平也有着同样的疑问，“常夫人，既然那方家人都远走他乡了，你又为了什么而留下？”

“这……”她似乎有些羞涩，即便已经过了少女脸红的年纪，可脸颊挂上红云后，她依然美得令人陶醉，“实不相瞒，当年那救了我家小姐的高人，便是我现在的官人。”

“什么？你说常煜！”

“不可能吧，那常煜不是……”

没人想到她会这么说，倒不是因为别的，只是那常煜之所以会成为迎风阁的四大护法之一，不仅因为他功夫了得，更因为他一向无情，只要收了指示，不管是八十岁的老人，还是八个月的婴儿，他都能下得去手。

他一生杀人无数，从没听说他救过人，而且救的竟还是个女子！

常夫人见他们难以置信的样子，幽幽笑了，“我知道他以前是个什么样的人，也知道他在世人眼中是个冷血的恶魔。可在我看来，他是这世上最好的男子，和那些道貌岸然的人相比，他才是真英雄、大丈夫……当年的事，小姐感激他，我也感激他。所以，所有人都走了我却留了下来。而如今，他早就不再是当年那个杀手了，我也不是方家的丫鬟，我和他，只是一对平凡的夫妻，在这小地方过着我们平凡的小日子。”

释空目视着前方，不知为何，宋慈觉得他的神情似乎有些落寞。

如果方玉婷不曾遇上银狐，经历了一系列的变故，那释空和方玉婷也能成为一对羡煞旁人的神仙眷侣吧。

“常夫人，宋某有个不情之请，还望夫人成全。”

常夫人蹙眉，“有什么事，宋公子请说。”

“宋某想要开棺验尸。”

此话一出，别说常夫人，连原本沉默不语的释空都吃了一惊。虽然这个要求之前安盛平也跟释空提过，可他根本不可能答应。况且，他虽然和方玉婷有婚约，但毕竟尚未完婚，不是一家人，因此他完全可以拒绝，声称自己没有这个权利，也奉劝他们不要打扰逝去之人的清净。

想不到，此时这个毫无背景的神秘青年竟会旧事重提。

“不行！”常夫人因愤怒而红了脸颊，她强压着怒火道，“先不说我只是个下人，没有权利决定主子的事。就算我可以，我也不会答应！你们这么做，不怕遭天谴吗！”

“常夫人，您也说了，方小姐是无辜的，她死的时候已经背负了太多罪名，如今这城里的挖心案又指向了她，您说，她冤枉不冤枉？”

常夫人没想到他会这么说，不由得愣了一下，随即又落下了泪。

是的，小姐死得太冤了。

十年前，方玉婷就是死在了流言里，如今那些人又把这杀人的罪名扣到了她头上。

十年前，方玉婷还是个未出阁的姑娘，没办法抛头露面为自己辩解，现在她已经死了，更是说不出了……

“那也不能……”

这一次，常夫人的语气明显有了动摇。

“姐，”安雨柔适时将她的手紧紧攥住，柔声道，“你我都是女子，你应该知道名节二字有多重要。当年，方小姐就是死在这事上，她最在乎的就是名节！可如今，她不仅被人诬陷是女鬼，还被诬陷犯下了多起杀人挖心的案子……如果她泉下有知，怎么能受得了这种侮辱！”

这一席话，深深地刺痛了常夫人的内心，她呆愣了良久，这才转过头，哀怨地看着释空。

释空没有说话，但这些劝说，无疑也说进了他的心里。

“阿弥陀佛……”释空双手合十，闭目摇了摇头，然后跨步走了出去。

因为房中有男有女，还有寡妇和和尚，所以方才几人谈话时并未把屋门关上。此时，释空跨步走出去，只留个落寞的背影，透着无限的凄凉。

常夫人似乎有话要说，但终究只是点了点头，她望着释空走远的背影，轻轻合起了眼帘。她的手中一直拿着一串珊瑚佛珠，此时纤纤玉指一颗颗捻过，那珊瑚仿似血滴一般在她指尖转动。

为了尊重死者，验尸进行得十分隐秘，也没有特意挑选日期，反正宋慈和阿乐总是随身携带着工具，因此择日不如撞日，他们叫了几个寺庙里的小和尚帮忙，即刻就开始了。

从坟墓的完整度以及土壤的情况来看，这坟已有多年未动过了，所以关于女鬼从地里爬出来一说，明显不成立。

挖出棺材时，倒是令众人都吃了一惊，因为那棺木的材质甚至花纹都和几位受害者家中发现的一模一样。只是，既然这棺材埋在地下，那抬到几位受害人家里的又是什么？

打开棺盖，那方家小姐早就化成了一具白骨，全没了生前的颜色。

常夫人毕竟是一介女流，而且还带着女儿，不方便在一旁，便由安雨柔陪同，一起在山脚下的凉亭中饮茶。

而释空则站立在不远处，他几乎没有睁眼，一直在低声地诵着经文，为那方小姐超度。

“怎么样？”待到宋慈终于站起了身，擦着额上的汗珠，安盛平这才递过一杯凉茶，沉声道，“真是方小姐吗？”

宋慈拍了拍手，接过茶杯，饮了一口，“骨龄对得上，确实是个年约十六七岁的少女，而且死了很久了。”

“这么说来，那女鬼真的不是方玉婷了？”

“肯定不是，况且这坟头多年没人动过了，泥土的颜色和我在棺材上找到的也不同，这里的土质偏干，泥土发黄，那棺材上的泥土有些潮湿，而且颜色发黑。”

安盛平点了点头，“看来，还真是有人冒名顶替的。只不过……到底是谁呢，这人这么做的目的又是什么？她究竟是出于好心，想为那方玉婷打抱不平，还是单纯地只是借了她的名字，想要吓唬人而已？”

这些谜底都等着宋慈他们去解开，可随着查案的日子越来越久，谜题反而越来越多。

安盛平不禁转过头，长吁了一口气，却看到那正站在不远处诵经的释空。

不知为何，看着释空紧锁的眉头下那紧闭的双眼，安盛平突然觉得，他似乎并不像想象中那么悲伤。原以为，开棺验尸会令释空发疯，可他却出奇地平静，好似那坟墓里埋的根本就是个陌生人，并不是他深爱了十年的女子。

也许，时间真能磨平一切，无论是热情还是忧伤，最终都会烟消云散。

夜幕低垂，屋外虽是一片寂静，但屋内却是灯火通明，好一派歌舞升平的景象。

几名穿着打扮艳丽的舞姬摇曳着婀娜的身躯，在烛影下放肆舞动。

席上斜倚着一华服公子，虽然年纪不大，但眼窝青黑，一看便是被酒色掏空了身子。他虽然唇角带笑，但目光呆滞，左右臂膀各搂着个身穿薄纱衣裙的女子，一个正在帮他斟酒，另一个则用了双纯金的筷子，夹起一粒烤制得滋滋流油的樱桃肉，浅笑着送进他的口中。

那男子脚下还匍匐着一名艳丽至极的女子，容貌身姿远在他身侧那两位美人之上。但此刻，这女子只能谦卑地俯在他的脚边，眉目低垂，一双纤细的小手轻柔地帮他揉着双腿。和屋内其他女子不同，这女子穿了件长及拖地的摇尾长裙，且布料厚重，将下半身包裹得严严实实。

男子偶尔会低下眼帘轻轻扫视她一眼，但眼神中不见半点柔情，有的只是一股令人隐隐发寒的暴戾气息。

屋内没有其他客人，只在主桌下首放了一套客座。案几上摆放着美酒珍馐，看来即便只有一位客人，这主人也没有怠慢他的意思。

与那无精打采的主人相比，这客人倒是要风雅俊朗上几倍。

他穿了件宝蓝色直裰，袖口处缝金色缠枝暗纹，头束一顶青玉发冠，上面雕着只栩栩如生的云雀，那云雀作展翅状，口中还衔着一颗镂空的金珠。他面颊干净俊雅，鼻梁高挺，一双狭长的凤眼微微眯起，仿似带着无尽的笑意。

那客人虽是薄唇，看起来有些薄凉，但唇角带笑，和他那双眼睛倒也呼应，让人看了有些挪不开眼。

堂上那主人搂着两位美人，却毫无半点兴致，显然已经厌倦了。他面无表情地瞅着眼前一众舞姬，意兴阑珊道：“耘祁啊，她们说这歌舞是新排的，可怎么本王看着，跟之前那几支曲子没什么差别啊？”

那被他称作“耘祁”的男子放下手中的酒杯，笑道：“是五王要求太高了，不是所有人都能像碧雪姑娘那般身姿婀娜、歌声曼妙，让人一见倾心哪。”

此话说完，那主人还未开口，他脚下匍匐的美人倒先愣了，她抬起头，迅速瞅了一眼那位“耘祁”公子，眼神中满是惊诧和埋怨。

“哎哟哟，难不成你对碧雪有这样的心思……”那主人边笑边俯下身，用手轻轻抬起脚下美人的下巴，“听听，竟有人这样夸赞你，要不要本王成全，把你赏给安公子？”

原来，这堂下坐的不是别人，正是当朝郡国公家的二公子，同时也是安雨柔和安盛平的二哥安盛乾。

这安盛乾字耘祁，而现在和他对话的正是当朝的五皇子——赵埛。

这两人虽年龄相差不少，但拜在同一位先生门下，因此相识多年，算是至交。不过就算他二人关系再好，那碧雪也不敢承了五皇子的话。她本就惊恐，生怕主人怀疑自己与那位安公子有私，此刻听到这番话，更是吓得面无血色，垂头狠狠地磕在地上。

“碧雪对主人绝无二心！主人不要啊！”

这五皇子捏着她下巴的手指宛若一把铁钳，全然不带半分怜香惜玉之情，疼得她几乎要当场落下泪来。

安盛乾虽然是挑起了这场争端的始作俑者，但比起碧雪的惊恐和五皇子的愤恨来，他却显得满不在乎，话锋一转，云淡风轻道：“不过再美的人，也有被厌倦的那日，我这里倒是有个小礼物，不知五王殿下有没有兴趣？”

“哦，礼物？”五皇子挑起眉头，手上的力道也轻了几分。

安盛乾没说话，举起双手，轻轻拍了拍。堂下立刻便有两个身着青衣的壮汉应声而入，这两人提着个硕大的红木箱子，三两下便驱散了那群莺歌燕舞的歌舞姬，将那箱子径直抬到了五皇子的跟前。

五皇子被好奇心驱使，这才松了手，放过碧雪，朝那木箱走去。

“这是……”

“您打开看看就知道了。”

五皇子见他不肯吐露，也不再追问，反正既然是“礼物”，应该也不会有什么危险。于是，便放心将右手放到那木箱的盖子上。箱子没有锁，因此只轻轻一抬，便打了开来。

随着木箱盖子的掀起，一股沁人心脾的花香迎面袭来。紧接着，五皇子那原本黯淡无光的眼睛也变得生动了。

箱中半卧着一位红衣美人，衣衫似火，肌肤胜雪，眉如远黛，唇若桃花……那面上系着条红绢，遮住了一双眼睛，让人忍不住感叹那双眼若是睁开，会是多么动人心弦。

“这……”

五皇子怕是多年未见过如此绝色之人，竟有些语塞起来。

安盛乾笑了，站起身，微微一揖，然后绕过案几，朝那箱中美人走去。

“此女名唤洛莺，天生不能言语，她幼时便被卖入勾栏院，学得一身本领，只待成年后可以卖个好价钱。臣那日偶然见了，便觉得此女定能讨五王欢心，便以重金将她赎出。”

“那她这眼睛？”

“她的眼睛生得极美，就连碧雪姑娘怕也比不上。”

“既然如此，那为何要将她那双眼蒙上？”

“因为……”安盛乾的嘴角勾起一丝浅笑，“臣亲手将她那对眼睛剜了出来。”

此话一出，五皇子不禁愣在了原地。但片刻后，他却像是明白了什么一样，抚掌大笑起来。

“哈哈哈，妙！妙！实在是妙！若是这世上只有一人了解本王，那这人必定就是耘祁你了！对吗？”

“五王抬爱。”

两人你一言我一语，似乎这残忍血腥之事根本不足挂齿。殊不知此话听在不远处那仍匍匐于地上的碧雪耳中，却是另一番滋味。

她是王府旧人，初入府时，也曾日日受宠。这不仅因她生得貌美，更因为她精通音律、长袖善舞……可五皇子生性多疑，生怕她是有心人送到自己床上的奸细，硬是狠下心肠，命人将她的双膝敲碎，又用锁链牢牢禁锢，令她再不能起舞，也不能踏出王府半步。

而这安盛乾，因为深知五皇子的本性，在进献美人时故意挑选了一个哑巴，还生生剜去那姑娘的双目。这安盛乾虽出身名门，又生得一副俊雅的面貌，可这心却比野兽还凶狠，根本毫无人性可言！

“这洛莺姑娘虽深得我心，可到底是个美人，如今没了眼睛……岂不可惜！”五皇子感叹道。

“臣听说，一个人若是没了眼睛，其他感官反而会愈发灵敏。”安盛乾说着，不动声色地抬起手，用自己的大拇指轻轻摩挲着洛莺姑娘那娇艳欲滴的红唇。

洛莺的身子微微颤抖，朱唇轻启，似有些留恋，又有些期盼地将安盛乾的手指含入了口中。

五皇子先是一愣，而后紧缩的眉头舒展开来，扬起头，大笑了几声。紧接着也不等安盛乾解释，直接向前几步，俯身将那洛莺从木箱中拦腰抱起，迈着大步，朝内室走去。

安盛乾看着他渐渐走远，原本的笑容也慢慢收敛了起来，轻叹了一口气，拂袖离开。

出了大门，便有人候在一旁将备好的马匹牵上来。安盛乾没有接过马缰，而是转身上了一旁的马车。

那马车里有个身着黑衣黑裤，身形硕长的男子等在里面。他身背一柄长弓，马上还搭着个箭筒，里面放了数支羽箭。那男子的脸上罩着个黑色锦纹的面具，遮住了大半张脸，只露出一双鹰隼般的眼睛，透着锐利的光芒，看起来颇带几分英气。

男子看到安盛乾进了车厢，马上屈身跪在了一侧。

那黑衣人虽然周身带着股叫人不敢靠近的戾气，但跪在安盛乾面前时，微微屈身，低着头，显得十足谦卑。

“公子，事情可还顺利？”

安盛乾没有回头，嘴角微微上挑，轻蔑一笑，“赵坰天性多疑，又怕死，当年他拜倒在那碧雪姑娘裙下，也总是担心她是那左靖派来的细作，狠下心去叫人打断了碧雪那双腿……不过，这也不怪他，毕竟左靖这人不简单，饶是我跟那左靖面对面时，说话也要先想上一想……"

安盛乾说着，又摆出一副把握十足的样子，"一个像五皇子这样的人，遇上个又聋又哑，还看不见东西的美人，自然是正合了他的心意，必定会爱不释手，时时带在身侧。"

那黑衣人点头，"还是公子考虑得周全。"

说到这里，安盛乾略作停顿，目带惋惜地看着那黑衣人，"任枭，你们师兄妹的忠心，我看在眼里，自然也会放到心里。鹞儿此番牺牲，我一定不会忘记，她这双眼睛，也一定不会白白剜了去！"

"公子言重了，只要能帮到公子，莫说是一双眼睛，就是要了我们的命，我和鹞儿也不会有半点犹豫！只是，鹞儿虽不能言，可她耳朵并不聋，只怕五皇子有所怀疑……"

原来，这黑衣人名叫任枭，是那洛莺姑娘的师兄。而洛莺也并非真叫洛莺，她本名为宁鹞，和任枭都是安盛乾身边的暗卫，已跟随他多年。

这宁鹞确实不能言语，但却不是天生的，而是她七岁那年练功受创所造成的后遗症。至于耳朵……其实她完全能听到声音，只是假装又聋又哑。此番又被剜去双眼，也不过是为了赢得五皇子的信任，好留在他的身边，为安盛乾打探消息。

"这就要看鹞儿的本事了，"安盛乾意味深沉地笑笑，又将话题一转，沉声道，"对了，长乐乡那件事，办得如何了？"

任枭目光微怔，显然没想到主子的话题会转到长乐乡上，但很快就垂首道："回公子，目前为止还算顺利。"

“嗯，那就好，我那个四弟啊，年轻气盛，根本不懂得锋芒太露，只会给自己惹祸上身。”说着，又叹了口气，“不过他自己不懂，我这个当二哥的，却不能不替他提防着，可不能让他上了当，被人牵着鼻子走。”

“公子放心，有我们的人看着，四公子应该不会查到什么。”

“嗯，那就好……不过我听说，他这次不止带了徐大人过去，还请到他那个叫宋慈的朋友帮忙。”

“是，据回报，四公子确实请了一个姓宋的书生过去。”

“哼，竟是真的啊，”安盛乾仿似若有所思地一笑，“那这事就不好办了……还有，那董兴邦也给我看牢了，他跟左靖共事多年，若是以他为突破，总能找到那老狐狸的把柄！”

“是，任枭这就命人传书过去，断不会放松这条线！”

# 第二章　挖心伪案疑云

几日之后，长乐乡。

自凤栖山上归来，又过了一段日子，按照女鬼挖心的频率来看，那女鬼该是又要出没了。

宋慈他们做了万全的准备，翟家和柴家都加派了人手来监视，就等着方玉婷的婚书一到，便可以行动了。

但谁都没想到的是，这看似没有任何背景的翟金玉却又给他们惹出了一件大麻烦事。

而这一切，还要从几日前说起。

那一日，天刚蒙蒙亮，打更的还在巷口和最近一直蹲守在附近，假扮成乞丐的官差打了声招呼。即使是夏日，晨露时分仍然有些阴冷，尤其是昨夜还下过雨，因此那看起来衣衫褴褛、蓬头垢面的假乞丐不由得搓了搓手，紧紧地抱住了自己的肩膀，蜷缩在墙边。他的眼睛虽然时不时朝着翟家的后门望去，但心里只想着那假扮小贩的同僚能赶紧过来和自己交班，好让他回家换身衣裳，再喝上一碗热气腾腾的粥，好好躺在床上休息。

他们已经在这里守了七八日了，可那姓翟的还过得好好的，别说什么女鬼了，出入那翟家的，连个外人都没有，也就是翟金玉和他那五十来岁的瞎老娘，还有一个半大小子的书童，两个伺候他和他娘的小丫鬟，一个炒菜的婆娘，一个留着八字胡的管家，外加一个整日就知道傻笑的苦力长工。

假乞丐正想着，却听得远远地吱扭一声，那翟家后院的大门开了。

一个男子探头探脑地从那院子里走了出来。

那人身材瘦高，皮肤白皙，高高的鼻梁，一双狭长微挑的丹凤眼，虽然脸上没有笑，但嘴角上像挂着三分笑意。只是，这笑叫人看来有种危险阴冷的感觉，在这晨露凝重的清晨，让人觉得不寒而栗。

那假乞丐看到他后，下意识地低下了头。因为这从翟金玉家中走出的男子不是别人，正是他们县太爷家的公子——唐清枫。

好在这位县令公子平时不学无术、目中无人，只有惹祸上身，需要父亲大人帮忙擦屁股时，才会往那衙门里走上一遭，因此根本不会把他们这种小人物放在眼里。

怪的是，他为何会在这个时候从那翟金玉家中走出来？

看到此情此景的假乞丐也不敢怠慢，待到那位县太爷家的宝贝公子转过巷子口终于消失不见后，马上起身收拾起自己的铺盖，一路小跑地回去交代情况。

而接到了消息的徐延朔等人，显然也没料到那唐松的儿子唐清枫竟和翟金玉有这么一层关系……

“这唐公子说好听些就是淡泊功名，直白些呢，就是不学无术。总之这些年也没少仗着他父亲的名义去外面为非作歹，不过真要说他是什么欺男霸女、杀人放火之辈，他又没这个胆量……无非也就是小打小闹，做些缺德事罢了。”

此时向几位大人汇报情况的，乃是这长乐乡衙门内一个叫赵东林的官差。他年约三十，个子不高，肤色偏黑，脸颊右侧还有一颗绿豆大的黑痣。之前在窦天宝和吴通两起案件中，赵东林都因为观察细微、办事得当而受到了安盛平和徐延朔的赏识，便被有意提拔，最近一直跟在他们身边。

“他如何作威作福且不说，你就单说他和那翟金玉，是怎么扯上关系的吧！”安盛平实在想不通，他之前明明叫人调查过翟金玉，这人虽然被退婚了好几次，可名声还算不错，一直以来，都是以正人君子的形象示人，若不是家产来源不明，安盛平根本不会怀疑到他的头上。

赵东林摇摇头，脸上露出个苦笑，双手抱拳，朝着几位大人微微一揖，“回安公子，那翟金玉所在的墨松书院因为名字里有个松字，所以当年去请了唐大人来题字。唐大人便趁机帮自己的儿子捞了个挂名的先生来当，可那唐公子能教个什么？就算他敢教，也没有人敢学。无非就是挂个头衔，每个月领几个零花钱，传出去比较好听罢了。”

宋慈听罢，点了点头，似乎想起了什么，“我记得，那翟金玉在墨松书院做的刚好是个文职，管管门生招收还有给先生们发放月饷之类的吧？”

赵东林赶忙点头，“正是，也许有了这层关系，再加上他们年纪相当，所以这二人平时便有了些交情。说是朋友倒也谈不上，至多也就是互相利用罢了。”

“互相利用？”安盛平再次不解道，“这俩人能有什么可互相利用的？”

“公子您莫忘了，您和徐大人来到长乐乡之前，唐县令可谓一手遮天、说一不二的。翟金玉虽然是个读书人，可那聪明才干全都用在了人情往来上，他其实没有功名，也没有什么过人之处，可是却进了我们长乐乡最气派的书院，这在外人看来，也是个肥差啊！

“就拿每年招收学子来说，书院每年新收的学子名额不会超过七人，为了挤进书院，自然有不少油水会流到翟金玉的指缝里。他若是没有靠山，又怎么能稳坐这羡煞旁人的位子？听说前年年末时，山长原本想要将他换下来，提携自己那三姨太的弟弟，可后来不知翟金玉跟唐公子说了什么，唐大人竟亲自出面，愣是把此事压了下去。”

“这么说来，那翟金玉还真有些本事了！只不过……”安盛平眼珠子一转，嘴角微微上扬，露出个不可言明的笑，“只是不知那有本事的是他，还是他家的丫鬟。”

原来，经过赵东林的调查，那翟金玉家中一共养着两个貌美如花的丫鬟，通常情况下，大户人家养几个丫鬟、通房也不是什么稀奇的事。可偏偏，翟金玉家中的两位丫鬟并不是他自己要用的。这俩丫鬟的身份只是个幌子，实际是别人养在他院子里的姘头。

其中有个叫迎春的，便是县令公子唐清枫的相好；至于另一个叫粉桃的，则是书院里一位德高望重的先生临老入花丛，养在翟金玉家的。

也难怪那翟金玉虽然没什么文采，却可以在书院这么吃得开，原来他不仅有靠山，而且，还靠了两座大山！

“那迎春原名好像叫春儿，本就是县太爷家中的，她和唐公子也算是青梅竹马，小的听说原本唐公子曾许诺于她，将来会将她纳到自己房中，可谁知道却娶了个母老虎，眼里容不得沙子，根本不让他纳妾。自打成了亲，唐公子只要和哪个丫鬟婢女多说上一句话，他的正室就又是打又是骂的，这迎春更是倒霉，有次和唐公子在后院亲热时，正好被撞了个正着，所以被狠狠地打了顿板子，半死不活地就给卖了出去。”

徐延朔自己没有家眷，也不懂这大户人家的争风吃醋、钩心斗角之事，因此一时还没明白过来，“既然卖出去了，怎么又去了那翟金玉家？”

“回大人，那迎春还在挨板子的时候，唐公子就先行一步遣了人去给翟金玉报信，所以那人牙子一来，迎春前脚刚迈出唐府，后脚就被接进了翟家，好吃好喝，上等的金疮药伺候着，只等过了风头，那唐公子再来私会佳人。”

众人听了都禁不住感叹，这唐清枫和翟金玉还真是当人一面，背人一面。

而就在他们这番谈话之后的翌日，翟金玉死了。

他死在了自己家中，院子里还停了一口棺材，而更主要的是，他被人挖了心。

这种种迹象都和那假扮的方玉婷所惯用的手法一致，只是安盛平却不明白为什么明明派了那么多人把守在翟家附近，却连半点翟金玉收到方玉婷婚书的消息都没有！

“这是属下的错！”赵东林现在是掌管其他官差的小头目，有什么事情，大家都会先向他汇报，再由他传递到徐延朔那里去，“昨日负责在翟家大门和后门把手的几个兄弟见了唐公子从翟府出来，就赶紧回来禀报了，结果属下一时大意，没有再派人跟进，谁曾想，偏就在这时候出了事……”

一行人不敢怠慢，赶紧备了车马，朝着翟金玉家中赶去。

到了大门口，该下马的下马，该下车的下车，结果还没进门，就听到一声声凄厉的哭号。

原来是那翟金玉的瞎老娘正在院子里连滚带爬地哭闹，她身旁站着个哭得梨花带雨的小丫鬟，几次想要靠近去扶她一把，可是又怕被她那胡乱抡起的拐杖打到，只能站在一旁，进也不是，退也不是地擦眼泪。

赵东林走在几位贵人身后，小声道：“这是粉桃，和她有染的，是书院里一位叫周文胜的先生。”

徐延朔点点头，撩开前襟，跨过门槛，几步便来到了那瞎老婆子的附近。他身法灵活，躲开了那挥动的拐杖，一把抓住了拐杖的一头，迫使翟老夫人停了手。

“老夫人，在下姓徐，是来调查你儿子那起命案的，你且把拐杖放下，有什么我们好好说，本官一定会为你做主的！”

那位翟老夫人近日身体抱恙，这两日才有些好转，能下地走动，原本就虚弱得很，结果今早天还没亮，就被一声尖叫吵醒，得知儿子死在了家中。她顾不得看不见，拼了命似的想要赶去儿子房内。

其实这距离不算太远，可她瞎着眼，又不让旁人搀扶，所以一路上不知跌了多少次。她恨自己看不见，连儿子怎么死的也不知道，因此发了疯似的想要伤害自己，伤害别人。她抡起拐杖的同时，也一次又一次地打向自己……似乎只有身体上的痛苦，才能解了心里的痛，让她暂时忘却白发人送黑发人的绝望。

而徐延朔的到来以及他的那番话，仿佛将翟老夫人全身的力气都抽走了，她脚底发软，头发沉，还来不及说什么，就直接昏了过去。

徐延朔赶紧扔掉拐杖，将她扶住，回头朝那丫鬟大吼了一声："老夫人住在哪间房？"

粉桃长这么大从没见过这么凶悍的男子，顿时被吓得一个激灵，指着后面，哆哆嗦嗦道："那……那边……"

"还不快带路！"

这边厢，徐延朔背着翟家老夫人去房里休息，安盛平则回头吩咐了一句，叫底下人赶紧找个大夫来看看，可别翟金玉的案子还没破，他老娘又死了。

"奇怪，"宋慈往前走了几步，看着徐延朔他们远去的背影道，"怎么只有那个叫粉桃的，迎春呢？"

"是啊，"听到这里，安盛平也不禁起了疑，"要说那书童不在我倒是不觉得什么，可当丫鬟的，就算只是挂名，此时却不在老夫人身边守着，难道跑去那翟金玉房里看尸体了？算了，不管怎么说，还是先进去看看……"

谁知安盛平的话音未落，后院突然跑出了几个人。那是两个官差和一对中年男女。

那男子留着八字胡，看起来约莫四十来岁，穿着打扮算不上华丽，可也是干净整齐，一看就是个体面人。他身边站着个有些邋遢的女子，大约五十岁左右的年纪，体态偏胖，有些其貌不扬，穿着则略显寒酸，腰间还扎着条布满油点子的花布围裙。

想来，这两人便是那翟金玉家的管家和厨娘了。

果不其然，不等安盛平和宋慈开口去问，赵东林又抢先一步为二人做出了解答。

“那留胡子的是翟家的管家，姓林，叫林兴。至于那妇人，则是翟家的厨娘，好像是个寡妇，夫家姓金，本名何花，一般人都称呼她为老金家的。”

“哎呀，真吓死我了！”那金寡妇大呼小叫的，虽没有哭，可一点不比方才那个瞎了眼的翟老夫人叫人省心，本来声音就不好听，嗓门还大，着实让人觉得刺耳，“林管家啊，这可怎么办啊！少爷死了，我们这些下人是不是都干不下去了？”

“你个婆娘咋咋呼呼的干什么！没看到有官府的人在吗！”林兴脸上的表情十分凶狠，可声音却不大，显然是碍着旁边两个官差的面，不敢太过造次，“老夫人还在，翟家家底也还在，散不了！”

“可……可少爷死得也太惨了吧，怕不是，被那方玉……”

“闭嘴！”林兴狠狠地瞪了她一眼，“管好你的嘴，什么都不知道就别乱说！要是妨碍了官府办案，你担待得起吗？”

说完，林兴转过身，一眼就看到了正站在院子里的安盛平和宋慈他们。

林兴这人，别的不会，识人的眼色却是有几分，一看那两位的面相，就知道他们的官职一定比方才押着自己过来的那两个官差大。尤其是那为首的一位白衣公子，他那气度和一身行头，饶是唐县令家的公子，也不配给这位公子提鞋的。

林兴赶紧回了头，朝着金家寡妇撇了撇嘴，示意她千万不要乱说，这才转了头，换上了一副笑颜，“不知几位大人到来，是小民怠慢了，还请几位……”

就在他做出个“请”的手势时，安盛平却冷笑了一声。

“好你个林兴，你家公子死了，你怎么也不难过啊？”

“这……”

一句话，正戳中了林兴的痛处，他吓得赶紧弯下腰，朝着那位跟自己说话的公子行了个大礼，“不敢不敢，小民知道几位大人一定会给我家公子申冤的，所以这才……”

安盛平摆摆手，往前又迈了几步，边说边往里张望，“罢了罢了，我听说你家还有个丫鬟，一个书童，哦，好像……”说着又回头看了看赵东林，“好像还有个长工吧？怎么不见那几人出来。”

“回大人的话，小民也不清楚，不过往常都是金嫂子一大早就做好了饭，等着两位姑娘来厨房取，然后给老夫人和少爷送过去。今日不知为何，粉桃仍是按着一贯的时辰去取了饭食，可那迎春却一直没有露面。”

“哦？”安盛平倒是真没想到那迎春会失了踪，转头看看那仍旧傻站在林兴身后，连个礼都不知道行的金寡妇，“饭是你做的？”

那金寡妇比较粗鲁，不懂什么规矩，而且安盛平年纪轻轻，穿的还是便服，心里根本没把他当什么大官来看，所以直接回道：“是啊，我做的，今早做了几碗粉条，蒸了一屉馒头，还特意做了老夫人爱吃的糖油粑粑。”

安盛平苦笑，心道我又没问你做了什么，没必要一一向我说明，“好，那我再问你，往常都是迎春来端饭给你家少爷的吗？既然她今日没来，那你没去找找？”

金寡妇摇头，“没，我找那小蹄子干吗？反正她也不是第一回了，总是睡到日上三竿才起，也不知谁是主子，谁是丫鬟！”

她显然不知道那迎春是唐县令儿子养在翟家的姘头，叉着腰，摆出一副看不惯的表情，看来是与这小丫鬟间有着不少的积怨。

在一旁的林兴终于看不下去了，伸出手用力拽了拽金寡妇的袖子，“你瞎说什么！”

“我哪里瞎说了！”金寡妇却是得理不饶人，“就她能耐，整日里什么都不干！不就是仗着自己年轻貌美嘛！我看那粉桃比她好看多了，人家就没她那么些花花肠子！别以为我不知道那小蹄子打的什么算盘，她就是想趁机爬上爷们的床，一个卑贱的下人，还想当凤凰了！”

就在金寡妇和那林兴拉拉扯扯，扯着嗓子大喊大叫的当，徐延朔已经安顿好了翟家老夫人，风风火火地赶了回来。

徐延朔人还没走近，就听到了那金寡妇的喊叫，待到走近了，看到安盛平和宋慈脸上那尴尬的笑容，不由得板起脸，用力咳嗽了一声。

徐延朔今日穿了官服，也带了佩刀。再加上，他本就长得颇为威武严肃，身上有种不怒自威的气质，所以那金寡妇只看了他一眼，马上就乖乖闭了嘴。

一旁的林兴更是彻底傻了眼，心想完了，这回可闹大了。

而且，林兴这脑筋转得极快，早就听说过当今圣上尤为重视那方玉婷杀人挖心的案子，派了一位什么名捕头来调查，同行的还有那董将军的小舅子、郡公家的小儿子。这么看来，那带着佩刀穿着官服的，必定就是那位徐大人，而这白衣公子，肯定就是安公子了！

察觉到了两人的真实身份，林兴吓得赶紧撩开前襟，跪倒在地，不住地在地上磕起了响头。一想到方才那位安公子还怪自己对翟金玉的死不上心，他就后怕，因此尽力想弥补一下。

“大人啊！还望大人给我家少爷做主啊！”

林兴一边说，一边还在不住地磕头，最后那额头都红了，眼角也滑下了几滴泪，也不知那眼泪是疼的，还是憋了半天，终于憋出来的。

“不管怎么说，先看看里面的情况吧。”宋慈提议道。

“也好，”毕竟比起留下来看这场闹剧，安盛平更想去里面看看那翟金玉的尸体，“前面带路。”

“是！”

那两个押着林兴他们从后面出来的小吏很是自觉地分了工，一个留下继续守着这两个翟家的下人，另一个则带了安盛平他们朝后院走去。

翟家原先家底一般，这几年有了书院那位名叫周文胜的夫子，以及唐清枫的扶持，翟金玉在书院的地位坐得十分稳固，再加上他最近几次被女方退亲后都得了好处，因此翟家日渐富裕了起来。

这一切，从他家的房屋和房里的摆件就能看出来。

房子不大，三进三出，而且相对古朴，一看就是老房。可和这颇有些年头的老房子格格不入的，是那房间里的装饰都很别致华贵，俨然都是最近几年新置办的。

不过，这是不是也是一种欺骗他人的手段呢？让不知情的人觉得，他这人比较简单，不是那种喜欢招摇的性格。

还没走进翟金玉的房间，门外那一条触目惊心的血迹就吸引了宋慈的注意。

之前，他去过同样是被方玉婷杀害的岳家小公子房里查看，虽然受害者的房间有些凌乱，可并没有发生这种血迹会移到门外的情况，而当他们一行人走到房门口时，更令宋慈百思不得其解的事情发生了。

“棺材呢？怎么没有棺材！”还不等宋慈发出疑问，徐延朔先忍不住发问道，“是不是你们私自将那棺材给抬出去了？”他问的，自然是那带着他们进来的小吏。

私移物证可是大事，那小吏可不敢背这个罪责，赶忙解释道：“回徐大人，小的们有天大的胆子也不敢做这等造次之事啊！我们赶到时，那棺材就不在这里，而是停放在后院中，方才进来的时候正好有个假山挡住了，绕过那假山，便能看到那口棺材。”

“你说那棺材之前就不在屋里？”徐延朔说着回过头，看看身后的两位公子，“该不会是这翟家的人给抬出去的吧？”

“应该不是，”宋慈站在门口朝屋里望了望，然后摇头否定道，“徐大人您看，这房间过于狭小，似乎并没有可能放下一口棺材……”

宋慈说完，徐延朔才发现，这房子确实太过狭小，屋里已经放了大床和桌椅，并没有什么多余的地方可以再放下一口体积不小的棺材。那也就是说……

“虽然有棺材，可那棺材却不是放在房里的？这倒是和之前几次不太一样啊。”

“是不太一样，可也要依真实情况来看，这里就这么大的地方，确实有些……”

“嗯，不管怎么说，还是先看看尸体吧！”说着，徐延朔率先迈步进了屋。

翟金玉就躺在床上，可奇怪的是，他和之前那几位穿着统一红喜服的受害人不同，只着了件白色的内衫，怎么看都是最为普通的日常打扮，一点也不像是接了婚书，要和那方玉婷洞房花烛的样子。

而且不仅如此，这屋内也没有任何装饰，包括方才走过的院子，也是空荡荡的，什么摆设都没有。

之前去那岳公子家时，许是因为知道儿子活不过新婚之夜，所以院子里挂满了白色的灯笼，好像人还没死，就已经开始提前预备丧事一样，让人看了不免晦气。

这翟金玉好像完全不知那方玉婷选了自己当夫婿，要在新婚之夜取自己性命一般。整个翟府，也看不出有何不妥。包括方才那个哭到昏厥的翟家老夫人，还有那怕事的管家跟咋咋呼呼的厨娘，他们脸上只有难以置信，根本没想到昨日还活得好好的翟金玉，会在一夜之间就见了阎王……

怀着这样的疑问，宋慈抬步跨进了屋内。

这屋里毕竟是死了人的，所以血腥气颇重，好在这一次发现死尸很及时，尸体并没有到腐烂发臭的地步。

待到距离那尸体近了，宋慈抬眼打量了一番，可这一眼，还真把他给看愣了。

虽说那翟金玉并没有穿红色的喜服，可乍看之下，他的死相和那位岳家小公子还真有七八分相似。

两人胸前都是一片血红，被人开了膛，破了肚。而且因为翟金玉穿着的是一件白衫，所以血迹更是醒目，一下子就吸引了所有人的目光。

但真正令宋慈感到惊讶的，并不是这个，而是他发现翟金玉凌乱不堪的发髻似乎……有些湿。那发丝紧贴着苍白的面颊，好像是昨夜头发湿漉漉的就睡下了。再看他那衣服，白色内衫上渲染着一大片血迹，没有血的地方又十分干爽，怎么看都不像是被水浸染过。

想到这些，宋慈不由得伸出手，伸进了翟金玉的头发里，感受到了一股潮湿的气息。

果不其然，那发丝根部还是湿的，虽说现在是盛夏，可也不可能流这么多汗，把头发整个打湿吧？

宋慈低下头，好奇地看着自己的手，发现上面竟还粘了些细碎之物。

这时，他的身后突然传来了一个声音。

“应该不会错了吧？”原来是那安盛平紧随着宋慈来到床边，他看着床上的尸体道，“死得如此诡异，除了那女鬼，别人谁还干得出？”

“可他为什么没有穿喜服？”一旁的徐延朔则从一开始就觉得此事略带蹊跷，“棺材不在屋里也就罢了，连衣服都不对。如果我没记错的话，那喜服和棺木一样，都是订做的，花纹和款式完全一样，宋公子之前不是还特意指出，那衣服是提前准备好的，并不是按照受害人的身材定做的，所以都比较肥大，以防因为受害人身形过于高大或是肥胖而穿不进去……既然如此，为何翟金玉没穿？”

“难道，是他和那女鬼欢好时脱了？”

安盛平嘴上这么说着，不由得朝旁边使了个眼色，安广和那赵东林一直都跟在他的身边，不过找衣服这种小活，自然不用劳安广的手。

那赵东林抢先一步，上去扒了扒床上堆积成一团的被褥和衣物，又弯腰趴下，在床下找了一番，这才站起身，朝着几位公子和大人摇摇头，表示并没有任何发现。只是，赵东林似乎有话想说，但因为看到宋慈正在验尸，便没有打搅，打算先等等，等宋慈先说完正事，他再开口。

好在，赵东林也没有等太久，宋慈很快便完成了初步的尸检。

“这翟金玉应该是昨夜子时被人杀害的，只是……”宋慈说着，眉头紧紧拧在了一处，“这胸前的伤口却是死后才造成的，并不像之前几位受害者，是直接在活着的时候被人挖了心。至于他真正的死因……”

宋慈虽然没有直说，但仅从他脸上的表情，安盛平他们也能猜出，这翟金玉似乎死得不简单。

“真正的死因如何？”

“我有个想法，不过要等进一步验尸完毕才能知道结果。”

“安公子、宋公子、徐大人……”见宋慈说完了，赵东林接着道，“方才小的趴在地上检查床下时，有个发现。”

“哦，你发现了什么？”

赵东林也不着急回答，弯下腰，从那床下掏出了一双鞋子。

那是一双普通的男鞋，看那尺码的大小，应该是死者翟金玉的，只是不知为何，那鞋子却是湿的。虽然还不至于湿到滴水，但很明显，这鞋之前可能是在河边之类的地方走过，所以脚尖的部位沾湿了，后面有的部位已经干了，可还是在鞋面上留下了一道浅白色的痕迹。

“奇怪，”徐延朔将那鞋子接了过去，也不嫌脏，放到手中来回翻看道，“那翟金玉昨晚打翻了水盆不成，这鞋竟湿成这样。”

“好像不是水盆，”这鞋子的出现，进一步证实了宋慈的想法，他指着那鞋底道，“徐大人您看，这鞋底有泥沙，所以我怀疑翟金玉昨晚可能去过河边。”

“河边？”

“不错，其实我方才也注意到，那翟金玉的头发是湿的，只是不知为何，他身上的衣服却很干爽，所以我怀疑，他是昨夜归来后去换了衣服，还未来得及弄干头发就被人杀害了。当然，也不排除还有另一种可能。”

“另一种可能？”

“不错，”宋慈说着，脸上露出个无可奈何的笑容，“其实我怀疑……他可能是淹死的。”

“淹死?！”安盛平忍不住惊呼一声，“那他是怎么回来……”话还没问完，他自己却先意识到了答案。

难道说，这翟金玉是淹死在河里，然后尸体被人背了回来，那人给他换上了衣服，之后再挖了他的心?

“你说他是被淹死的，有什么证据？”

宋慈见安盛平问起，便指引着众人一起又回到了床边，他执起翟金玉的一只手，示意大家凑近些观看。

“你们瞧，翟金玉的这双手，其中几个指头上有破口，此外他的指甲俱都呈黯色，乃是因为指甲里有泥沙，而且我方才验尸时发现，不仅是指甲，他的口鼻和头发里也有着些许泥沙，这些都说明他是被人用外力按到了水中，又奋力挣扎。此外，他的嘴唇有青斑，虽然被人剖开了胸膛，但是小腹部微微隆起，我觉得极有可能是腹中有积水。所以才说要回去进一步检验，方能知晓他究竟是因何而死。”

“你是说，你要看看他腹中是不是有积水，才能证明这翟金玉是不是被淹死的？”安盛平继续追问。

宋慈点点头，表示自己确有此意。

安盛平和徐延朔对视一眼，都觉得结合床底那双湿鞋来看，这个被淹死的推断确有可能成立。

“另外，还有两件事，我觉得比较……怎么说呢……”宋慈苦笑着斟酌了一下用词，这才道，“比较奇怪。”

“哪里奇怪了？”

“要说之前那几起案件，还是十分具有统一性的。就好比那棺材和喜服，都是统一订制的，还有新郎死时，脸上挂着的诡异笑容。此外，我之前曾在岳家公子的手指上发现了一个破口，他生前似乎被人用簪子之类的东西扎破过手指。虽然这翟金玉家中也有棺材，他也被人挖了心去，可现如今，这翟金玉身上有太多与之前那些案件不相符的细节。”

听了他的阐述，众人心里也不由得犯起了嘀咕。可因为这案子太过诡异，所以大家全都憋在心里，没有挑明。

“总之，还是先去看看那棺材吧。”安盛平言道。

几个人出了翟金玉的房间，没有急着去审问翟家的人，反而先绕了道，去看那停在假山后的棺材。

因为之前那几口棺材完全一样，所以不管是棺木的材质，还是上面的花纹，宋慈也早就熟记于心，可这棺材做的……好像多少有些出处，并不完全相同。虽然这棺材看起来也是精挑细选的上等货，可和那方玉婷的棺材相较总觉得差了些什么。

这一次，连安盛平也不禁产生了怀疑，“是我看错了吗？怎么这棺材好像不太对，福顺在哪儿？我记得棺材这条线是他去查的，他之前还特意记录下了那些棺木的花纹，拿来比对一下就可知了。”

安广赶紧回道：“少主，福顺今日没跟过来，他说查到了一些线索，正在追查。”

“既然这样，还有谁手上有那棺材确切的花纹？”

安盛平随意问道，但这话明显说到了宋慈和徐延朔心里，尤其是徐延朔，他面色深沉，甚至比起宋慈还要更凝重几分。

“安公子，这方玉婷一案的细节，我们可是保密的。”

徐延朔说着，又看了看周围几个人。此时赵东林带了人在里面收拾那翟金玉的尸首，因此屋外只站了他自己还有安盛平和安广，以及宋慈和阿乐这两对主仆。

他信得过安盛平和宋慈，自然也信得过他两人身边的安广和阿乐，但如果不是他们，又会是谁将方玉婷一案的细节吐露出去的呢？

“虽然衙门里有不少人参与过方玉婷的这几起案件，可后续的细节以及讨论后的结果只有我们几人知晓，我相信在场的几位都不可能将此事泄露出去。就连这长乐乡的百姓也只知道，那方玉婷若是看中了哪家的公子，便会以下嫁为名，趁着新婚之夜将此人掏心杀害，所以……”徐延朔的目光在几人脸上一一扫过，带着诚恳也带着一份凝重，“这是不是说明，谋害了翟金玉的，本身也参与了方玉婷杀人挖心的案子？”

他说这些话时，为怕隔墙有耳，声音并不大，但此刻却仿似掷地有声，令在场的每一个人都陷入了沉思。

实话实说，听了徐延朔这番话，宋慈心里也是七上八下，有些失了方向，“不管怎么说，先去审审这翟家的几个下人吧，好歹也问清楚那翟金玉昨晚究竟去了哪里。”

粉桃还在房里照顾翟老夫人，一时半会儿脱不开身，方才安盛平叫人去请了大夫，那大夫说翟老夫人只是一时悲恸导致了昏厥，虽然有些虚弱，但是并没有大碍。只是要等到她心情平静些，才能进行问话。

所以此时，他们最先审问的，是翟府的管家林兴。

“少爷昨晚确实出门了，他朋友多，应酬也多，有时候会在外面吃酒吃到很晚才回来，一般都会带上茂儿，所以具体几时回的，我们下人也不知晓。”林兴战战兢兢地站在他们面前，说起话来夹带着小心，一直连头都不敢抬起，“哦，那茂儿就是我们少爷的伴读，今年十七，他来了翟家也有十余年了，和少爷的感情一直不错。”

听了林兴的话，徐延朔点了点头，“既是感情不错，为何到现在也不见他的踪影？”

“回大人，草民真的不知，从昨晚到现在，别说茂儿了，就连迎春和德柱也都跟平地里升了仙似的，一个也找不到！这帮子没良心的，往日吃吃喝喝总有他们，真出了事，却是一个个溜得比兔子还快！”

说到最后，林兴有些咬牙切齿。如今少爷无故枉死，主母还哭得昏了过去，正是翟府需要人手之际，这帮人却一个个地都没了踪影。别说一起分忧了，就连找人给几位大人斟个茶，都腾不开手。要是怠慢了被怪罪下来，岂不是要吃不了兜着走。

“你说他们全都不见了？”

原以为只是发现尸体的时间太早，那几个下人刚好有事不在，毕竟听方才那金寡妇的语气，迎春倚仗着自己有靠山，从不好好干活。而且那伴读的年纪也不大，正是爱玩爱闹的岁数。如今已经接近晌午了，这几人却没有一个出现的。

若是一人还好说些，如今却是三人……这也未免太过引人怀疑了。

于是，以徐延朔为首，他们又问了那林兴几个问题，可这老狐狸太过狡猾，什么也不肯多说，全是以不清楚、不知情来回应，推了个一干二净，完全撇清了关系。

问不出什么，自然也没有再问的必要，徐延朔便把他打发了出去，又叫了那姓金的寡妇进来问话。

和小心谨慎、绝不惹祸上身的林兴相比，金寡妇则口无遮拦得多。不用问，她自己就主动说上了。

“几位大人啊，你们不知道，那迎春可不是个正经丫头，”金寡妇说这些话时，虽然还尊称眼前这几位一声大人，但看她那眉飞色舞的样子，全然不像是被问话，反倒像是在和一群跟她身份相仿的三姑六婆说闲话八卦一般，非但不紧张，还兴奋得很，“她和一些人的关系不清不楚的，没事就喜欢卖弄风骚，其实不过就是个被原主子赶出来的浪货，还真当自己是什么金贵人呢！”

因为众人早就知晓了迎春与唐清枫之间的丑事，所以便理所当然地认为金寡妇口中和迎春不清不楚的那个便是唐清枫。

许是因为对方是女眷，又是个絮絮叨叨的婆娘，所以几位贵人都不太愿意与她交谈，只委派了赵东林去问话。

“这事我们早就知晓，你没隐瞒，说明你还算是个老实人，却不知昨晚，你家公子之所以外出，是不是要给他二人腾地方？”

金寡妇一愣，好像听到了什么不可思议的话一般，眉头不由得慢慢拧在一处，“大人您说什么啊？我家少爷不知道他二人那破事！再说了，主子给下人腾地，这也说不过去啊！”

她这么一说，别说赵东林了，就连上座坐着的那几人也全都愣了。

见众人好像不明白，那金寡妇这才迷迷糊糊道：“怎么，几位大爷说的，不是迎春和茂儿的事情吗？”

“迎春和茂儿?！”

那金寡妇话音刚落，坐在上座的安盛平和徐延朔就异口同声地叫了起来。

语毕，两人又面面相觑地看了看彼此，俱是一副哭笑不得的样子。

他们都想着迎春和翟金玉会不会有私，却完全忽视了翟金玉的身边还有个正年轻的伴读。

那迎春是个丫鬟，茂儿是翟家的伴读，两人本就年纪相当，身份也合适，每日抬头不见低头见的，日子久了，难免生出些其他的情愫来。

而且，看着金寡妇的样子，似乎只知道迎春和茂儿，根本就不知晓唐清枫才是那迎春的本家。

不过想想也是，唐清枫要金屋藏娇，还刻意把迎春藏在了翟金玉的家里，自然是为了掩人耳目，不让别人知晓他和迎春之间的关系。这金寡妇一看就是个没脑子且口无遮拦的，若是这事被她知道，保不齐会说出去，那定会坏了唐清枫的好事。

“迎春和茂儿有私？”宋慈转过身，看看安盛平他们，低声道，

"如今这两人却又一同不见了踪影，该不会……"

他没说完，一旁的阿乐忍不住双手一拍，仿佛如梦初醒般叫道："哎呀，公子您的意思是，这两人私奔了？"

此话一出，徐延朔率先反应过来，随即朝着前面大喝一声："东林！"

赵东林现在主要是跟在徐延朔身边听命，被徐大人这么一叫，自然明白了他的意思，也不用吩咐，直接叫了两个官差，朝着后院迎春和茂儿的房里去了。

果然，不消半炷香的工夫，赵东林就拿着个包袱前来复命了。

"大人，这是在那迎春的房里搜出来的，很显然，她早就准备好了与那茂儿私奔。"

说着，便把手中的一个黄布包袱呈了上去。

宋慈接过，将那包裹打开，细细看了一遍。

这名叫迎春的姑娘倒也细心，包袱里除了金银首饰和一些贴身的衣物外，还塞了一包碎银，将那衣衫打开，其中两件的内衬里还缝有夹层，夹层中整整齐齐地塞着几张银票，面额虽然不算大，可也够他们在外生活一阵子了。

只是，既然这些都是准备好要私奔的，那为何她却没有携带呢？

想到这里，宋慈抬头又看看赵东林，"那茂儿呢？他房里可有什么异常，或是少了什么东西？"

"那茂儿的柜子似乎被人翻过，少没少东西倒是看不出，不过搜遍了他的房间也没发现任何值钱的东西，想来，是走得匆忙，都随身携带走了吧？"

"一个房里连一件值钱的都没有，一个明明早就准备好了包裹却没有带……”安盛平坐在主座上，双手抱肩，似乎陷入了沉思，“如此说来，这两人走的时候，应该还挺匆忙的。”

突然，他似乎又想起了什么，猛地抬起头，一双深邃好看的眸子死死地盯住那仍旧跪在下面的金寡妇。

金寡妇心里一个激灵，险些被他这双眼睛看得生出一身白毛汗来。

接着，她便听到那位长得十分俊朗的公子看着自己，一脸严肃地问道：“姓金的，我且问你，你最后一次见到迎春和茂儿，是在何时？”

见公子没有为难她，只是问了这么个简单的问题，金寡妇这才松了一口气，她眯起眼睛，认真地想了想，如实回道：“回公子，昨晚我还见过，大概酉时的时候，少爷要出去，当时是他自己去的，身边也没带上茂儿，我想着可能是什么要紧的应酬，不需要带人去伺候，也没放在心上。按理说少爷没吃晚饭，那迎春应该自己来厨房用饭的，或是干脆端了去，拿回自己房里吃，结果她却没来厨房端饭，我心想那小妮子是不是吃了什么点心。谁曾想都戌时了她还没来厨房，我觉得不对劲，这才端了一碗粉去她房里，结果……”

她说着，故作神秘地嘿嘿一笑，“您猜我看到了什么？”

“什么？”

“我看见啊，那茂儿正慌慌张张地从迎春的房里跑了出来，他出来的时候，衣衫不整，我叫他，他还不应，跑着跑着，连鞋都掉了一只！”

说完，那金寡妇掩着嘴，咯咯地笑了一会儿，这才继续道：“后来迎春从房里走了出来，把那鞋捡走了，走的时候还瞪了我一眼，那小眼神哀怨的，好像老娘偷了她的人似的！”

不过她这话说者无心，听者却有意，宋慈则紧跟着问道：“你说翟金玉昨晚独自一人出去了，那他有没有说过自己要去哪里，要去见谁？”

这问题他们方才也问过管家林兴，可他却死活不肯招认，看来也只能从金寡妇这里打探打探了。

“这位公子您可真会开玩笑，我一个厨娘，少爷去哪里，去见谁，怎么会和我交代，您没问问林管家吗，他兴许会知道吧。”

听金寡妇这么说，宋慈只好苦笑着摇了摇头。看来，也只能等那翟家老夫人好一些了，再去问问她。毕竟她是个当母亲的，总该知道儿子的行踪吧。

“对了，还有一个人，”徐延朔在这时，突然想起了什么，看着金寡妇道，“翟家那个长工，如果说那俩人是私奔跑了，这长工又是怎么回事？”

金寡妇跟那人似乎不熟，想了一会儿才想起那人的名字，“哦，您说德柱啊，他是个哑巴，所以平时老躲着我们，有活干的时候就叫他，没活的时候，他就自己找个地方一窝，不怎么出来闲逛。”

“等等，”徐延朔突然锁紧了眉头，“你说他是哑巴？”

“是啊，他来翟家做工也没多久，可能也就一个月吧，听说家里欠了钱，没办法才出来做工，不过他好像不是本地人，耳朵倒是也听得见，就是不能说话。”

“为什么不能说话，他是天生的还是后来才不能说话的？”

“这我就不知了，他看着人还不错，整日笑嘻嘻的，就是老躲着人，吃饭的时候也是自己端了碗，蹲到院子里的墙角去吃。哦，虽说是长工，可他不住翟家，每日一早过来，到了晚上干完了活就走，没人知道他住哪儿，也没人知道他什么来头，家里还有没有别人。反正他说不了话，想说也不能说。”

徐延朔没有说话，眼神却不自觉地飘向了宋慈，宋慈明了他的意思，他是想到了那四个抬棺材的轿夫。

那四人之中，有三个也是哑巴，不知这德柱和这些人有没有什么联系。

可就算这长工不住翟家，现已接近晌午了，仍不见来上工，他会不会也和这翟金玉的死脱不开关系？

“安广！”

端坐在上的安盛平沉不住气，随着他的一声叫唤，那一直惜字如金又一直在自己身侧如影随形的安广，随即上前行了个礼，把头压得很低，随时等着他的吩咐。

“你和赵东林去查查这德柱的底细，既然他是个哑巴，那总不能自己来这翟家找活做吧？把那介绍他进来的人也给我一道查了，我倒要看看这里面有没有什么不可告人的秘密！”

“是，少主！”

安广得了命令，也不再问别的，直接转身走了出去。赵东林自然跟在他的身后，和他一起去查那个叫德柱的长工了。

至于其他人，则在打发了那金寡妇之后，又把那名叫粉桃的丫鬟招进了屋里。

粉桃人如其名，是个像桃子一样又甜蜜又水灵的小姑娘，她不知道自家少爷会惨死在家中，所以即便是今日，也仍旧穿了件桃粉色的裙子，上面还配了个藕荷色的褙子，看起来甜美乖巧。

“几位大人可要给我家少爷做主啊！”她跪在地上，连连擦着泪，有些泣不成声了，“老夫人年少守寡，就少爷这么一个儿子，夫人待我不薄，看到她老人家白发人送黑发人，粉桃心里也跟着难受。”

徐延朔是个粗人，平生最见不得女子和孩子哭，而这粉桃才不过十五六岁，正是个娇滴滴的女娃，自然更是看不得。

“嗯，你能这么想，倒也算你有心了。那本官问你，关于这迎春的事，你知道多少？”

粉桃似乎愣了一下，她有些不明白，为何少爷死了，那当官的不问自己关于少爷的事，反而来问迎春？而且，短暂的不解之后，她眼神中闪现出的，是更多的慌张和担忧。

毕竟，她和迎春的身份特殊，若是挑明了，总会有些难堪，可若是不从实招来，又唯恐被他们查到，反而更加有口难辩。

“这……关于春姐，不知大人想问些什么？”

“你不要隐瞒，知道多少说多少，关于她自己，还有她跟唐清枫、茂儿的关系，都一并交代了吧！”

当听到“唐清枫”和“茂儿”这两人的名字时，粉桃彻底傻了，她没想到这穿着官服，看起来十足威风的大老爷竟什么都知道！而既然他能知道迎春的事，自己和周先生的事，想来也是瞒不住了……

“春姐说，她早晚要离开这里，那唐公子的夫人不是个省油的灯，一直找人监视着唐公子的行踪。万一哪日让她知晓了自己还与唐公子在一起，怕是不会有好果子吃的！”

“所以，她早就想好了要和那茂儿私奔？”

“这民女就不知道了，春姐没和我说过，但我看她的意思，是决意要走的。”

“既然如此，会不会是那迎春和茂儿想要私奔的事被翟金玉知道了，他怕得罪唐清枫，自然不肯放这二人离开。于是，迎春和茂儿就把心一横，将那翟金玉杀了？”

一旁的阿乐听完粉桃的话，大胆地作出了这一番推测。

除了那跪在下面的小丫鬟，屋里也没有别的外人，因此几个人说起话来也没什么遮掩。安盛平也觉得阿乐说得有些道理，毕竟若是说这翟金玉死在了女鬼方玉婷手中，有些细节实在对不上。可要是迎春和茂儿为了一己私欲将翟金玉给杀了，之后又怕担责，制造了翟金玉乃是被女鬼挖心而死这一假象的话，便可说得过去了。

于是，安盛平想了想，又对着那粉桃问道：“好，先抛开这些不谈，粉桃我问你，你知不知道昨夜你家少爷去了哪里，去见了谁？”

其实安盛平这么问，也是病急乱投医，毕竟一个丫鬟，怎么可能知道主子的行踪。然而出人意料的是，粉桃竟还真知道昨夜翟金玉外出这件事。

“昨晚少爷确实出去了，他好像是有什么事，外出时，脸上的表情还不错，看起来似乎挺高兴的。至于去见谁……这个我就不知道了。”

“哦，你怎么会知道这些？”

“我去给老夫人取饭时，刚好在后院见到少爷急匆匆地要出门，他走得急，我问他要不要用了饭再走，他说不必了，叫我好生伺候老夫人。”粉桃说着，好像又回忆起了昨日傍晚的情景，“还有，少爷快出门的时候，我听到他自言自语地说这回又有得赚了。”

“有得赚？”

“嗯，少爷是这么说的没错。”

听了粉桃的话，几个人默默对视了一下，看来这件事不像想象中那么简单，原以为是方玉婷作案，可如今又有很多细节对不上，究竟凶手是不是那假冒的方玉婷，还是个未知数。

而这翟金玉后院内错综复杂的人际关系，以及他自己所做的那些丑事，也无端端地给他的死因蒙上了一丝阴影。

宋慈还想问些什么，可就在这时，那方才出去的赵东林又慌慌张张地返了回来。

“怎么回事，不是叫你们去查那长工吗？”安盛平顺着赵东林的身影往外望了望，却并不见安广与他一同回来，心里不由得纳闷起来，“为何就你一个，安广呢？”

“公子！我们发现了这个！”

赵东林手中的东西一下子就吸引了安盛平等人的注意。

那是一件沾满鲜血的外衣，看颜色和质料，应该是出自一个生活水平不高且处于底层的男子。那衣物上有好几块大大小小的补丁，背后的位置被人或者说是被刀划开，染上了大片已经凝固的深褐色血迹。

“这衣服好像是德柱的！”跪在几人面前的粉桃用手掩住嘴，发出了一声惊呼。

正拿着那件血衣的宋慈微微蹙了一下眉，几步走到她的面前，将那衣服朝粉桃面前递了递，“你看清楚了，这衣服，确实是那长工的？”

粉桃原本直起的腰身，不经意往后躲了躲，似乎有些惧怕那衣服上的血迹，面上也露出了惊恐的神色。

宋慈这才意识到，他求问心切，竟没考虑到对方只是个年幼的小姑娘，看见这染血的衣服，肯定会又怕又惊，于是赶紧将那衣服往后收了收，朝她笑了笑。宋慈本就一身书卷气，举手投足间都有着文人特有的儒雅内敛，如今温柔一笑，倒是很快便抚平了粉桃那惊慌失措的情绪，让她安静了下来。

“是，肯定是德柱的，那上面有个补丁是我帮他补的！他之前帮我抬东西，结果被柜子角刮破了衣服，就是这里……”粉桃说着，伸出根手指，指了指那衣服上一处黑布搭配蓝色丝线的补丁，“当时我没找到黑色的线，只能用蓝色的缝了。”

接着，可能是怕被人误会自己和德柱的关系，又赶紧补了一句：“柱子哥为人挺实诚的，平日跟大家也不往来，但总是笑嘻嘻的，干完活就一个人在墙角或是柴房窝着，这院子里谁都能使唤他……我听说他身世可怜，而且他还少了一截手指……”

听到她说少了一截手指，宋慈仿佛若有所思，“你说他少了一截手指？不知是左手还是右手，少的又是哪一根指头？”

“右手，他少的是小拇指的指头。”

抛开别的不谈，单说这衣服上的痕迹，很显然是被刀划破的，而且按照这个伤口的大小程度，此人当时受伤一定十分严重。

“东林，你们是否只找到了这件血衣？那有没有发现别的，比如血迹或是那受伤的人？”此时问话的是徐延朔。

“回大人，出了后院再往前走，确实看到了一些血迹，但是不太明显，之后我们在那立在墙边的柴火堆里找到了这件血衣！安大人已经继续沿着血迹去查了。”

“既然如此，你且带路，我们也去看看。”

“是！”

虽然宋慈是验尸行家，但说到现场痕迹的观察，徐延朔反而略胜一筹，所以他很快就找到了切入点。

“血迹是从这里开始的，当时那德柱应是站着的，他背对着砍伤自己的人，然后挨了一刀。接着他跌倒在地，往前匍匐了几步……”

听了徐延朔的这番叙述，再配合地上的痕迹，安盛平眼前仿佛出现了这样一幅画面：那日德柱收了工，正要回去，结果撞上了要私奔的茂儿和迎春，德柱虽是个哑巴，可他毕竟看到了，因此也是个祸害，只有杀了他，才能确保他二人的安全。于是，茂儿狠了心，从后面对着德柱的背一刀砍了下去！

“如此说来，那翟金玉会不会也是他们杀的？”阿乐忍不住好奇道，“说不定翟金玉倒霉，正好瞅见了，茂儿便一不做二不休，干脆把他也给宰了！”

宋慈回身抬手，敲了敲阿乐的脑袋，“没有证据，不得胡说。”

阿乐“哎哟”一声，有些委屈道：“公子，我这不是推测嘛！不就是私奔而已，何必杀人啊，您看这个出血量，这衣服上的刀口这么长，总觉得，这德柱怕是性命堪忧了啊！”

“那倒是不见得，你瞧……”宋慈说着，引领众人将注意力又移回了地上，“徐大人方才所言极是，那受害人确实是被人从后面砍了一刀。不过你们看，这地上仍是并排两个男子的脚印，若是当时便死了，或是昏了过去，又怎么能自己行走，恐怕只会变成一条拖拽的痕迹，所以……”

“所以，至少当时，那人还是活着的？”

"没错。"

"可既然活着，为什么要把他带走，而不是再补上一刀呢？"安盛平用一只手托着肩膀，另一只手摸着自己的下巴，仿佛自言自语道，"如果真如阿乐所说，那茂儿和迎春私奔时被翟金玉撞上了，茂儿一时狗急跳墙，杀了他，又做出一副乃是方玉婷所为的样子，而后慌慌张张地跑了出来，连准备好的细软都来不及拿，却又遇上了德柱，便一不做二不休地给了他一刀，可为什么要将他抬走？"

"安公子，这有何想不通的，那两人不想被人发现他们杀了人，想把德柱带到别的地方毁尸灭迹罢了！"

"不对，"安盛平摇头，否定了阿乐的想法，"若真是这样，人都带走了，为何把这血衣留下？这岂不是太明显了，他二人要是能想出嫁祸方玉婷的事来，怎么会粗心大意到把这沾了血的衣裳随便扔在柴火堆上。"

阿乐被安盛平说了个哑口无言，彻底答不上话了。

"我倒是比较在意另一件事。"宋慈突然冒出一句话来。

"什么？"

"方才那粉桃说，昨夜翟金玉出去时说又能赚一笔了，他除了书院那活计之外，唯一还能得了钱财的，就是靠着和那些富家千金订婚，难道说……"

"哦，这个我还真叫人查了。"徐延朔瞅了瞅赵东林，示意他来说。

赵东林很有眼色，马上点头应着，上前一步，"是，经属下调查，那翟金玉最近还真有了段姻缘，只是八字还没一撇，所以到目前为止，倒也不算有婚约在身。"

“真有姻缘？不知他这次又看上了哪家的姑娘？”

“对方姓陈，是几个月前才搬到长乐乡的一位富贾，据说以前是在南方做绸缎生意的，家底颇丰，家中有个年十八的嫡长女。”

“十八？”安盛平心道这个岁数尚未出嫁，而且家世也不错，难道，会有什么隐情，“那位小姐为何这般年纪，却还迟迟未嫁？”

“回公子，这位小姐据说早先也是有过一段婚约的，不过未出嫁前，对方从马上摔下来，跌伤了腰，下半身废了，那陈老爷自然不肯让女儿嫁给个废人，于是便悔了婚。后来又因举家迁到长乐乡，耽误了那位陈小姐的婚事，这才落了个年十八仍旧无着落的结果。”

“那他怎么就看上翟金玉了？”

“还不是那帮媒婆巧舌如簧，把那翟金玉夸上了天，抛开别的不谈，就说那翟金玉自身的条件，乍看之下，还是不错的。”

巷子里，几人正说着话，却突然听到身后那翟府后门处传来了一阵喧闹。

回过头时才发现，原来是那粉桃正站在那里，不知在和把门的官差说着什么。

“怎么回事？”

“几位大人，你们赶紧去看看吧！我家老夫人说要见大人呢！”

于是半炷香后，那翟老夫人的房间里，原本就不算宽敞的地方，又因为站了宋慈、安盛平、徐延朔三个大男子，显得愈发拥挤起来。

那粉桃则侧坐在床边，正端着一碗茶，伺候着那位仍旧面色苍白的翟老夫人。

“那棺材，是我叫玉儿买回来的。”

她口中的玉儿，自然就是自己的儿子翟金玉。

因为眼睛有疾，所以即便是睁着双目，翟老夫人的眼睛看起来仍旧是灰蒙蒙的，好像是蒙上了一层云雾，这灰瞳使她看起来像是个衰老诡异的妖婆，透着股说不出的阴冷。

“您说什么?！”徐延朔简直不敢相信自己的耳朵，“那院子里的棺材是……”

“是。”那一刻，老太太的眼睛虽然看不见，心里却仿佛有一盏明镜，透亮得很，“我知道你们在想什么，我儿子被人挖了心，院子里还有口棺材，肯定觉得是那地底下的方玉婷干的，是不是？”

“这……”

宋慈那几人都陷入了沉默。

“哼，怎么，我老太婆说错了吗？”

“没，您老说得对，我们确实是这么想的，”安盛平此时的脸上挂着苦笑，看了看身旁的另外两个人，对那翟老夫人毕恭毕敬道，“您继续，我们听着。”

“嗯，我就知道。”老夫人说着，放在锦被上的手又攥紧了几分，直把那绣着描金牡丹的被子抓出了几道褶，然后，她摇了摇头，示意粉桃不用在旁边伺候，这才继续道，“前些日子，我身子不好，究竟得了什么病，即便玉儿不说，我自己也清楚得很，这病断断续续，跟着我好些年了，可从没有像这次这么严重，所以我心里明白，我怕是时日无多了。”

说完这话，她喘着气，休息了一会儿，看来她方才虽然勉强下了地，还走到了院子里，却因过度悲伤而耗尽了所有的力气。

“那时，我趁着精神还好，就跟玉儿说，玉儿啊，娘不行了，你替我寻一口好些的棺材，等我死了，把我埋到你爹旁边，让我和他在底下做个伴。我们老一辈讲究提前准备，棺材、寿衣这些都得趁着自己还在，就选了满意的，不然等人死了，两腿一蹬，两眼一闭，我还看个什么！”

宋慈却想到了另一个问题，“老夫人，您说这棺材是您亲自订下的，那这棺材的材质和花纹也是您选的吗？”

“我一个瞎老婆子怎么选！那棺材是玉儿帮我选的，他说是一个朋友拿了样式图给他看，他觉得不错才叫人照着去打造的。”

听了她这话，屋里的几个人更加笃定了他们身边有“奸细”的事。

不过，这奸细竟认得翟金玉，难不成打从一开始，翟金玉就成了“受害人选”？

不过比起这些，眼下最紧要的，应该是先确认那翟金玉真正的死因。

现在天气热，那尸体又放了一宿，再加上已被开膛破肚，挖去了心，导致那尸身血肉模糊，须尽快处理才能确保不出问题。

于是，几人分头行事，徐延朔与这位翟老夫人似乎还算投缘，便留下继续安抚她老人家，顺带再看看能不能打探出别的消息。安盛平则打算再审审，包括那管家在内翟府剩下的这三个下人。而赵东林则按照安广追查的方向跟了过去，想看看能不能追上他，然后再做别的打算。

至于宋慈，则在阿乐和几个官差的帮助下，将翟金玉的尸体运回了衙门。

令人始料不及的是，他们竟在衙门后院遇到了一个“可疑人”。

此人正是那县令唐松家的公子，同时，和那翟金玉是莫逆之交兼同僚，还是那迎春的姘头。

这唐清枫身材瘦高，穿着件黑色云纹的直裰，衬得他本就比一般人白皙的肌肤更显炫目，长着一双狭长的丹凤眼，看人的眼神里透着一股阴冷。

“你是说翟金玉被人害了！”那唐清枫显然是得了消息，所以才急匆匆地赶到衙门里来认尸。

他声音偏细，此时又提高了音量，故而乍听之下，显得十分刺耳，“不可能！明明昨晚我才见过他！”

宋慈倒是没想到他会这么急切，索性连寒暄也省了，直接正色道：“唐公子，您说您昨晚见过死者？”

“是啊，我之前帮他牵了线，介绍了那开绸缎庄的陈老爷，他家有个十八岁的老姑娘，待字闺中。本以为那姑娘如此年纪还未嫁人，定是长得其貌不扬，可昨晚见了才发现，竟是个倾城美人，我也难得在金玉脸上看到那种表情，他之前退了好几门亲事，这次终于有盼头了，怎么……”

宋慈倒是没想到，翟金玉最近的那出姻缘，竟是唐清枫给牵线搭桥的。更没想到的是，他们昨夜去见了陈家的大小姐。

“唐公子，麻烦您仔细将昨晚的事如实相告，此事事关翟金玉的真正死因，请您务必想清楚了，什么细节都别落下！”

唐清枫还是未能相信翟金玉已死的事实，心思根本就不在与他的对话上，“你说翟兄死了，我还是不信，这怎么可能！”

说完，又恢复了以往的本性，开始撒起泼来，转过身，朝着衙门内快步走去，一边走，还一边大声喊了起来：“来人！都给本公子滚出来！”

看唐清枫那气势，就好像这县衙做主的不是他爹，而是他自己，十足地嚣张跋扈，一看就是个被惯坏的败家子。看来他不见到翟金玉的尸体是不会罢休了。

半炷香后，衙门后院。

唐清枫一只手捂着胸口，一只手撑在后院的一棵树上，整个人趴在那里，强忍着想要再次呕吐的欲望，惨白着一张脸，抬起头看向不远处那一直默不作声，又让人十分生厌的宋慈，“喂，我问你，翟兄死了，他家里人如何了？”

宋慈见那唐清枫终于止了吐，这才上前几步，“唐公子问的，可是翟家老夫人？”

唐清枫果然面容一滞，蹙眉低语道：“自然是伯母，还有翟兄家中那些下人，林管家还有那两个丫鬟……”

说着，原本苍白的脸上竟现出了一丝忸怩之色。

看来，他对那丫鬟迎春倒是真的上心。只是不知道，他听到迎春和人私奔的消息后，又会是一副什么样的表情。

“老夫人伤心过度，身子不太好，至于其他人，除了受了些惊吓，也没别的大碍。”

“哦，那还……”

“只是，有三个人失踪了，一个长工，一个伴读，还有一个丫鬟……”

丫鬟两个字一出，唐清枫脸上立刻变了颜色，“丫鬟？哪一个？是春儿还是粉桃？”

“春儿？”宋慈蹙眉，想了想，这才恍然大悟般道，“唐公子说的是那迎春吧？”

“是，你快说！”

“实不相瞒，那失踪的，正是迎春姑娘。”

“什么！”唐清枫几乎不敢相信自己的耳朵，他身子向后，一个踉跄，若不是刚好有那棵树挡着，定是已经跌倒了，“春儿怎么会……她还活着吗？”

这个问题，宋慈倒是真的不知该如何作答了。

那唐清枫自打听说了迎春失踪后，整个人也像是丢了魂一般，呆呆地站立在那里，脸上几乎没了表情。

于是宋慈嘱咐了和他一起回来的几名官差，叫他们看好唐清枫，让他先不要回去，等自己验尸完毕，再好好找唐清枫问话。

宋慈转过后院的长廊，和阿乐同行。

“公子，您说那唐清枫若知道自己的姘头和别人跑了，会不会迁怒到翟金玉身上？”阿乐冷哼着问道，“毕竟那拐走迎春的，是翟金玉的伴读，这事又出在他眼皮子下面，保不齐那翟金玉早就知道那两人有奸情了。唐清枫这些年还跟那翟金玉称兄道弟的，简直太讽刺了！”

其实同样的疑问，宋慈也曾有过，所以他才在见到唐清枫的那一刻，把他定为“可疑人”。可和他简单交谈了以后，比起唐清枫本人来，宋慈更好奇昨夜发生了什么。

为什么他们两个大男子会深更半夜地去见一位未出阁的大家闺秀？

这件事太过蹊跷了，以至于宋慈现在根本无心去考量唐清枫、迎春、茂儿，以及那翟金玉之间错综复杂的关系了。

“还是先看了尸体再说。”

宋慈说着，推开大门，一脚跨进了停放翟金玉尸首的房间。

正如一开始所推测的那样，翟金玉的指缝里布满了泥沙，头发和口鼻里也都有泥沙的痕迹，而且随着时间的延长，原本并不明显的伤痕，此时也慢慢显露了出来。

“公子您看，”阿乐指着那被他们剥光了衣物，正躺在一块麻布上的翟金玉说道，“他膝盖上有好些小坑！这是如何造成的？”

那翟金玉的两个膝盖上遍布着一些青紫色的痕迹，甚至还有些破口，宋慈弯腰看了看，用尺子大概量了一下那些淤青的长度，这才胸有成竹道：“这些应该是他跪在地上时，被地上的小石子硌出来的。”

“哦，”阿乐恍然大悟，“难怪有的地方还破了皮，想来，是他被人按在水里，拼了命地挣扎，所以膝盖才会和那些石子摩擦，弄出了这些伤口。”

既然是被人按住，将头埋进水中，那这么说，翟金玉的后颈和背部也极有可能会有被外力强行按压过的痕迹，所以宋慈紧接着便把翟金玉的尸首翻了面，背朝向自己。

果不其然，在翟金玉的后颈和肩膀上，他清晰地看到了几个指印。

不过，不知为何，他觉得这几个指印看起来有些奇特。

“呀！还真有指头印子！公子，接下来要怎么办？”

“接下来，自然是看看他是否真的因为溺水而亡了。”

宋慈说着，朝着翟金玉的尸体走去……

“你的意思是，翟金玉确确实实是淹死的？而且，他早在被挖心之前，就已经死了？”

安盛平和徐延朔回到了衙门，两人一进门，就看到了端着茶杯，坐在衙门院子里正悠闲喝茶的宋慈。

那是今年的新茉莉，气味清香，入口温润，回味悠长，就像此时的宋慈，当他知道翟金玉并不是因为方玉婷而死时，心里似有什么东西落了地，觉得轻松了不少。

尽管这案子依旧复杂且毫无头绪，可起码他知道，方玉婷没有改变她一贯的作风，这起案件，和她本人没有任何关系。

“正是，翟金玉的膝盖上有一大片被石子硌到的痕迹，后颈和肩膀上还有凶手留下的指印，这些更加证明了他当时是被人强行按在水中，跪在了铺满碎石的河水边。”宋慈说完了外伤，又开始描述他验尸后的真正发现，“翟金玉的尸体，口鼻有水沫流出，且有些淡色血污，腹部有水胀，所以应该是溺亡而死。”

“若他真是溺死的，那是否就说明，此事与方玉婷无关？”徐延朔一边消化着宋慈的推论，一边问道，“可既然无关，凶手为何要多此一举地挖走他的心？难不成是想把这个杀人的罪名推到方玉婷身上！”

“大概是这样没错，我检查过那位岳公子的尸体，他是在死后被人挖了心去，死的时候还中了迷药，脸上呈现出一种怪异的笑，我想这一点大家都是记忆犹新。”宋慈说道，“而且，那岳家公子被开膛的伤口呈撕裂状，好似被什么硬物刺入了胸膛，而后生生被人将皮肉撕开。可这翟金玉胸前的伤却是死后造成的，从伤口形态来看，光滑平整，一看便是用一柄锋利的刀具所致，跟那岳公子的完全不同。可见，此事根本不是那假冒方玉婷之人所为。”

“我也觉得不像，翟家事前并未接到婚书，且不知晓那方玉婷要来跟翟金玉成亲。再说了，就连停在院子里的那口棺材都是人家老娘自己准备的，这跟方玉婷那几起案子，可还差得远呢！”摇着折扇，安盛平苦笑道。

不过，最令人在意的还是那失踪的长工德柱，他也是个哑巴，这世上哑巴虽然不少，可为何这么巧，偏偏在翟家出事前，就来了这么一个长工。

毕竟他来了才没多久，翟金玉就出了事。

那么，这德柱究竟是不是方玉婷的抬棺人呢？若真是如此，是否说明方玉婷每次犯下案子之前，都会先派自己人潜入被害者家中，打探对方的消息，记录对方日常的生活习惯……

“对了，”直到此时，安盛平才想起了那一直被扣在衙门中的县令公子，“我听说唐清枫来了，他可有交代什么？”

“别的倒没什么，他看似并不知翟金玉被杀之事，更不知迎春已经和别人私奔了，不过他说了件很重要也很奇怪的事。”

“何事？”

“他说，昨夜他约了翟金玉一起去见了那位有意与翟家定下亲事的陈老爷的女儿。”

“哦？”

提起这有意和翟金玉结亲家的陈家，徐延朔倒是有几分了解，“这倒是奇了！那陈家小姐不管怎么说，也是个未出阁的大姑娘，翟金玉和唐清枫怎么会有机会跟那位陈小姐见面？”

“我也不清楚，这其中的细节，怕是只有当事人才能知晓。”

“既然如此，那就好好审审那唐清枫，人命关天，我谅他也不敢隐瞒。”

于是，唐清枫就这样被带到了众人面前。

“听闻昨夜，唐公子和翟金玉一起外出过？”安盛平不喜欢拐弯抹角，一边问，一边端起了放在案几上的茶杯，却在饮了一口后，有些嫌弃地将杯子放回了原处。

唐清枫知晓自己此时此刻，也唯有坦白才能尽快摆脱这一切，“是，我和翟兄……我是说翟金玉，我们昨夜确实一起出去了。”

“很好，你们去了哪里，见了谁？几时去的，又是几时回的？除了你二人之外，可还有他人作证？”

安盛平一口气抛出了好几个问题，只等着他的回答。

唐清枫的心里一阵不服气，这里是衙门，自己又是县令的儿子，可如今这小子却反客为主，坐着他家的椅子，喝着他家的茶，还摆出一副审问的姿态，完全不把自己放在眼里。但是看眼前这形势，他也不能发威，只好乖乖答问。

“我们去了玉溪湖，见了那位陈家小姐，去时已近酉时，将近戌时在那玉溪湖前的渡口分别，当时我们乘了画舫，那画舫上约有十余人，都可为我做证。”

“玉溪湖？”

听到这里，三个人似乎都明白了什么，可谁都没作声。

“是，我与那陈老爷有过几面之缘，说起来，他与我那岳父倒也有些沾亲带故。”

“此话怎讲？”

“那陈老爷是我岳父家一位叔公的庶出，算是有些亲缘关系。不过我岳父一向瞧不起他们这些做商贾的，认为官商不一家，所以即便偶尔见上一面，也鲜有接触。我也是从马……”唐清枫说着，果然露出了些许鄙夷的神情，“我是说，从我娘子那里听闻她那个八竿子打不着关系的表妹最近想寻门亲，这才想到了翟兄。适逢昨夜这长乐乡有位姓赵的老夫人过大寿，那陈家姑娘与赵家的小姐走得近，因此也被邀了一起去游湖贺寿。”

“这倒怪了，我若是没记错的话，那画舫上请的，可都是长乐乡有头有脸的妇人和一些未出阁的小姐，怎么你还混上去了？”

关于这位姓赵的老夫人包了游船做寿之事，安盛平之所以会知道，是因为那位老夫人也派人送了帖子来请他姐安雨柔，只是安雨柔一向清心寡欲，不喜欢热闹，且又是深夜游湖，自然没能前去。不过，她人虽未到场，却也命人送了盏上好的琉璃灯，算是为赵老夫人的寿宴添彩。

“自然是未上那船，我和翟兄上的是另一条。”说到这里，唐清枫嘴角微微翘起，勾出个潇洒的笑，却让人打从心底厌恶，“要知道，够资格上那船的，可都是长乐乡最有身份的女子。尤其是那些未出阁的小姐们，像我们这些有头有脸的，又有几人能依自己的想法去娶妻，到头来，还不是要听父母长辈的。既然如此，倒不如借着两船相错之际，自己先去相看下，若是有合意的，身份又相当，再求了家人去下聘，也算说得过去。”说着这些话，唐清枫难得地语气里透出几分凄苦，“我虽没了那资格，可陪着兄弟们去瞅瞅，也不是什么大不了的事。”

“哼，瞧唐公子这话说的，倒还真难为你这般用心了。”安盛平饶有兴趣地看着他，似笑非笑道，“不过那船上的女子何止一两个，你们又如何判定哪位是那陈家小姐？再者说了，若是没有推算好时辰，刚好人家在舱内，你们又该如何相看？”

他这话虽没有明说，但很显然，是笃定了唐清枫他们有内应，所以才能清楚那位老夫人和一众女眷到甲板上的确切时辰，以及究竟哪一位才是那翟金玉有意攀附的“陈小姐”。

“这还不好办，那赵二公子正好在墨松书院读书，是他告诉我那日要给老夫人在玉溪湖做寿的。而且还说了他家妹妹打算邀请陈家小姐，想来，他是以为我与陈家沾亲带故，想要趁机套套近乎，我便告诉那赵二，若是陈小姐去了，就让他妹妹帮个忙，给那位陈小姐头上戴一朵紫菀花，这样我们就能一眼认出那位陈家小姐了。而昨晚，为了给老夫人贺寿，赵家兄弟特意放了烟火，于是我们便约定好地点和放烟火的时辰，自然就……”

唐清枫这法子投机取巧得很，但也确实有效，因为那日是赵老夫人的寿宴，所以应邀前去的那些大家闺秀，一个个的也都百花齐放，穿的戴的都透着富贵喜气。而这位陈小姐，因为是唐县令家的“亲戚”，自然备受优待，早就跟赵家小姐通了气，两人私下约好，一个穿藕粉色，一个穿淡紫色，两个人的头上也都别了鲜花，只不过赵家小姐戴的是粉红的凤仙，而陈小姐则戴了朵紫菀花，两个少女并肩站在夜空中坠满烟火的画舫之上，倒真真宛若那九天之上落下凡尘的仙子一般，着实夺目。

“你们倒是好算计，”徐延朔一贯看不上此类耍心机之事，因此也不掩饰自己的反感，“相看之后呢？你说你和翟金玉在岸边分别，那他是回了家，还是又绕去了别的地方？”

“大人，您这就强人所难了！”唐清枫苦笑，“我又不是翟金玉的老子，他也不是三岁的娃娃，去了哪里，回没回家，我怎知呢！”

“你当真不知道？”

“当真！我怎敢欺瞒几位大人！”

语毕，唐清枫便不再作声，乖巧地低了头，退到了一旁。

这屋里的其他三人听了这番话，全都陷入了深思。

而就在气氛有些冷场，大家都还在想着下一步要怎么办的时候，门外却传来了一阵很轻很短的敲门声和安广那一句：“少主。”

虽然安广只叫了这么一声，而且语气极为平淡，可安盛平的脸上还是稍纵即逝地闪过一丝忧郁，他微微蹙紧双眉，轻道：“进来吧。”

房门被一只修长的手臂轻轻推开，一身深色劲装的安广迈步跨了进来。

这房间不大，他往前几步，恰好站在了唐清枫的旁边。

明明同样是皮肤较一般男子要白皙，也同样长了一双狭长且上挑的眼睛，可安广与唐清枫大有不同。两个人不论是气质还是给人的感觉，都仿佛一天一地，若站在一起，更衬得安广英姿勃发，那唐清枫形容猥琐了。

“禀少主，您叫我去查的，属下已经查到了。”

安广低着头，没有继续说下去，明眼人都能听出他是介怀此时这屋里还有唐清枫这么个外人，所以要先问清楚安盛平的意思，才知该不该继续。

当时在翟家，安盛平遣了安广去捉拿那出逃的迎春和茂儿，而唐清枫也算是半个苦主，安盛平本来想顾虑下他，叫他先出去，心里却又不知做了什么打算，竟点了点头，“说。”

安广仍旧没有抬头，既然是少主吩咐的，他自然要照办，从小到大他就是这样，不问理由，绝对服从，“是，回少主，已经找到那私奔潜逃的许茂和迎春了。”

“找到便好，既然如此，那就带上来吧。”

“这……”直到此时，安广才稍稍抬起了头，只是那英俊的脸上，挂上了几分为难，“属下和赵东林赶到时，他二人正打算从水路逃走，待到我们找了船追上去，那船上早已没了两人的踪影，追问下，那船家说他二人在途中发生了争执，失足落水，溺毙了。”

“什么！你说春儿死了！”

不等其他人反应，站在安广旁边的唐清枫先急了，看得出，他是真心在乎那个叫迎春的小丫鬟，甚至顾不上规矩礼节，伸出手想要扯住安广的衣袖。

不过安广可是从小习武，反应极快，微一侧身，便躲过了那唐清枫朝着自己伸过来的双手，表情冷淡地退到了一旁。

唐清枫没能得逞，只能将双手按在头上，揪住自己的头发。

“这不可能，怎么会！春儿死了，春儿为何死了！”

他甚至避重就轻地忽略了迎春与人私奔的事实，只是一味地沉浸在迎春已死的悲痛之中。

屋内的其他三人也不约而同地蹙起了眉头。

“溺毙？”宋慈率先问道，“尸体可否打捞上来了？”

“捞上来了，已经安置在了后堂，和那翟金玉的尸首放在一起。”

宋慈不敢耽误，回头朝着安盛平和徐延朔苦笑一下，也不说什么，直接撩开衣襟，大步朝着屋外走去。

“那船家到底如何说的，你们又是如何发现那两人行踪的？”徐延朔问道。

“回徐大人，当时我们沿路去找，打听到天还没亮之时，有一辆马车朝着渡头的方向去了，据说除了车夫，那车上下来的是一对年轻男女，男的似乎受了伤，由那车夫搀扶着，女子则抱着包袱跟在后面，看起来战战兢兢的样子，看情况，应该是迎春和许茂没错。于是属下便和赵东林一起赶到了渡头，几番询问下，查到此二人上了一条叫王二狗的船夫所撑的渡船。我和赵东林马上雇了船追出去，可走了没多远，就看见那王二狗已经开着船往回赶了。结果我们上了船，并没有发现许茂他们。

“初时那王二狗还支支吾吾不肯交代，后来又借口说已经过了河，将他二人送到了对岸，可按照他来回的行程，根本不可能在如此短的时间内往返。王二狗没了办法，这才交代，说是许茂和迎春他们在途中发生了争执，提到了什么少爷，还有被拉回去要被打死……后来越吵越烈，一起失足坠入了水中。王二狗也是见钱眼开，早在许茂他们上船时，他便看到了许茂那包袱中带了不少银钱，此时他们又落了水，王二狗便趁机掉转了船头，也不去相救，只想着要把他们带着的那个包袱占为己有。”

安广说着，又似乎想起了什么，双手抱拳道：“对了，那包袱我们也带回来了，正和那两人的尸体放在一处。不过……”

“不过什么？”

“不过属下在那包袱中找出了一条女裙，应该是那迎春的没错，那女裙前胸和袖口上满是血迹，可那迎春的尸体上，并无任何明显的伤口，反倒是许茂的背后有一道长长的刀伤，所以属下认为，此事极可能与那翟金玉有关。”

听到这话，安盛平和徐延朔也坐不住了，两个人交换了一下眼色，叫上安广一起朝着后院摆放尸体的地方走去，全都不顾那仍在喃喃自语，无法接受实情的唐清枫。

大概一炷香后，宋慈才从那摆了尸体的屋里走了出来。

此时他面色凝重，一看就知道是发现了不寻常之事。

“宋公子，你可看出什么？”徐延朔性子急，忍不住上前一步问道。

宋慈却苦笑着做了个邀请的手势，示意几人随他进去，看着尸体一一解答。

“这许茂确实是被淹死的，但他和那翟金玉不同。许茂是跌进水中溺毙而亡，你们看，许茂被打捞上时，双手双脚向前，嘴巴闭合，双眼开闭不定，两手握拳，脱了鞋袜，其脚底也呈现出皱白之色。因为落水之时发生了挣扎，气脉往来，搐水入肠，所以和那翟金玉相似的是，腹内有水胀，口鼻有水沫流出，这些都说明了他是溺亡的。”

“可安广说，这许茂还受了刀伤？”

“是，就在他后背。”宋慈说着，用眼神示意阿乐将许茂的尸体翻了个面，脸朝下，背朝上。

果然，那伤口虽不算深，但却很长。即使已经因为在水中浸泡而洗刷干净了血迹，可一看就知是新伤，伤口还没有任何愈合的迹象。

“这……”徐延朔不由得想起了在翟家后巷里发现的那件血衣，“这伤口的形态看起来，似乎和我们找到的德柱衣裳上的破口很像。”

“不是像，我怀疑当时穿着那件衣物的，实际上不是德柱，而是许茂。”

宋慈说着，从带回衙门的那堆物证里找到了那件血衣，平铺在许茂的背后，那衣服上的破口果然和许茂背后的伤口完全吻合，很显然，许茂就是在穿着这件衣服时遇害了。

安盛平眼珠一转，“我记得，安广说许茂和迎春是被一辆马车送到渡头的……”说完，回过头，瞅着安广，示意他再讲清楚些。

“回少主，那证人说只看到一个穿着一身旧衣，戴着个斗笠的车夫，因为车赶得及，这才多看了两眼，不过因为遮着脸，却也没看出什么，只知道那马车停在渡头，上面下来个娇滴滴的小娘子，还搀扶着一个面色惨白的年轻人，这才忍不住多瞧了几眼。”

“斗笠？”现在是盛夏，一般人戴斗笠只是为了挡太阳，大早上的日头又没有那么毒辣，戴个斗笠显然不是为了遮光，因此只听这一点，就大有问题了。

“若是没有送上船，那就不好办了，许茂和迎春都死了，究竟在翟家后巷还有那马车里发生了什么，看来已成解不开的谜了。”

宋慈略显惋惜地摇摇头，将话锋一转，看向了那此时已经香消玉殒，却仍能从那毫无血色的脸上看出生前姿色的迎春。

“不过，这两人死得倒也没那么简单，而问题，就出在这位迎春姑娘身上。”

“此话怎讲？”

“四郎你看，”宋慈与安盛平乃是世交好友，偶尔也会像家人一样，称呼他一句四郎，只是一般情况下他不会当着外人这般称呼对方，毕竟安盛平的身份在那里摆着，而此时，他能这样叫，说明宋慈早已不把徐延朔当作外人了，“首先，这迎春姑娘的尸体衣冠不整，发髻凌乱，且脖子上还有几道红痕，看起来似乎是指印，当然这也可解释为她生前与许茂发生过争执，对方失手造成的。可我细细查看过她的尸体，发现她并不是溺水而亡，相反，从种种痕迹来看，倒更像是被人扼死之后，将尸体投入了水中，想要造成溺亡的假象。”

听了宋慈的解释，安盛平先是愣了一下，随即转过头，看着安广，“这两人的尸体，哪一个靠岸边更近些？或者说，你们先捞起的是哪一个？”

安广听到少主问话，稍加思索道：“先发现的是那许茂的尸体，再往前，又行了大概一刻钟，才又找到了迎春的尸首。我问那王二狗，为何说这两人同时落水，尸体却离得那么远，他声称只因那迎春是个女子，比较轻巧，所以被水冲得更远些。”

听到这个回答，安盛平冷哼了一声：“哼，这种话你信吗？”他虽在问安广，却并不用安广回答，也知道答案。若是安广相信，又怎么会追问那王二狗这个问题。

因为赵东林是与安广一起去调查这件事，回来后也一直就在这屋里守着尸体，所以方才已在宋慈验尸的空当，将他们所听所见的都如实告诉了宋慈。

故而，宋慈也已知晓这王二狗究竟是何许人，以及他对这二人的死亡作出了怎样的解释。

“我在迎春的指缝里找到了一些带血的皮肉，另外，许茂那紧握的右手中也有一条青色的布丝。不知你们找到那王二狗时，他穿的是什么颜色的衣衫？”

赵东林忍不住和安广对视了一眼，两人都回忆了一下，然后安广答道："确实是件青色的短衫，应是穿了很多年的，有些褪色。"

宋慈点点头，"那便对上了。"

于是，依宋慈的思路，众人眼前出现了这样一幅画面——

许茂和迎春一起私奔，两人打算沿着水路逃走，结果上了王二狗的船后，王二狗见他俩年纪轻，又神色慌张，便知这其中有些猫腻。后来他又见那许茂的包袱中带了不少银钱，再加上垂涎迎春的姿色，于是当船行驶到河中央时，便把那许茂或骗或拖到了船边，再将他推到了河中。

待到许茂沉了底，王二狗又威逼利诱，逼迫迎春就范，结果迎春誓死不从，活活被那王二狗扼住脖颈而死。直到此时，王二狗才慌了神，便索性将迎春的尸首也扔进了河里，想假装不知情，把他们携带的银钱据为己有。

若不是后来安广和赵东林带人将王二狗堵在了河中央，他怕是早就拿着那些银两去逍遥快活了。

现在人赃俱获，那王二狗想狡辩也是白费力气，只能等着发落了。

不过，宋慈更在意的，是那包袱里的血衣。

"你们瞧，这衣服是迎春的，可血迹又不是她自己的，所以她当时肯定是正面对着那受害人，而且极有可能她就是行凶者。"

"是啊，袖口的血太多了，恐怕她是正面近身接触了死者……"徐延朔用手托住下巴，沉思道，"看这血迹，对方应是必死无疑了，只是，不知这究竟是翟金玉的血，还是那失踪的长工留下的。"

"我觉得应该是翟金玉，你们是否记得当时那翟家厨娘说的话？"安盛平说着，不等众人回答，又接着道，"当时她说，每日伺候翟金玉早饭的都是那迎春，只是不知为何今日迟迟不见她去厨房拿饭，所以我推测，迎春可能是一早起来就去了翟金玉屋里，而后不知是起了什么争执，所以迎春一气之下杀了翟金玉。毕竟她那房里明明有准备好的包袱，却没来得及拿走，只能说走得太过匆忙，又受了惊吓，一时忘了回去取包袱，许茂倒是冷静些，知道带上准备好的银钱和衣物，两人趁着天还未亮，就一起逃了出去……"

结果不等安盛平说完，宋慈却打断了他，"这设想确实有一定的道理，可你莫忘了，翟金玉当时已经死了，他是被人将头部按入水中淹死的，既然已是个死人，他要如何与那迎春发生冲突？"

此话说完，安盛平顿时傻了眼，他愣了半晌，才苦笑着摇摇头，"这么说来，还真是见了鬼了，翟金玉明明已经死了，还要再挨一刀，被伪造成是那方玉婷杀的，这应该不会是迎春做的才对。毕竟，这么做唯一能得到好处的，就只有正凶，可迎春姑娘……怕是没那本事将翟金玉按到水里淹死。"

"是啊，而且昨夜翟金玉究竟是几时回的府，他回时是活是死至今都是谜。"徐延朔此时也是一头雾水，完全没了破案的方向。

宋慈与他的想法一致，"所以当务之急，还是要搞清楚在临死前，翟金玉究竟去了哪里，见了谁。"

哪怕，能找到他真正殒命的地点也好啊……

不过宋慈只懂验尸，最多也只能结合现场的痕迹来进行分析。寻人、打探消息的事，都不是他的长项，只能依靠徐大人来帮忙了。

大概半日之后，徐延朔带回了消息，同时，还带回了三个人，两男一女。

那三人之中，最引人注目的是个五十开外的男子，他身形偏胖，留着长须，虽然脸上挂着和善的笑容，眼神却相当凛冽，与他那张挂着浓浓笑意的脸孔看起来十分不协调，被他看久了，甚至会生出一丝背脊发凉的寒意。

至于另一个男子，他大概三十岁的年纪，不管是样貌还是身形都极其普通，可偏偏，就是这样一个男子，引起了宋慈的注意。

因为他发现，这男子竟是个左撇子。

此时，那男子正用右手端着一杯茶，时不时放到嘴边，左手掀开茶盖，轻轻品上一口。然后，又将那茶杯放下，下意识地用左手捻起一块放在案几上的点心，放入口中。他拿东西时，主要用左手，而右手则只露出几个指尖，大半只手藏在袖口之中。

看着他，宋慈眼神微微闪动，似乎想起了一些之前险些被自己忽略的事。

至于三人中那唯一的女子，则是位年轻秀美的小姐。

她虽面无表情，可是容颜秀丽，难掩那份雍容华贵的气质。单就本身的姿色来看，远不及安雨柔和常夫人，却有种同龄未出阁女子少有的冷静与端庄，想来必是个见过大场面，也经历过一些事情的人。

这三人，分别是陈家老爷陈长生，陈老爷的义子陈秀乾，以及在玉溪河上与翟金玉、唐清枫有过一面之缘的陈家小姐——陈月梅。

“几位大人把我等草民找来，就是为了那死去的翟家公子吗？”

和那位处变不惊，坐在椅子上饮茶吃点心的义子不同，陈老爷的脾性似乎没那么好，性子略急。

“陈老爷这话就有些不近人情了，我听闻，您可是有心将女儿许配给翟金玉的，怎么这人才刚死，就急于撇清关系了？”安盛平不气不恼，对付这样的人，他倒是很有一套。

陈老爷赶紧解释道："这您就冤枉草民了，我陈家虽是商贾出身，小女的年纪也确实不小了，可毕竟是初到此地，又怎么可能急着把女儿嫁出去呢？总要找个知根知底、门当户对的人家才好啊！"

"哦？这倒是和我们所听到的不大一样啊，"安盛平说着，转头看了看徐延朔，又饶有兴趣地将目光在那位默不作声的陈家小姐脸上扫过，"我们可是听说那晚赵家老夫人在游船上做寿时，陈小姐和那翟金玉隔船相看，彼此都很满意啊？"

徐延朔也点了点头，"是，此事有人证，应该不会是空穴来风。"

"相看？"陈老爷蹙起了眉头，"怕是大人们被奸人所骗，消息来源不可靠吧？小女虽然确确实实去给那位赵家的老夫人贺了寿，可这跟翟金玉有什么关系？"

徐延朔沉着脸道："陈老爷所说的那位奸人，正是唐县令的公子唐清枫，据本官所知，您与唐清枫之间还算是姻亲，有唐公子作证，这事应该错不了吧？"

"这……"

就在陈老爷低头不语之时，一旁那一直看起来事不关己的陈秀乾突然站起了身。

他掸了掸掉在身上的点心渣，一改之前漫不经心的样子，摆出一副严肃的表情，朝着上座的几位贵人行了个礼，这才垂首道："几位大人，此事事关舍妹名节，还望大人明察，切莫听信他人一面之词。"

陈秀乾声线低沉，所说的话虽都十分谦卑，但语气不卑不亢，与他那样貌完全不相符，让人听了，竟对他生出了几分敬畏之心。

“这位公子，我们只是想要知道翟金玉在出事之前做了何事，去过何处，见过何人，并没有别的意思，如果陈老爷和陈小姐稍感不适，还请多多包涵，毕竟人命关天，这才是大事。”

徐延朔说着，将目光转向那位一直沉默不语的陈家小姐。

“陈小姐，昨夜在那游船之上，你是否见过唐清枫和翟金玉？”

陈家小姐微微蹙起了眉头，她本不想回答，可正如徐延朔所说，毕竟这是人命关天的大事，她已经无端与那翟金玉扯上了纠缠不清的关系，若不如实禀报，怕又会引起他人的猜忌，给自己和爹爹造成麻烦。

“回大人的话，小女子昨夜的确去参加了赵老太太的寿宴，可昨夜那船上除了赵家两位公子以及几个赵家的下人外，再无其他男丁。饶是两位赵公子也因为男女有别，并未和我们这些女眷在一起，只在岸上燃放烟火之时，才在甲板上见了一面，打了个招呼。至于您说的唐县令家的公子，还有那位姓翟的公子，小女子真的不曾留意。”

“他们并不在赵家包下的船上，而是在另一条船上，”徐延朔解释道，“方才安公子不是也说了是隔船相望，当时你们去观烟火时，是不是正好有另一条游船和你们擦肩而过了？”

“好像确有此事，可您也说了，擦肩而过罢了，当时大家的注意力都在天上，哪会留心注意别的。”

陈小姐说这些话时，面上表情不变，显得有些羞涩，但更多的是无奈。

宋慈他们又随意问了几个无关痛痒的问题，那陈家小姐和陈老爷也都如实答了。这些回答不管是徐延朔还是宋慈听来，都觉得天衣无缝，不像是在撒谎。临了也没问出个所以然，他们只好又客套了几句，便将陈家三人送了出去。

不过，陈老爷他们前脚刚走出去，宋慈就在地上捡了个钱袋子。

那袋子上用金丝绣着团花花纹，掂量起来也颇有些分量，一看就是出自富贵人家。

宋慈假装以为那钱袋是陈家老爷不小心遗下的，站在门口叫了一声，将那袋子朝着陈老爷的面扔了过去。

陈老爷没来得及听清，就见个东西迎面朝自己丢过来，忍不住微一蹙眉，向后退了一步。

可毕竟他还是年纪大些，反应有些迟钝，眼看那钱袋就要打到他脸上了。好在这时他身后的陈秀乾忍不住上前一步，在关键时刻一把接住了那沉甸甸的钱袋，看了一眼后，冷冷地道了一句："这钱袋不是我们的！"又顺手将那钱袋扔了回去。

不过宋慈还没接，一边的安盛平轻抬右手，将那钱袋稳稳地抓进了手中。

安盛平的十指纤长有力，他将那钱袋接过来后，又摆出副吊儿郎当的样子，放在手中颠了颠，这才道："不好意思，让陈老爷受惊了，这钱袋是我的，不知何时掉的，抱歉抱歉！"

陈秀乾看看他，又看看宋慈，虽然面色不太好看，却终究没说什么，转过身，跟随着陈家老爷一起走了。

待到这几人的背影一直消失在视线中，安盛平才回过头，脸上的笑容也慢慢凝结成了一副深沉的表情，"这姓陈的，功夫不弱。"

说完，又带了些埋怨地瞅向宋慈，"好端端的，你去招惹他干吗！"

宋慈苦笑着摇了摇头，“我哪是招惹，这是试探。”

“试探？试探的方法多了，你倒好，给人送钱啊！”安盛平边说，边将手中那钱袋轻轻朝着宋慈抛过去，“这钱袋子明明是前几日你在街上被人扒了去的，且是我给你的，怎么这会儿又成了陈老爷的？”

宋慈将那金丝团纹的钱袋接过来，揣进怀中，“我只是想看看，那陈秀乾在危急时刻，接下他人迎面扔过来的东西时，究竟是用左手还是右手。”

“哦，看这个有何用？”徐延朔此时多少有些熟悉宋慈这个人做事的习惯了，“难道，和那翟金玉的尸体有关？”

“徐大人说的是，那陈秀乾喝茶的时候似乎惯用左手，总是将自己的右手藏在袖子里，从方才到现在，我都没有完全看到过他的整只右手。于是我突然想到，照翟金玉尸体上的痕迹来看，那把他按在水里的人，也是个左撇子！”

“竟有此事！”

“是啊，”宋慈说着，伸出手，将自己的右手放到了距离自己比较近的安盛平的后脖子上，“你们看，一般人是用右手，若是用右手，那大拇指应该是放在脖子左边的位置。可翟金玉颈上的痕迹显示，那凶手的大拇指是在右边，也就是说，他用的是左手。”

安盛平提着后脖颈上宋慈的那只左手，无奈地笑着回了头，“可方才，你说陈秀乾总把右手藏在袖子里，就算他是左撇子，也没有这个必要吧？”

关于这一点，宋慈也有些不解。

难道真是自己想多了？也许那陈秀乾真的没有刻意隐瞒，更何况他都以左手杀人了，难道不怕有人对比出那翟金玉脖子后面的指头印子，指认出他吗？

总之，这陈家三人看起来似乎都不太简单。

“既然那翟金玉是被人按在水中溺死的，他昨夜又去了玉溪湖，我想这发生命案的地点，应该距离那里不远。总之，还是先去打探一下，看看有没有人昨晚见过他。”

比起在这里猜测，徐延朔更喜欢以行动说话，他一刻也不想多等，只想着赶紧破了这起命案。

翟金玉死了，他家中还有个病怏怏的老娘，如今白发人送黑发人，只怕翟老夫人伤心过度，也是没几日好活了。

徐延朔当差这么些年，什么肮脏残忍的事未见过，有时明知受害人该死，杀人的也许才是真正的受害人，可人命就是人命，就算是为了能让死者的家人落个安心，徐延朔也会不遗余力地将案子查到底。

“我觉得这翟金玉的底细务必要细查！还有唐清枫豢养在他府上的那个小丫鬟，这些都得查清楚，牵连的人和事太多了，我们得兵分几路，千万不要有什么疏漏。”

安盛平说着，正欲吩咐下去，叫安广他们去调查那墨松书院，却在这时，传来了一阵急促的脚步声，紧接着，一个小吏慌慌张张地跑了过来。

“大人！”他神色匆忙，甚至来不及敲门，“又出命案了！”

“什么?！”徐延朔本已转了身，半条腿跨过了门槛，不由得拧紧了眉回过头，“到底怎么回事？”

“回大人，”那小吏道，“是墨松书院！这次死的，是个叫周文胜的教书先生。”

“周文胜！”

听到这个名字，莫说那已经跨出半条腿的徐延朔，就连屋里的宋慈和安盛平也微微色变。

因为，这周文胜不是别人，正是那把粉桃姑娘安置在翟金玉家后院的老不修。

“怎么偏偏是他？”宋慈忍不住沉吟。

一旁的安盛平则苦笑一声：“你应该说，怎么偏偏是这时候？”

“这下该如何是好？”徐延朔问道。

“这……还是像刚才说的，兵分几路吧。”宋慈想了想，眼下情境特殊，这案子又急着找出真凶，实在不好再耽误下去，于是道，“墨松书院那边，我带阿乐一同去，徐大人还是继续去玉溪湖找线索吧。”

“那我呢？”安盛平笑问。

“你？”宋慈摇摇头，露出一副哭笑不得的样子，虽什么也没再说，但安盛平已经懂了。

唐清枫这边也要查，而他是县令唐松的儿子，是以这个时候，只有安盛平才好出面审问，宋慈一介布衣，反而不便插手。

“好好好，你去吧，不过只带阿乐我可不放心，”安盛平说着，招招手，示意安广跟着宋慈，“把安广带上，哦，还有福顺，我刚回来时见他在前院，说是棺材那条线有了些眉目，具体还没来得及谈，总之你先带他去那书院看看，他为人机灵，有什么事可有个照应。”

“那你？”

“我身手虽不如徐大人，但总比你好些，没事的。”

“好。”

见好友坚持，宋慈也没再拒绝，却又突然想起什么似的，转身朝着徐延朔的方向走了过去。

徐延朔不知他要说些什么，于是问道：“怎么？”

“若是徐大人要去玉溪湖寻人，不妨留意哪些地方的泥沙是熟褐夹杂着些许赭色，而且还带着些细碎的乳白砂石。”

“砂石？”

“正是，我在翟金玉的指甲和头发里，发现了一些白色细砂石。”

“好，”徐延朔微微一笑，点了点头，“我明白了。”

# 第三章　真凶就逮

周文胜死得很惨，也很蹊跷。场面虽不及女鬼挖心案那般诡异恐怖，可看着屋内到处都是的血迹，还有那倒在一片血泊中，几乎被整个染成了红色的周文胜，宋慈还是忍不住叹了口气。

“这该是有多大的仇怨啊！”

阿乐近日跟着自家公子检查尸体的次数比较频繁，看过了各种惨状，从被人扼死到被挖心，从被人剁成碎块到如今的割喉。他们明明才来了这长乐乡没几日，但见过的，远比在家乡看到的惨案要多得多。

“应是失血过多而死，”宋慈蹲在了周文胜尸体的旁边，经初步检查后，他指着周文胜被鲜血染红，早已干涸的喉咙道，“这伤口虽在脖颈，但不深，并不足以致命，可偏偏那人划了他的脖子还不够，又连刺了他腹胸几次，导致他失血太多，陷入了昏迷，不得呼救，这才送了性命。”

“嗯，宋公子说的是，”福顺点头感叹道，“这位周先生，伤口也未免太多了些！”

按说以福顺的身份，应是没见过什么尸体才对，面对如此惨不忍睹的案发现场，他却能做到处变不惊，倒是让宋慈有些刮目相看。

“至于凶器……”宋慈站起身，俯视四周，这里本是墨松书院安排给周文胜休息小寐以及批改学子课业用的书房，地上除了血迹，还散布着不少瓷器碎片，而且屋内凌乱一片，显然是经历过一番打斗。

“应该就是这些碎片。”宋慈说着，弯腰拾起其中一块，“如果没看错的话，应该是周文胜和凶手争吵时打碎了茶壶，而这些，就是那茶壶的碎片。”

依一般人看来，用茶壶碎片杀人似有些不可思议，但只要那碎片够锋利，力道又够大，其实也未尝不可。

不过宋慈此刻更在意另一件事，那就是这里的碎片虽多，可真正是杀人凶器的，应该只有其中一片才对。毕竟当时凶手正全神贯注地忙着行凶，怎么可能再分出神来换其他凶器。放眼望去，这地上散布着不少碎片，而且很多都染了血，那么，究竟哪一片才是造成周文胜死亡的致命武器呢？

带着这样的疑问，宋慈吩咐阿乐和福顺一同收集现场所有的碎片，而他自己则抽身到了屋外，从院子里找了些细长的小树枝，然后用小刀刮干净多余的枝叶，全部削成了细条，拿回了屋里。

回屋后，宋慈先是将那些树枝一一插入周文胜胸前和腹部的伤口，又在上面做了记号，编好相对应的数字，用以测算周文胜每一处伤口的深度。

接着又比对了阿乐和福顺收集来的碎片坚硬度、长度以及上面的血迹分布，最终确定了最后的凶器。

那是一块约有半个手掌大小的茶壶碎片，因摔碎时分布不均，有几处不规则的凸起，其中有两个角最为尖锐，作为割喉以及杀人的凶器来说，必定可以做到每次攻击都能见血。

“公子，您确定是这块碎片吗？”阿乐想到方才找到这块碎片的地方，实在有些难以置信，“这可是在一进屋的地方捡到的，距离那尸体是否太远了？”

“门口？”

“没错，就在一进门的地方，要不是方才您提醒了一句，我们进屋时夹带着小心，这碎片可能就被人踩坏了。”

听了阿乐的话，宋慈又看着手中那染血的碎片，陷入了沉思。

从现场的凌乱程度以及这随便丢弃凶器的做法来看，那杀人者当时势必很激动，很像是临时起意，犯了杀心。而凶手似乎也没什么经验，走到大门口时才想起丢掉凶器，且未做任何处理和掩饰。

不过，既然这凶器是在门边找到的，距离那周文胜的尸体也有一定的距离，那是不是说明……

“这上面的血迹，怕是没那么简单。”

宋慈喃喃低语，眉头也微微皱在一起，不过只消一会儿的工夫，他便想通了，脸上的神情也跟着舒展了开来。

“福顺，有件事需要你去做！”

“宋公子请吩咐。”

宋慈举起那枚碎片，又恢复了以往那自信的笑容，“你帮我去找找这墨松书院里谁的手掌受了伤！”

虽然他未说明缘由，但福顺办事一向妥当，领了命，马上就着手去打探消息。

“公子，您找这手掌受伤的人做什么？”待到福顺出了屋，阿乐忍不住好奇道。

“阿乐你看，”宋慈指着那块茶壶碎片解释道，“这碎片形状特殊，两头各有一处尖峰，都锋利无比，简直和小刀没什么两样。而这两处，全都沾染了血迹。这一边的尖峰相对平滑些，血渍也比较多，尤其是侧身处，可以很明显地看到一条血痕，说明凶手当时就是用这头划破了死者的喉咙，又连续刺了他多次。至于这另一边……”

宋慈说这些时，一直用手握着那瓷片，那瓷片上的血迹早就干了，所以并不会造成什么影响，他便非常直观地为阿乐演示了一切。

“至于这另一边，竟也沾有血迹，按理说，当时凶手是这样握着这碎片行凶的，手就握在这上面，怎么可能会染上血？”

“这有何不能，您没看这屋里到处都是血了！保不齐是那周文胜的血到处喷溅，沾上的！”

“不会，”宋慈摇头，直起身，指了指大门口的方向，“你说捡到这碎片的位置靠近大门口，这周文胜死在屋内靠里的地方，他的血并未溅得如此远，而且你仔细看这碎片，不光表面有血，侧壁也都被染成了红色，这只有一个可能！”

他说着，又举起那染血的碎片比画了一番，阿乐这下也终于明白了。

“我懂了！公子的意思是，凶手拿着这两头尖的瓷片杀人时，因为力气过猛，一时没注意，把自己的手掌也给扎破了！”

宋慈并未说话，反而笑了。

福顺为人机灵，又善于与人沟通，不消一炷香的工夫，他已经查清了墨松书院内所有手掌处受伤的人，并带他们回到宋慈面前复命。

他们分别是一个叫蒋良的学生和一个叫陆彦荣的老师，还有个平时负责打扫，在厨房做些琐碎零活的帮工，人称许大嫂。

这三人，与那被杀的周文胜都有交集。

蒋良今年十六，从他四年前入墨松书院开始，就一直是周文胜的门生。周文胜很器重他，经常单独给他讲解课文。至于陆彦荣，跟周文胜的渊源就更深了。两人昔日就是同窗，现在又在一家书院任教，按理说，交情应是不浅。可不知为何，他们在半年前大吵了一架，从此形同陌路，完全没了往来。

最后那位许大嫂倒是和周文胜没什么直接关系，只偶尔去他书房打扫，或是送饭。

这三人看到周文胜尸体的反应也大有不同。

蒋良毕竟是周文胜的得意门生，看到恩师惨死，立刻痛哭流涕。

陆彦荣虽没说什么，但表情极为复杂，紧紧咬着下唇，愤怒且痛苦，还夹杂着更多难以言明的情绪。

许大嫂像是有些惧怕，一直垂着头，并不敢往屋里瞧。

宋慈并不被这些表象所动，他走过去，一一观察着他们三人手上的伤口。

这三人中，蒋良和许大嫂的伤比较新，手上的缠布显然也是今日才换过的。他们的伤都在右手，不过相比较蒋良的包扎仔细，许大嫂似乎并不在意手上的伤，只用了条藏青的布条随意缠了几下，那布上还沾染了不少油渍，看来即便是受了伤，也未停了手上的活计，仍旧在厨房帮工。

至于陆彦荣，他那伤在左手靠近手指根部的位置，连包扎都没有，看起来这伤有些时日了。

“几位，请问你们这手上的伤是如何弄的，何时伤的，都交代一下吧。”阿乐站在宋慈身后，朝门外几人点了点头道。

几人面面相觑，显然不理解为何官府来人查案，要问这种问题。

最后还是陆彦荣先开了口，他蹙眉道：“五日前，我夫人失手打碎了家中的一个碗，我收拾时不小心划伤了。”

他这话说完，宋慈还没来得及回应，阿乐先激动地朝着自家公子挤眼。这打碎茶壶行凶和被打碎的饭碗扎破，说起来颇有些相似。

“既然这样，能不能请陆先生把手伸过来，让在下看看。”宋慈没理会挤眉弄眼的阿乐，仍旧面带微笑，语气谦和地问道。

陆彦荣不曾细想，就把自己的手伸了过去。

看着那并不深，且几乎已经愈合的伤疤，宋慈微微点了点头，没再说什么，而是转过身，将视线投到了蒋良的手上。

蒋良有些支支吾吾，似乎并不想交代自己受伤的原因。可迫于压力，还是解下了手上缠着的布条。他解布条时的动作有些大，牵扯到了伤处，疼得咧了咧嘴。

这一切，自然没能逃过宋慈的双眼。蒋良未言，宋慈只是简单地看了看那伤口，就了然于心了。

“你这伤是被刀子割的，从受伤到此时，应该不超过两个时辰。”

听了宋慈的话，蒋良脸色大变，不由得抬头打量起眼前这位斯斯文文，像个书生模样的年轻人。

“你怎知……”

宋慈笑了，“如此说来，你是承认我说对了？”

蒋良没想到对方竟会这么回答，苦笑道："没错，这是今早被裁纸刀割破的，我最近一直在帮着先生弄考题纸，一不小心就……"

"只是不小心吗？既然你平时惯用右手，怎会被裁纸刀划伤右掌？"

"你……这是何意？还有，你如何得知我惯用右手?！"

"从你右手上的茧子我便看出了你平时都用右手写字。所以你瞧，若是裁纸，你定然会以右手持刀，左手按在纸上，既然那刀具被你握在右手，又怎会划伤右掌？所以，你势必是在说谎！"

宋慈虽未刻意责问，但这些话听在蒋良的耳朵里，让他有种喘不过气的感觉。

"我……"

"还在狡辩什么！难不成是你杀了你的尊师！"阿乐在一旁吼道，那架势，仿佛已经认定了蒋良就是凶手。

偏在这时，一直没怎么说话的福顺突然向前几步，将目光对准了蒋良，笑眯眯道："这位蒋公子，我听闻，今早您和周文胜发生过争吵，闹得不欢而散，这件事……"

"胡说！我和先生根本就没有……"

"可我听说你们吵得很大声，而且，还有人看到您从周先生房里怒气冲冲地走了出去。"

此话一出，蒋良顿时傻了眼，他确实和周文胜争吵过，但纵使他有天大的胆子也不敢去杀人啊！偏偏此时所有的证据都对他很不利，所以也没法再隐瞒了。

"冤枉啊！我没有杀人！"蒋良为自己开脱起来，"我承认！今早我确实和先生有过争执，但我并未杀他！你们若不信，便去问问见我从先生房里出来的人，我走的时候，他明明还活着！”

“既然如此，你们为何争吵？”安广话不多，但冷冷的只一句，就比其他人的十句还要更有威慑力。

“我……”蒋良犹豫了一下，脸色也愈发苍白起来，“我发现先生用考卷的答案谋取私利，我劝他别这么干，可他不听，还想让我同他一起干这见不得人的事……后来我们吵了起来，我说他这么做不配在书院当先生，他叫我无论如何也要替他保守秘密，之后我们发生了一些……一些冲突，所以我才不小心划伤了手掌。”

“哼，人已死，自然是你想怎么说都行，”阿乐冷眼旁观，一脸的不信任，“谁知真相是不是反过来的，说不定卖答案的其实是你。”

“不，此事我可以为蒋良作证。”

令所有人始料不及的是，方才已被排除嫌疑的陆彦荣却在这时挺身而出。

“我和文胜是同窗，如今又同在墨松书院授业，我俩认识也有近二十载了。可直到半年前，我才发现他竟在外金屋藏娇，养了个女子。此等事本就很下作，谁知他为了那女子，还私下干起了买卖考卷答案和篡改成绩的勾当！况且，这么做的人还不止他一人，这样下去，书院会变成什么样子！这之后，我便跟他闹翻了，若不是我心软，念着这些年的情分，早就去告发他了！”说到这里，陆彦荣叹了口气，“谁知到底还是害了他，若我当日狠了心去揭发他，定不会有今日的恶果。”

听了陆彦荣的话，那蒋良眼泪汪汪地看向他，“陆先生……”

宋慈摇摇头，发出了一声叹息，“你们说的倒是实话，其实蒋良不是杀人凶手这事，我早就已经知晓。”

“什么！”蒋良激动地问道。

“有人听见你和周文胜在争吵，然后从他房里走出来。当时你身上并没有血迹，试问如果杀了一个人，这屋里又到处是血，怎么可能身上一点痕迹不留。此外，割伤你的想必是周文胜吧，那把裁纸刀我们也已找到，被擦拭干净放回了盒子里，且那并不是杀人凶器。”

听宋慈这么说，蒋良终于松了一口气。可既然蒋良和陆彦荣都不是凶手，那杀死周文胜的又是谁呢？

众人的目光都不约而同地汇集到了一直低头不语的许大嫂身上。

这许大嫂看起来面容有些沧桑，手脚的关节并不粗大，尤其是那腕子，又细又瘦弱，怎么看也不像个干粗活的人。

“大嫂，”虽然男女授受不亲，可宋慈此时是在查案，也不用计较这些虚礼，“烦请您给我看看那手上的伤吧。”

许大嫂抬起头，瞥了他一眼，那眼神十分木然。接着，她拆下了自己缠在手上的布条。

和其他两人比起来，这许大嫂所受的伤是最严重的。

而且那伤俨然也是新伤，因为她扯下布条的那一刻，有丝丝血肉还黏在布条上，包括阿乐在内，好几个人看了都忍不住蹙起眉，甚至别过了脸。

“大嫂，您这伤是如何弄的？”宋慈心里虽已有了个大概，但还是问道。

“杀鱼的时候，鱼太滑，不小心失手。”

蒋良想起方才宋慈说自己时的那番话，于是忍不住小声嘀咕：“许大嫂不也是惯用右手的，怎么杀鱼却砍伤了右手呢？”

他声音虽不大，但因太过安静，所以大家都听见了。

那许大嫂倒也算冷静，沉声回道：“鱼太滑，便掉了，我把菜刀放桌上，结果没放好，菜刀也掉了，我伸手去接……”

她话没说完，但大家都懂了，她的意思是她用自己的一双肉掌去接那切肉剁鱼的菜刀。

很显然，宋慈对她的伤口有着另外一番解释，“你说你是被菜刀砍伤的。”

“是。”

“既然这样，你又如何解释你这伤是在手掌中心被硬物扎了个很深的血洞，并且伴有多处划伤，接着，又在上面复用菜刀划了个口子？难道那菜刀是活的，掉下去时还会自己动，所以才害得你的伤口如此血腥狰狞？”

许大嫂语塞，一时忘了该如何解释。

“你自认为用刀伤掩饰就能遮人耳目，其实这简简单单的一道划痕，根本就是掩耳盗铃！即便真如你所说，刀掉落时你伸手去接，也不该是这样的一个伤痕，受力的地方不同，轻重也不同，这伤显然是你自己拿着菜刀划的！”

直到此刻，许大嫂的脸上才多少有了些表情，她看向宋慈的眼睛也开始有了光亮，只是那光隐约透着一股怨恨。

但是宋慈并不在意，“许大嫂，据在下所知，除了在厨房帮工外，你还负责了书院的打扫。周文胜和蒋良发生冲突后，屋内一片狼藉，那时周文胜还活着，他将自己行凶的裁纸刀收好后，又找了你来收拾，我想，也就是在那个时候，你和他发生了争执。最好的证明就是你从这屋里打扫完毕再回厨房时，换了件衣衫，我想你当时匆匆忙忙的，定是还来不及处理那血衣！只要叫人去你屋里搜搜，一切便能水落石出了！”

“是他先挑起来的。”

许大嫂声音低低的，透着无尽的愤恨。她显然知道自己已无法再隐瞒下去了，于是直接招了供。

“是我干的，不过是他先动的手！他用那茶壶砸我，还出口辱骂我……哼，我这辈子最恨人提我的出身，偏他什么都知晓！”

“出身？”阿乐有些好奇，“就因为这个，你就杀了他？”

许大嫂眼中满是怒意，“我父亲生前也是个读书人，在衙门里做些文书的活计，当时的县令还不是唐松……后来那位县令的恩师在朝廷里惹了大官，他和我父亲都受了牵连，那位县令被流放，而我父亲则终生不能再入官门，彻底断了仕途。我父亲心有不甘，在县衙的大门口上吊死了！如此晦气之事自然惹了新任的县太爷不高兴，害得我和我母亲也受了不少苦……那姓周的对着我又砸又骂，说一个罪人之女有什么脸面来书院做事！骂得甚是难听，他平日里本就是伪君子，我内心对他的怨恨深埋已久，就忍不住还了手。”

“所以，你便割破了他的喉咙？”宋慈边问边伸出手，往自己脖颈的地方比画了比画，“你是先划了他的脖子令他跌倒，才有了接下来的行为。”

“没错，他用茶壶砸我！我当时被怒火冲昏了头，待我想明白时，已经拿起一块茶壶碎片划伤了他！他倒下去以后，捂着脖子说要报官抓我，让大老爷砍了我的头！我便又朝着他的腹部刺了几下！”

后面的事不用交代，大家也都知晓了。这许大嫂杀了人后，慌慌张张地跑了出去，换下血衣，又想了个用菜刀抹手的法子来掩人耳目，结果还是在宋慈的一双法眼下露了破绽，只能伏法认罪。

这起发生在墨松书院的血案，用了不到半日就得以水落石出了。

不过宋慈来不及喘口气，便马不停蹄地同阿乐、福顺和安广，带上那周文胜老先生的遗体和杀人行凶的许大嫂一起回了衙门。

只是这回县衙的路上，他有种说不出的感觉，似有什么堵在胸口，让人觉得不自在。

福顺尤善看人脸色，马上带着笑，上前几步，关心道："宋公子，您这是哪里不舒服吗？"

宋慈摇摇头，示意他自己身体无碍。但见福顺担心，还是解释道："没什么，只是想到了方才蒋良的那番话，育人教书的先生买卖考题的答案，徇私舞弊，将有多少有志之士被埋没，又有多少奸诈之人得了功名……长此以往，百姓安危何在，朝廷正气何在！"

福顺不过是个底层的小厮，并不关心什么朝廷和百姓，也不懂得什么大道理，所以即便想要安慰，也不知该如何开口，只得赔笑着点了点头，"这不是还有郡公和徐大人嘛，再说了，您和安公子将来也必成大器，有您几位，就是老百姓的福气了！"

宋慈苦笑，拍了拍福顺的肩膀，没有回应。

一路无话，他们就这样回到了衙门后院。

就在他们回去后不久，徐大人也回来了，还带回了一个惊人的消息。

原本徐延朔带了人去玉溪湖查看时，并未抱太大希望。毕竟昨夜发生此案之时，天色已晚，多数人都已就寝了。可令他没想到的是，竟还真有个闲人，大半夜跑去了湖边晃悠，也偏就这么巧，真的被他看到了翟金玉的身影。

而且，当时翟金玉身边还有另一个人！

一位年轻的女子！

那目睹了这一切的人名叫陶大山，家就住在玉溪湖的边上。

昨夜，陶大山外出去喝花酒，高高兴兴地闹了大半宿，兴奋得无心入睡，即便到了家门口也没着急进去，而是吹着夜风，一个人在湖边溜达着，打算醒醒酒再回去。

可谁知，他走着走着，发现远处有个书生鬼鬼祟祟地下了岸堤，朝着湖边走去。

起先，陶大山并没在意，以为是那书生夜里赶路，正好尿急，想要寻个没人的地方方便。可不曾想他刚走过，突然见那湖边上还有个人影，远看身形婀娜，应该是个年轻貌美的女子。

这一看，陶大山立刻来了兴致，他赶忙压低身子，趴在了岸边，眯着本就醉得迷迷糊糊的眼睛，朝着那两人望去。

虽离得远，他无法清楚，可那女子穿了件淡紫色的裙子，小风刮过，一股香气朝自己这边迎面扑来。这深更半夜，也不知那两人要干什么勾当。

想到这里，陶大山不再犹豫，往那岸边一趴，掩住身形，只等着好戏上场。

谁知他才趴下没多久，眼前的一切却都变了样。

那紫衣女子上一刻还笑意嫣然，温柔地朝那位公子招着手，下一刻，草丛里便蹿出一个身材十分魁梧的男子。

夜色之中，陶大山看不清那人的面目，只见那男子揪住了原来那位书生的衣领，紧接着，他听到了一声惊呼。

岸上的陶大山忍不住冷笑一声，心道这是遇到“仙人跳”了啊。那小女子应该就是个幌子，待到把人招来之后，便叫事先埋伏好的打手跳出来以调戏良家妇女为由，狠狠敲上一笔。

这样的招数虽有些下作，可遇上那爱惜名声的，尤其是那些读书人，当真是一敲一个准。既不用怕对方反抗，也不怕对方报官，毕竟比起银钱，他们更看重自己的名声，定不会声张出去。

不过，那书生打扮的公子惊呼一声后，居然大声喊了一句：“你……你竟会说话?！”

不过这后面的话陶大山没听太清，一来距离确实有些远，二来，他突然觉得腹中一阵绞痛，在这最关键的时刻，闹起了肚子。

徐延朔边说边摇头，无奈之中又带着几分可惜，若是那陶大山再晚走一步，哪怕只有半炷香的时辰，应该就能目击到一起杀人案件了。

“不过……”说到这里，徐延朔又来了精神，他面露赞许，朝着宋慈微微颔首，“这次多亏了宋公子，若不是那日你提醒我，那翟金玉的指甲和头发里有白色的砂石，我还真不见得能找到那案发地点和那个叫陶大山的证人。”

听他这么说，安盛平不由得来了兴致，好奇道：“哦，这白色的砂石有如此重要吗？”

“是这样的，原本我想那日翟金玉和唐清枫乘了游船去湖上看那陈家小姐，后来他俩回到岸上，下了船，这才分开。所以我推测那案发地点应该就在距离他们乘坐游船的不远处。可找了很久也没有任何线索，我这才想起宋公子提到的砂石颜色，以及掺在里面的白色小石头，于是便去打听了一下，我们一直在查的，原是玉溪湖的南边，而玉溪湖正对面的北边，两年前曾经淹死过一个孩子，那孩子的父亲从此便魔障了一般，也不知从哪里运来了不少这种白色的细砂石，想要把那湖给填上，为此那北岸全是这种白色的小石头。结果……”

“妙哉妙哉！结果你们就真找到了那翟金玉被人害死的地点，然后又在周边探访，寻到了那个撞见翟金玉和女子幽会的陶大山？”

“正是。”

宋慈并没有表现出过多的激动情绪，因为他的关注点全在陶大山见到的两个人身上。

“那女子一袭紫衣，难道，正是那陈家小姐陈月梅？”

见宋慈表情严肃，徐延朔也收敛起了脸上的笑意，“确有这个可能，如今时间、地点、人物悉数对得上，要说是她暗暗约了翟金玉私下见面，也不是说不过去。”

“可那个跳出来的男子又是谁？”安盛平好奇地用手中的折扇敲了敲头，“难道，是那不苟言笑的陈秀乾？”

“不像，”宋慈并不同意他这看法，“你别忘了，陶大山说亲耳听见那翟金玉喊了一声‘你竟会说话！’我们已知的，这翟金玉也认识的，且不会说话的好像只有一个人吧。”

“你说他家那哑巴长工！”

此言一出，众人皆是心头一紧。

“其实，你们是否想过，也许当日在翟家后巷找到的那件血衣，根本就是一个局。”徐延朔道，“那时候我们都以为被砍伤的是德柱，后来才知道，不过是穿了德柱衣裳的许茂。如果说不是因为德柱撞见迎春和许茂要私逃才被杀人灭口，而是反过来，那哑巴德柱才是杀人的真凶，迎春和许茂因为不小心撞到了他杀害翟金玉的那一幕，才吓得急急忙忙连夜逃了出去，没想到还是被德柱发现了，于是许茂在后背挨了一刀。”

之前他们确实一直以为是许茂和迎春先决定了要私奔，这才引发了后面一系列的事件，可若是调转过来，那两人之所以这么慌张，连准备好的包袱都没带上，难道真的如徐延朔的推测一样，是为了逃命？

若是这样的话，那迎春身上会有件血衣也就说得过去了，可能是她进房去叫翟金玉起床，结果发现自家少爷被人开了膛，挖了心，她一时惊慌摔倒，沾染了鲜血，便叫了许茂，让他赶紧和自己逃离这是非之地。

偏偏这两人又在逃跑的过程中，遇到了真凶。而凶手之所以不杀他们，肯定是想让他们两个来当替罪羊，否则也不会煞费苦心地让那许茂穿上德柱的衣服，再砍他一刀，做出德柱被这二人杀了灭口的假象。

凶手再送他们去了渡口，想必也是想要让他们引开官府的注意，好趁机逃脱才对……

“按照徐大人的推测，那哑巴德柱才是真凶？”安盛平仔仔细细地将这起案件的前因后果都捋了一番，也觉得徐延朔说得很有道理，“可若真的是他，又怎会和那姓陈的小姐扯上关系，一起诓骗那翟金玉上当呢？”

“也许他们本就认识？”徐延朔试着推测。

“可是，按照惠父兄所说，那将翟金玉按在水中溺死的，应是个左撇子才对，可我们都见了翟金玉被砍的那一刀，且德柱血衣上的刀痕也是这样的。”安盛平说着，用右手做出个手刀的样子，斜斜地划了下来，“从那时凶手站立的位置来看，若是左撇子做的，这刀应是自左上往右下砍去，可那破口的方向明显是自右上往左下，一看就是个右撇子做的，感觉不是同一人所为。”

“这……”徐延朔倒没想得那么远，被他这么一问，也语塞了起来。

反倒是一旁的宋慈点了点头，想起了那陈家小姐的义兄陈秀乾。

他倒不会因为这人既能用左手又能用右手就去怀疑人家，可既然陈秀乾能做到，那就说明还有其他人也可以做到。

当然还有另外一个疑点，那就是和翟金玉约在玉溪湖边私会的年轻女子。

陶大山并没有看清那女子的脸孔，便是当面指认，陈家小姐也大可推得一干二净，只说自己在寿宴结束后就回了家便是。

“徐大人，您之前查过这翟金玉的底细没有？”

见宋慈没来由地冒出这么一句话来，徐延朔先是愣了愣，随即点头肯定道：“自是查了，这姓翟的事，宋公子不是也知晓了，他和柳姑娘所说的倒没什么两样，是个惯会装纯良可怜的伪君子。”

“不，只查这些还不够，我想知道那翟金玉都和哪些姑娘订下过婚约，又是因为什么原因退了亲。虽然之前我们查了个大概，但每位姑娘都因不同的理由退婚，这事肯定有蹊跷。”

“宋公子的意思是，要我仔细把之前和翟金玉有过婚约的姑娘，以及她们退亲的缘由都查清楚？”

徐延朔承认，自己之前没有细查，是因为那翟金玉订亲的次数着实有点多，相关的女子和家世也比较复杂，他们的首要任务是调查那方玉婷，便没有在这姓翟的身上浪费太多精力。

现在想想，在这件事上，他确实疏忽了。

好在，徐延朔并没有让他们等太久。

宋慈所期待的消息，很快就有了眉目。

原来，翟金玉这人竟比想象中的还要下作，从一开始只是找人假传些是非，逼迫女方退亲，到后来为了逼迫对方多赔付些银两，他甚至开始雇人去毁坏对方的清白，将好人家的闺女生生糟蹋成世俗人口中的“残花败柳”。

而翟金玉，则在这一次又一次的退亲中，真正地尝到了甜头，才有了今日的家底。他仗着这颇为丰厚的家产，去觅寻了更多的猎物。

“被这翟金玉祸害过的女子，有些从此落下了不好的名声，可偏偏还有那性子刚烈的。”徐延朔说着，也不由叹了口气，表示惋惜，“这其中，有位叫白玉娘的姑娘，还因此想不开，投湖死了。”

说到这里，徐延朔的语气又来了个大转变，嘴角微微扬起个弧度，“而且好巧不巧，白玉娘投的，偏偏也是那玉溪湖！”

这下，别说宋慈了，就连安盛平也激动得站起了身。

“玉溪湖？难道说，翟金玉遇害的地方，就是那有白色碎石的地方，也正是那白玉娘投湖的所在！”

“正是此地。”

如此一来，那这翟金玉的死，八成是和这位投湖的白家小姐脱不开关系了。

安盛平迫不及待地追问：“徐大人有没有查到，这位白小姐生前是不是有过什么亲近的人？所以才会来替她报仇。”

徐延朔微微一笑，尽管他手上并没有确切的证据，可因为某些原因，却又有着十足的把握，“有个堂兄弟，名叫白樊，曾和那位白小姐有过一些接触，但我听闻早在多年前，那白樊十三四岁时就离了家，跟着一位师傅去浪迹江湖了。因为白家也算是有些家业，在当地也有些名声，而这白樊做的事情太过出格，所以白家上下都不再提他这个不肖子孙了。”

宋慈点点头，表示理解，“试问年少轻狂时，又有几人没做过英雄梦？想要抛开所有去江湖上闯荡，做个世人称赞的大侠。不过，不知后来那白樊有没有回来过，他听了自己那小堂妹受辱枉死的事，又会不会手刃仇人，给白小姐报仇雪恨？”

“这个还未查到，毕竟那白樊离家时年纪尚轻，而且他也不是长乐乡本地人，所以想要知道他后来的情况，着实有些困难。”徐延朔说着，话锋一转，“但他跟随的那个师傅，倒是有几分威名，刚好，徐某还曾听过一两件关于他那师傅的事迹。”

“哦？”安盛平向来喜欢听些江湖趣闻，激动道，“他师傅是什么人物，还请徐大人快说来听听！”

“白樊那师傅复姓司徒，单名一个烨字，江湖上人送外号‘醉青龙’。他一身硬功，尤擅近身攻击，听闻他天生神力，一拳可以击倒一头牛。当然，这些江湖传闻也都有夸大的成分，他的力气究竟是不是真有这么大，倒也不好定论。可他武艺高强，拳脚了得倒是真的，而且这人嫉恶如仇，早年还犯下了一起命案，杀了个欺压百姓的贪官。

“不过，关于这件事，我当年也只是有所耳闻，因不在我的管治范围内，所以未曾看过那捉拿的告示。这次为了追查和那位白小姐相关之人的线索，我特意叫人将那早已泛黄的通告找出来研究了一番，不曾想，那司徒烨的脸，我竟有印象。”

徐延朔在此时说出这么一番话来，不由得叫宋慈和安盛平都有些摸不着头脑。

可叫人更加意想不到的是，他还卖了个更大的关子。

因为，徐延朔竟笑了。

“不止是我，其实安公子和宋公子，也见过那司徒烨！”

此言一出，安、宋两人不由得对视一眼，均有些摸不清状况了。

“虽然时隔多年，再见之时，那司徒烨也有所变化和伪装，但徐某有信心，这司徒烨和我们之前见到的那位陈老爷，定是同一人没错！”

“什么?！”

“那人竟是司徒烨！”

虽然早就知道徐延朔有着过目不忘的本事，可事关他人清白以及人命案子，因此不得不严谨些。宋慈只得苦笑一下，朝着徐延朔点了点头，问道：“徐大人当真确定那做绸缎买卖的陈老爷就是‘醉青龙’司徒烨吗？”

对于他的质疑，徐延朔并未表现出不悦，毕竟自己这个本事说出来，很多人都不会相信，因此便耐心解释了起来，“是，徐某自认记忆力和眼力都还不错，而且就算可以靠伪装来改变样貌，也不能更改一个事实。”

“一个事实？”安盛平也是头一回听徐延朔说起自己能识人面目，不由得添了几分好奇。

“正是，一个人，无论体态如何变化，变得更加年轻还是苍老，脸部的骨骼都是不变的，眉骨、双眼、鼻骨……甚至是这人中的长短，都不会随着乔装打扮而产生变化，即便是易容高手，也很难做到每一处都有所不同。所以只要抓住一个人五官上的特点，尤其是这确切的距离长短，那就不难看出此人乃是乔装易容的！”

他这个说法，倒是和那用吴通的头骨捏出样貌的方式有着异曲同工之处。

“既然这陈长生的身份有假，那陈家小姐还有那陈秀乾，恐怕也未必就是本主吧。”安盛平摇着头，感叹一声，“要不是顺着这条线细查了下，还真被他们蒙混过去了！那唐清枫和他家有姻亲，想不到，竟也是个幌子，这如意算盘打得……唉，也对，谁会大动干戈去查县太爷家的亲戚，再退一步讲，要不是徐大人有这个本事，恐怕这几人还真得逍遥法外了！”

“是啊，此次也算是侥幸，”徐延朔也道，“若是陈老爷的真实身份是司徒烨，那陈秀乾极有可能便是那白樊了！至于陈家小姐，既然在湖边约见了翟金玉，肯定也和此案脱不开干系，只是不知是心甘情愿帮人报仇，还是被雇来的一个诱饵……”

“既然如此，那还等什么，赶紧把那几人抓来！”安盛平道，“真实身份都被揭穿了，我倒要看看他们还有什么要狡辩的！”

于是翌日晌午，那假冒的陈家三人，又一次被请到了县衙之内。

陈老爷这一次明显要比上次沉稳得多，只是眉头也锁得很紧。

至于那位陈家小姐，则更加沉默了。几乎全程低着头，连一句话也不愿多说。

他们已经足足在这屋内等了半个时辰了，除了一开始有人端茶上来，就再也没有其他的人出现过。

“这又是何意？都等了许久了，连个喘气的人都没出现！”陈老爷不耐烦了，那茶杯里的水早就喝完了，他用手抓了茶杯，狠狠地拍在了桌上，若不是控制了力度，多少还收着火气，怕是早就将那茶杯砸个了粉碎。

“父亲息怒，我想，恐怕是几位大人太忙了，一时脱不开身吧？”

陈家小姐虽也有埋怨，可又怕隔墙有耳，仍是摆出一副大家闺秀的样子，委婉地劝慰着父亲。

“乾儿，你说他们该不会……”

那陈秀乾摆摆手，示意他少安毋躁，“义父不用担心，我们是正经商人，又没做过什么犯法之事，无非也就是因为那翟家公子的死，几位钦差大人想要多问些细节罢了。可月梅并没有和那翟金玉订下什么实质的婚约，也不曾和他有过私下的接触，他们总不能血口喷人，非把那杀人的罪名扣在我们头上不是。”

“是，义兄说得有道理，父亲不必太过担心。”

有了这两人一唱一和的安慰，陈老爷终于叹了口气，把憋在肚子里的火又咽了下去。

就在这时，那原本被紧紧关闭的大门突然“吱扭”一声，开了。

一双绣着连枝花的粉绣鞋轻缓地迈了进来，虽然那脚步声轻得一般人几乎听不到，可这屋里的三人中，至少有两人明显有功夫底子，因此都不约而同地将眼神瞄准了进屋之人。

待到看清来人只是个普通的小丫鬟后，陈老爷没有任何反应地又将目光投向了别处。

而陈秀乾在看到那女子后，瞬间变了神色，下意识地将脸别开，背对着来人，背负双手，假装踱步到了窗边。

“徐大人和安公子现在在前面审犯人，脱不开身，奴婢奉命来给三位添些茶，上些点心。若是三位饿了，有什么想吃的，也可以让奴婢去准备。”

那小丫鬟语气平常，边说边举着个茶壶分别将那三杯茶续满，又从随身携带的食盒里拿出了几样小点心，小心翼翼地放到了桌上。

接下来，她并没有退出去，而是特意从食盒里又拿出了一碟摆放整齐的核桃酥，朝着背对着自己的陈秀乾走去。

听到她靠近，陈秀乾原本背在身后的一只手，不自觉地握起了拳头。

小丫鬟并不知情，热情道：“陈公子，这是宋公子特意叫奴婢准备的核桃酥，说是上次您来的时候特别喜欢，让奴婢专程拿给您的。”

“多谢，你放桌上吧。”

陈秀乾既没有回头，也没有伸手去接，冷冷地回道。

“哦。”那小丫鬟似乎也没听出什么异样，点点头，转了身，把那盘核桃酥放到了离他比较近的一张桌上，而后准备退出去。

在那小丫鬟马上就要走到门口的时候，那屋外又跨进了两个人来。

这两人，一个是阿乐，另一个，自然就是他家公子——宋慈。

“咦！粉桃姑娘，你怎么在这里！”

阿乐一向有些自来熟，哪怕只见过一次的人，他也能搭上话，何况那粉桃又生得俏丽，因此更是过目不忘。

原来，此时进来奉茶添点心的丫鬟不是别人，正是那被养在翟家大院的粉桃姑娘。

粉桃抬起头，朝来人露出个浅浅的笑，因为她和阿乐身份相当，所以并不拘谨，但是看到阿乐后面的宋慈，还是微微道了一个万福，“奴婢见过宋公子。”

“粉桃姑娘不必多礼。”

那粉桃却摇了摇头，“宋公子是奴婢的恩公，粉桃还未向宋公子道谢呢。”

阿乐见状，不禁有些好奇，“哦？怎么我家公子还成了你恩公了！”

“要不是宋公子，我也不会离了翟家大院。”因为是回阿乐的话，所以粉桃也没有自称奴婢，她今日看起来格外高兴，就连笑容也比那日初次见面时要多了些，“现在，我跟在安公子身边伺候了。”

说到这里，众人才知晓，原来粉桃在宋慈的帮衬下，终于脱离了苦海，不用留在翟府了。

宋慈他们说着话，全然没有理会仍旧坐在那里的陈家三人，因此陈老爷终于忍不住开口道：“宋公子！我们在此等候多时了，您若是来招待我们的，也未免太过怠慢了些吧。”

宋慈赶忙深深一揖，复又道歉起来，“是宋某不对，还望陈老爷和陈小姐见谅，陈公子……”

他说着，突然抬起头，望向窗边的陈秀乾，“陈公子一直不肯直面宋某，难道是生宋某的气？”

陈秀乾虽然不知宋慈葫芦里卖的什么药，可也知道，他这是跟自己卯上了，今日若是不回头，那宋慈绝不会善罢甘休，也绝不会让粉桃离开这房间。

因为，他就是那假扮成长工德柱之人，而他真实的身份也不是什么陈秀乾。

他真实的身份，乃是白家的小儿子，白樊。

他是白玉娘的堂兄，司徒烨的徒弟，同时，也是杀死翟金玉真正的凶手！

当年白玉娘投湖，白樊用了整整一年来将翟金玉这个人仔细地查了个遍，而最终查得的事实，令他极度愤怒的同时也无比心寒。

于是在与师傅司徒烨商议后，他们决定为民除害，亲手宰了翟金玉这个祸害。

为了摸清那翟金玉的底细，白樊假扮哑巴德柱，进到翟府当了个把月的长工。结果他这番暗查，发现翟金玉真的无耻到了极点，不仅一次次雇人侮辱清白的女子，令她们名声受损，骗取钱财，甚至还为虎作伥，或者说是逼良为娼，暗暗养了女子在家供人玩乐。

粉桃此时也抬起了头，小心翼翼地打量着白樊。白樊看着她，苦涩地笑了。

扮作德柱的白樊穿得又脏又破，还不会说话，脸庞也总是乌黑乌黑的，带着尘土和汗珠，而眼前这位姓陈的公子却衣着华丽，打扮得干干净净，说起话来也是字正腔圆，带着几分威严，虽然装扮完全不同，可粉桃还是一眼就认出了他。

白樊知道，他这次是瞒不住了。

他们师徒本就不善伪装，这次改头换面，也是月梅帮他们出谋划策，就连这绸缎庄陈老板和义子的身份，也是三人商议后才决定的。

虽然自己并不叫陈秀乾，师傅的大名也不是陈长生，可陈月梅却是真名真姓。只不过，月梅不是他师傅的女儿，而是自己在外头相识的一位红颜知己。

对于她，白樊早有打算，此次若能功成身退，他便会向月梅求亲。若是他们不幸被识破，纵使拼了性命，他也要保住月梅。

想到这里，白樊又往前走了一步，直面着粉桃，眼神里也多了几分坦荡。

“你……你怎么……”粉桃不明所以，震惊之余，还是忍不住道，“你不是柱子哥……”

她喃喃自语之后，又恍惚明白了什么，双目圆睁，赶忙低下了头，再也不敢直视对方的眼睛。

“罢了，既然遇到了故人，我也没什么可说的了。”白樊微微一笑，原本平静的脸上，露出了一抹吸引人的神采。

“不！不是你们想的那样！”陈月梅将白樊拦到了自己身后，朝着宋慈他们疾声道，“是我！我大哥是为了帮我！我看上了翟金玉，却不知这男子该不该嫁，所以大哥才……”

这时，响起了“啪”的一声响。

原来，假扮成陈老爷的司徒烨终于压抑不住内心的火气，狠狠地摔碎了桌上的茶杯。

他站起身，脱下外袍，那华丽的外衣下，竟是一身短打劲装。

伪装成商贾时，这陈老爷看起来颇为富态，可换了这套装扮，倒是显得他虎背熊腰，颇像个练家子。

“事已至此，还跟他们废什么话！”

宋慈处变不惊地微微牵起嘴角，“司徒前辈也未免太过性急了，此事……难不成非要走到这一步吗？”

听到这里，即便是白樊也放弃了最后的希望，他淡淡一笑，反而释然了。

“哦？听宋公子的意思，我们的身份是彻底暴露了？”

宋慈还未说话，那大门口，便出现了徐延朔面沉如水的脸孔。

接着，安盛平也在安广的陪同下，走进了屋。

“白樊、陈秀乾、德柱……白公子这身份还真是够复杂的，为了个翟金玉，至于如此大动干戈吗？”安盛平有些不解地问道，“以司徒大侠的本事，要杀个书生，还不是易如反掌，何须如此煞费苦心地演这么一场大戏，还要推到方玉婷身上呢？”

司徒烨冷哼一声：“那姓翟的我若要杀他，当然是随随便便，就像捏死一只蚂蚁那么简单！若不是樊儿……”

“师傅！”一旁的白樊打断他，示意由自己来继续说明，他将视线自对面四人身上扫过，说道，“我堂妹蒙冤而死，她生前与翟家有过婚约，可那姓翟的为了骗取钱财，竟找了个市井流氓趁着夜色给玉娘下了迷药……虽发现及时，玉娘无事，但说出去又有谁会信。她整日以泪洗面，最终担上个不洁的罪名。我叔父愚昧，不懂这其中的猫腻，还把那姓翟的当做苦主，自认为有愧于他。”

白樊说到痛处，双拳紧握，手背上的青筋爆出。两只眼睛更是瞪得溜圆，显然是气愤到了极致。

“我从小就当玉娘是自己的亲妹妹一般。她生前饱受屈辱，死得这般凄惨，我就算把那姓翟的千刀万剐也难解心头之恨！可一想到若是此事被翻出来，到时所有人都知道了玉娘的遭遇，岂不是……”

他恨得咬牙切齿，却终究没有说下去。

安盛平却突然懂了。

他想起了他姐安雨柔。

所以那一刻，安盛平便明白了白樊的用意，他也明白了为何白樊师徒要将此事推到方玉婷身上。

“好，那我再问你，就算你们想到了杀人挖心，把此事推到方玉婷身上，可关于挖心案，有很多细节都没有泄露出去，你们是如何知道的？”

“哼，”白樊冷哼一声，“活该那姓翟的自作孽，连老天爷都不饶他！那日我和师傅在外饮茶，刚好听到邻桌有人讨论此事，说那女鬼专杀无耻之徒，杀人前会先送婚书到那家，然后再抬棺材去洞房掏心。当时我就觉得这是个好时机，一来可以报仇，二来还能将此事推脱。”

“哦？”听到这里，宋慈苦笑道，“既然如此，那婚书和棺材这些细节，你们怎么没做得完整些？”

“你当我有多蠢？婚书若是字迹不对，岂不是不打自招！至于棺材……你们真以为是那翟家老太太自己想到的吗？”

“难道是你？可你那时不是扮作哑巴吗，是如何向老夫人提议的？”

白樊有些得意，但话到嘴边还是吞了回去，只道：“我自然有我的法子，这你就无需多问了。”

“就算有人怂恿引导，可为何连棺材上的花纹都如此相似，难道有人告诉了你这些细节？”

“有个人的确给了我一张棺材的草图，我自认为做得还算精致，想不到还是被你们看出了不一样的地方。或许，是因为棺材铺不同，细节难免有误差吧，又也许，那草图本就不对。”

“草图？”宋慈蹙眉沉思，“给你这图纸，又告诉你这案件细节的人，是什么模样？”

白樊笑笑，“时隔太久，我怎会记得！况且那人又没什么特别之处，除非再见到，否则我根本想不起来。你们问了我这么多问题，我也想问问你们，到底你们是如何查到我们的？”

既然如此，宋慈也不再多费唇舌追问，而是回道：“世上所犯杀戮，无非就是这几个缘由，仇杀、情杀、劫杀，要么为财，要么为情，要么则是为了寻仇。这翟金玉正如白公子所说，是个作恶多端的无耻之徒，若说他有什么真感情，莫说别人不信，怕是连他自己都不信！若是图财，这翟金玉的房间里，好像也没少什么，那就只剩仇杀这一个可能了。”

“不错，”白樊表示认同，“你说的确实有几分道理。”

宋慈继续阐述着自己的观点，“既然是仇杀，那必要先知晓翟金玉的仇人是谁。他这人虽干过不少肮脏之事，却一直没被抓到，被他害过的人家或是不知情，或是忍气吞声，所以排除了一番，那最有可能报仇的，就只剩下含冤自尽的白家小姐白玉娘了。”

“不错，更何况你哪里不选，偏偏选了那玉溪湖！”安盛平也自然而然地在旁补充道，“虽然翟金玉被人挖了心，可经过查看，他其实是溺水而死，且是被人用外力按压在水中导致溺亡。偏巧，他遇害的地方和那白玉娘投湖之地完全吻合，这件事就更不可能与白玉娘脱离干系了！”

安盛平的话吸引了白樊的注意，他微蹙眉，“你怎么知道玉娘投湖的地方就是我杀死翟金玉的地方？”

安盛平不敢邀功，笑了笑，“这便要问问惠父兄了。”说完，望向了宋慈。

宋慈也不避讳，直接将自己之前验尸的结论和所查到的一切，包括相关的证据都一一阐述了一遍。当然，陈月梅和翟金玉在玉溪湖私会时恰巧被人撞见，并听到了那句翟金玉惊呼的事也一并说了，只是略去了那人并未看清她真实面目的情况，只说若是有疑，可以请人来当面对质。

陈月梅的脸上青一阵白一阵的，这人证物证俱在，她怕是百口莫辩了。

白樊虽已不想做无谓的争辩，可比起别的，他更关心两件事，"好吧，就算你们查出了我的真实身份，又结合月梅与那翟金玉约见之事，推测出当日杀了他的便是长工德柱，可有件事我还是不明白。"

"哦？不知白公子所言的，究竟是何事？"

"这第一，就算你们查出了我的真实身份是白樊，是玉娘的堂兄，可你们又是怎么查出我便是德柱的？要知道，我可是刻意扮作了哑巴，身份又差了那么多，根本不可能有人会怀疑。而这第二，你们又怎知那故意扔在翟家后巷的血衣不是德柱的？按理说，我这步棋走得极巧，既摆脱了嫌疑，又叫你们以为德柱已遇害，查不出他的去向也是理所当然……"

听到这里，宋慈苦笑了一下，背负起双手，解释道："关于这第一，白公子总是藏在袖子里的那只右手，就是我的答案。"

白樊听了，微一蹙眉，但很快明白了宋慈的意思。他没说什么，而是撩起袖子，露出了那只平日里总藏在袖子下的右手。

他那右手的小指头竟短了一截，看起来似乎是被人用利器斩断的。

“这节指头是我小时候在山间遇到马匪，被歹人头目用刀砍断的，当时血流如注，我父母吓得半死，我也险些疼得昏了过去……若不是我师傅及时赶到，恐怕今日我也没命站在这里。”

说完，白樊又将目光投向司徒烨，眼神中带着几分感激和崇敬。

“虽然平日我总是将右手藏在袖子里，可要假扮成长工，衣着打扮并不允许，再加上要干活，所以并没有隐藏，想不到，这竟酿成了大错……”说到这里，他似又想起了什么，看看宋慈那充满自信的脸，沉声道，“我怕你们因为这断指查到德柱的头上，所以故意用左手压住了翟金玉的头，现在看来，反而是多此一举了。”

宋慈没说话，只是笑笑，又将话题引到了白樊问的第二个问题上。

“至于你方才所问的第二件事，也是我不解的地方，想要请教白公子。”宋慈语气谦卑道，“实不相瞒，翟府的丫鬟迎春和伴读许茂一起失了踪，后来被人发现他们私奔去了渡头。当时那许茂受了伤，被一个戴斗笠的人搀扶下了车，送上了船，可事后我们再顺着这条线去查，迎春和许茂却已遇害，死在了那船家的手中。许茂背后的伤证明他当时穿着德柱的衣衫，并被人砍了一刀，所以真正的受害者是他。可我不懂，究竟是许茂他们不小心目睹了你杀人的过程，还是因为你要嫁祸于他，才让他无缘无故挨了这一刀？”

白樊确实是第一回听到迎春和许茂已经遇害之事，他其实打从心里不喜欢这两人，尤其是那许茂，此人跟着翟金玉一起犯下了不少恶行，虽罪不至死，但白樊也不打算轻易放过他，这才有了后巷那背后一刀。

略微感叹了一番，白樊这才直面宋慈，回答了他的疑问。

“那日我把那翟金玉的尸首背回翟家后，又开了他的膛，挖了他的心，待到我正要离开时，那迎春却进了屋。按理说，她本不该在那个时辰来翟金玉的屋里，且鬼鬼祟祟的……那屋里也没掌灯，我当时闪身到了暗处，迎春轻唤了几声翟金玉，见他未回应，似乎是放了心，正待转身离去，却不小心因地上的血滑了一下，往前倾倒在床上，染了一身的血迹。”

白樊显然没有说谎，因为照他所说，还有迎春那血衣上的痕迹，包括后面她忘了带的细软，都与白樊所说的相符。

“哼，你倒是打了一手好算盘！”安盛平接着道，“嫁祸给方玉婷这事若是被揭穿了，自然需要有人来转移注意力，而那私奔潜逃的两人就成了最好的选择。迎春是唐清枫安排在翟金玉后院的一个姘头，她应该也不是心甘情愿的，所以必定会和翟金玉有冲突，许茂为了心爱的女子杀了主人也是人之常情。若他两人顺利逃走，又在后巷发现了德柱的血衣，那就更洗不清嫌疑了。”

至此，所有的谜题也都解开了，现在唯一剩下的也就是将他们捉拿归案。

既然要动用武力，一直沉默不语的徐延朔终于要出场了。

因为除了陈月梅、宋慈两人之外，这屋里其余几人都是练家子，又都不是藏着掖着的性格，于是便互相摆了摆手，先礼后兵，从屋里走了出来，到了院子里。

“早就听闻徐大人功夫了得，一把金刀在手，抓尽了天下恶人。却不知今日，我倒成了作恶的那个……”司徒烨双手抱拳，微微朝徐延朔做了个揖，“领教了！”

司徒烨没有别的武器，只有他自己那一双铁拳，徐延朔虽是官府中人，却也不愿占了上风，以兵刃对付他一双肉掌，便将那金刀从腰旁摘下，交给了在院子里等候的赵东林。接着，徐延朔也朝司徒烨行了个礼，撩起前襟在腰间系好，一个箭步，率先冲了上去。

“好！痛快！”司徒烨也不含糊，嘴里叫了声好，便举起双拳，正面迎战。

见他二人斗在了一处，白樊也朝着安盛平点了点头，“安公子，请！”

白樊嘴上虽这么说，但那“请”字刚一出口，他的人竟比他的话还要快，已经朝着安盛平冲过去，一上来就下了狠手，一记手刀对着安盛平的门面劈了下去。

好在安盛平的反应也够快，他微侧身，躲过那迎面而来的袭击，试着擒住白樊的手腕，将局势彻底逆转。

熟料白樊一击不中，马上转换身形，弓步向后，来了个白鹤晾翅，看架势，应是那江湖上闻名的飞鹤拳。

安盛平蹙眉，那日接了白樊扔过来的钱袋，他就知此人功力不凡，若是自己真的不小心被他打中，搞不好要被震出内伤来……但因为不想在徐大人和宋慈面前丢脸，所以此刻也只能硬着头皮上了。

那白樊跟随司徒烨浪迹江湖多年，一方面受了他师傅的真传，另一方面又因为多了很多野路子，将各种拳法融合，自成一派，收放自如，都极有攻击性。

安盛平虽也是自幼习武，可他毕竟与白樊不同，即使练武，身旁陪练之人也不敢伤了郡国公之子，若是对付像丁虎那样的人，安盛平自是绰绰有余，可跟白樊这老江湖比起来，就连宋慈这种不会功夫的，也能看出他有些吃力。

果然，就在那白樊一个腾空跃起后，原本一直靠手上功夫进攻的他，突然换了招式，改用右腿朝着安盛平的心口猛踢过去。

安盛平刚好躲过，忍不住一个踉跄，后退了几步。他料想那白樊落了地，定然会用右手进攻自己，便提前做好了防御的准备。

这时，一直站在屋内观战的宋慈猛然想起，那白樊左右手都能用，况且他方才用的是右脚踢人，现在落了地，应是用左手进攻更为方便快捷。

“小心！他的左手！”

意识到这点后，宋慈忍不住大叫一声，安盛平却是一愣，就在他愣神的工夫，那白樊的左拳已经照着他的脸上扫了过来……

“遭了！”安盛平低吼一声，那拳来得太快，他根本来不及转换姿势闪躲，于是下意识地闭了双眼，打算硬抗下来。

就在他闭眼的那一刻，一阵风自身后掠过，只听耳畔“啪”的一声，那预料中的拳头并没有打到他的脸上。

待到再睁开眼，只见安广不知何时已经站到了自己身前，他的一只手正牢牢地抓住白樊的手腕。安广虽个头高，但身量并不算魁梧，甚至较之安盛平来说，都略显得瘦弱。

此刻，他那牢牢抓住白樊手腕的右手手背已爆出了青筋，可想而知，要擒住那发了全力的猛拳，安广也是拼尽了所有的力气！

安盛平知道，这一次，是容不得自己再逞强了。于是他无奈地一笑，闪身退到了一旁。

那白樊虽然左腕被抓住，但因为左右手都能熟练地使用，因此直接改用右手攻击。右边的手掌蜷起，呈鹤嘴形，对着那擒住自己左腕的年轻侍卫猛然挥去。

这一次，他的目标是对方的那双眼睛。性命攸关，白樊也不得不使出狠招。

但他终究是想错了。

安广凌空向后翻起，他身形如燕，一招一式，比那白樊中规中矩的飞鹤拳还要更添几分潇洒恣意。

衣袂轻扬，待到落地之时，安广手中竟多了一柄软剑。

剑气如虹，以迅雷不及掩耳之势朝着白樊的身上刺去……

白樊稍一愣神的工夫，那剑尖便抵着他的肩头，狠狠地刺了过来。

“大哥小心！”屋内，陈月梅厉声疾呼，原本动听的嗓音也因为急迫而显得凄厉尖锐。

白樊这边虽挨了一剑，但安广到底留了几分力，没有刺得太深。剑尖只是微微刺入了他的皮肉，离骨头还差得远。

白樊明白安广的用意，便退后几步，待到再抬起手时，双手中也多了两柄短匕。他本就擅长左右手同时攻击，所以司徒烨在教他拳脚功夫时，白樊自己也去学了些简单兵刃的用法，不过因为他左右手都使得如鱼得水，便比一般人更加游刃有余。

既然对方先用了武器，那自己也无需客气了。

纵使肩头的血微微晕开，染红了衣裳，那白樊仍旧面不改色，再次投入了战斗。

渐渐地，白樊开始有些招架不住了，只剩下招架之势，没了攻击的能力。

司徒烨到底比徐延朔年长十几岁，近几年体态也有些发福，早就不复当年。况且与他缠斗的，又是徐延朔这种高手，又怎能容他有片刻分神。

果不其然，当司徒烨趁着徐延朔变换招数，将目光投向自己徒弟之时，徐延朔窥准了时机，先是故意佯装一时大意露出了破绽，引得司徒烨照着自己的门面猛挥一拳，接着侧身一把扣住了对方的手腕，然后弯身一个扫堂腿，将司徒烨整个人撞起，他就这么腾空摔了出去。

徐延朔这招使得极迅猛，动作连贯快速，让人目不暇接，其实早在初相见之时，宋慈就见他使过。当时，宋慈站在篱笆墙外，看着他将那直冲向大门口的黄三川摔了出去。没想到时隔一月有余，又在此时再次见识到了这招数。

当司徒烨背朝地，狠狠摔下后，徐延朔掰着他的腕子又是一个转身，将自己的膝盖狠狠地抵在了他胸前，将司徒烨压得死死的，同时扭着他手腕的那只手也丝毫没有泄力，直疼得司徒烨微微蹙起了眉头，却再也没了反抗的能力。

这边厢，司徒烨终于束手就擒，而白樊也没能多抵抗一会儿。连续几个失误后，他原本正要躲开安广的攻击，却在转身之际突然看到一个身影从花坛旁的假山后掠过，惊讶之余他瞪圆了双眼，因这一时的大意造成了最终的落败，挨下了致命的一剑。

那剑身笔直地刺进了白樊的背，穿过他的胸膛。

白樊没有再吭一声，他用手握住那剑尖，任由自己的手掌被划破，血水滴在地上，啪嗒啪嗒地带着讽刺的声响。

屋内再次传来陈月梅的哀号，她踉跄着跑出房间，紧紧地抱住了白樊。

白樊颓然倒地，一双眼睛直直地注视着假山的方向，“是……

是……”

宋慈见他这般反应，不由大喊一声：“四郎！”

安盛平了然，一个纵身跃到了假山之后，但那假山后空无一人，什么都没有……

安盛平回头看看白樊的方向，又看了看宋慈，实在不明白樊究竟看到了什么。

不过这终究只能成为一个谜了，因为此时此刻，白樊已经闭上了眼。他再也不能作出任何解释了。

就这样，白樊被就地正法，陈月梅和司徒烨也被收监，等候发落。

至于他们一直寻找的，翟金玉那颗被挖出来的心，据说白樊在送迎春和许茂去渡头时，已经随手扔了。此刻怕是已沉了底，被鱼虾啃食得差不多了。

因为此案关系墨松书院、唐县令和县令之子，所以从一开始就被下令秘密查办，所有与此案相关的人员都被封口，连半点风声也没透露出去。对外，也只说翟金玉得了急病，死了。

所以坊间传得最多的，还是迎春和许茂私奔，又被那撑船的王二狗杀害的事。等这个风头过了，也就再也无人问津。

而就在此事过后没几日的一个深夜，城西某间破屋内，一个穿着一身黑衣，脸上遮了块黑布的男子站在断壁残垣之上，仰着头，微眯着眼，注视着天空中那一轮弯弯的明月。

他个子不高，身材适中，若不是一袭黑衣太过招摇，看起来实在是平凡得很。

更何况他的面前还站着个身着品蓝色蟒缎长袍，一头乌发高高竖起，剑眉星目，俊朗不凡的男子。

那男子虽没有像黑衣人一样仰头望向明月，但星光映照进他的眼眸，竟比那星月生辉的夜空还要引人瞩目。

而他接下来说出的话，又带着股叫人窒息的冷，连这盛夏的夜也徒然增添了几分寒意。

他看着那黑衣人，冷冷道："这个时候怕是没有什么能阻挠他们了，除非……再死几个人。"

"几个？"黑衣人虽遮着脸，但语气听起来十分轻松，好像正在笑，"难道你想让我再弄出一场三年前那样的瘟疫来？我早说了，那法子太阴损，做一次就够了，总这么干，我也怕死后在阴曹地府遭报应不是！"

"阴曹地府？哼，你以为活着就不是在地狱吗？"男子冷哼一声，背负起双手，"总之，这安盛平、徐延朔只要在长乐乡一日，早晚都会出事！倒不如给他们找些麻烦，也让他们无暇顾及那掏心案。"

黑衣人看着他，眼神里带着一丝玩味，"大人当年天不怕地不怕，如今怎么也畏手畏脚起来？区区一个安家四郎，您真以为他能成什么气候？要我说，比起他和那姓徐的，倒是那姓宋的更令人担忧。"

"这姓宋的到底什么来头？"

"他和安盛平昔日都拜在真德秀门下，这人心思细腻，观察入微，来了长乐乡虽没多久，却已经破了大大小小好几起案子，实在不容小觑。"

黑衣人的真实身份不明，就连正与他对话的男子也不由得轻蹙眉头，好奇地打量着那黑布后面的一双眼睛。

“你我合作多年，即使到了今日，你仍不肯以真面目示人吗？”

“大人面前，小的怎敢造次！”黑衣人虽然语气里带着满满的笑意，但他说出的话一点也不讨喜，“唐松的师爷不也跟您有些交情，还不是照样被那小娘子挖了心去！小的可还想多活几年，多给主子办点事呢！”

这话说得直截了当，摆明了是不愿表明自己的身份，因此那男子也不再追问，而是把话题又拉回到安盛平他们身上。

“那你有什么办法能绊住那几人？”

黑衣人眼珠一转，“办法倒是有，也刚好有个不错的人选。而且这事若是办成了，说不定还能一箭双雕。总之，对大人来说，应该是有百利而无一害。”

“哦？”

“大人可还记得那位曾在三年前主持过祭祀大典的董大人？”

男子不屑，“那个老东西，说什么要为百姓祈福，还不是趁此机会发了笔横财。”

“我记得三年前朝廷拨款三百万两，哼，最后到那老东西手中一过，只剩下了一百万不到，他的胃口倒是不小！只可惜……哼！”

黑衣人未把话说完，而是故意留了个话头，不过那蓝衫男子也不好奇，一句也没问。黑衣人见他不回应，落了个自讨没趣，只好继续道：“那姓董的最近告老还乡，带着妻儿回了长乐乡，倒是可以利用一下。”

“你的意思是？”

黑衣人微微一笑，“大人刚不是叫我想个法子牵制住那儿人？此事若是做成了，您要怎么奖赏小的？”

“你还用我赏赐？”直到此刻，男子那冰冷的面孔才终于有了一丝笑意，语气也比方才要柔和了些，“若能成事，你家主人自会赏你。”

黑衣人赶紧弯腰，作了个揖，“到时还请大人为小的美言几句！”

说完，也不等男子回应，黑衣人纵身一跃，飞出了四五丈，伴着一阵风，消失在茫茫夜色之中……

# 第四章　男童死尸案

几日后，南城门。

当日为了调查方玉婷一案，安盛平将任务分配了下去，各有分工。他的小厮福顺之前一直负责查找那些棺木的来源，后来在翟金玉一案中，有人把棺材的草图泄露了出去，福顺这才承认是他为了省事，将那草图到处发散，现在城内的许多棺材铺都有此图。

想必那煽动白樊借题发挥的“内奸”，也是从这些渠道得知了棺木的具体细节。

之所以会让福顺来查此事，最主要是因为福顺为人极有眼力，而且不论是谁，他总能找到话说，很快和对方称兄道弟，因此最适合去做打探消息的事。可谁曾想，他竟这么疏忽，差点坏了大事。

福顺也知自己这次闹大了，为了将功补过，他去那一家家棺材铺收回了流传出去的图纸，又认真打探了一番，终于得了个有些用处的消息。

原来，福顺收到了信，说是南城门会运进一口棺材来，据说是城里某个姓张的员外从城外订制的。

其实宋慈早就推测出方玉婷一案中的那些棺木不是出自长乐乡，毕竟一口气订这么多副一模一样的棺材实在是引人怀疑。

这消息一传来，宋慈一行人倾巢出动，一大早便隐匿在了城门边，只等着那棺材出现，然后来个顺藤摸瓜，好查清那位“张员外”的真实身份。

福顺和阿乐的模样比较普通，因此他二人连同赵东林一起扮作了官差，守在城门口查看进出的路人。安盛平和安广主仆连同徐延朔则找了间茶楼，坐在个临窗却并不显眼的位置，暗中观察。

至于宋慈，他竟穿了件朴素的天青色长衫，在城门附近支起了一个小小的摊位，把自己扮作个替人写信的穷书生。

城门口人群熙攘，看似平静实则暗流涌动。可他们足足等了四五个时辰，还是不见任何可疑的人或物。莫说棺材了，就连个大一些的马车都没出现。

茶楼上，安、徐二人吃罢了午饭和晚饭，连茶水也换了不知几轮。阿乐他们则在城门口站得连腿肚子都开始发酸。唯有宋慈，仍是不慌不忙地坐在那摊位上，若是有生意上门，便和颜悦色地帮人写上封书信，若是无人问津，就拿着本发黄的旧书翻看，似乎周遭的繁华都与自己无关。

眼瞅着天色渐渐暗了下去，茶楼上的安盛平终于坐不住了。

他伸手将茶杯往桌上一摔，发出一声清脆的响声，人也站起了身，“别等了，我们这怕是被人算计了！”

徐延朔也摇了摇头，“打探消息本就有虚有实，这一次，怕是赶上了个假消息。”

“空欢喜一场……”

徐大人的话安盛平自然也明了，可一想到在大热天里等了一整日，还是有些不甘，心里想着回去可要好好敲打福顺一番！

这时，城门处突然一阵喧闹，不知从何时开始，聚集了一群人，似在围观什么，且还有着越聚越多的趋势，有些在城门左右摆摊的小贩也不顾自己的摊位，顺着人群聚了过去。

“少主，需不需要卑……”

安广的话未问完，安盛平已经用一只手撑着茶楼的围栏，侧身翻了出去。眨眼的工夫便落了地，大步朝着城门口的方向走去。

安广和徐延朔忍不住对视一眼，俱有些无奈，一个安盛平从二楼跃下就够引人注目了，为了不再招惹他人注意，他们还是选择了走楼梯。

“出了什么事？”路过宋慈那摊位时，安盛平蹙着眉，低低问了一句。

宋慈距离城门较近，因此方才也看了个大概，此刻却有些迷茫，“好像是因为一个人。”

“一个人？”安盛平喃喃道，又往前走了几步，“我倒要看看谁有这么大的本事！”

安盛平拨开人群，便看到了引发这一切的始作俑者。

那人身材矮小，看不出是男是女、是老是少，只因其浑身上下都被件宽大的黑袍罩住，除了隐隐能看到一双眼睛外，再没半点缝隙。

此时正值盛夏，这人却黑袍加身，纵使那衣料不算厚实，可看起来仍旧令人有种莫名的燥热。

那人跌跌撞撞，左右闪躲，直到此刻宋慈他们才注意到，这人正在被围观的人群攻击，人们的脸上都露出嫌恶之情，有些人还捡了石头朝着那人身上扔去。

一块小石直直地打上了那人的小腿，那人吃痛跌倒，用手按住自己的伤痛处，却并不反抗辩驳。

“怎么回事？”紧随而至的徐延朔先是喝止了众人的暴行，随后低低问着在长乐乡待得最久的赵东林。

赵东林赶紧上前，向几位大人解释起来，“回大人，此女姓重，单名一个玥字，她和她祖父住在城北，她祖父叫重徽，这祖孙俩，嗯……”

赵东林似乎欲言又止，但最后还是将脸靠近徐大人，压低声音道：“这祖孙俩性格孤僻，做事也有些古怪，因此被视为不祥之人，所经之处，必是人人喊打，胆小的孩童和妇孺更是避之不及，唯恐沾染了晦气。”

听了这话，徐延朔似乎有些不悦，他一身正气，自然看不得这欺软怕硬之事。而一旁的安盛平则更是义愤填膺，只觉得一群人欺负个弱女子，实在可恨。

福顺向来最会察言观色，近日又连犯了两次错，更是急于表现。见安盛平脸色阴沉，马上换了副笑容可掬的面孔，快走几步，伸手去搀扶那倒地的重玥姑娘。

孰料，这姑娘怕是被欺负惯了，难得有人关心示好，她反倒比方才挨了打还要怕，推开福顺的手臂，踉跄着站起来想要逃走。

她身旁不远处正停着一辆平板车，那车上盖了床草席，席子下面掩着口死猪。原来方才正好有人推了平板车，要运一口整猪出城，偏巧这时赶上了这场骚乱，便只能先停靠在城门旁。

重玥的小腿被石头打伤，也许还抽了筋，她站起身时忍不住一个踉跄，冲着那平板车倒了过去，撞掀了草席，一头磕在了死猪的肚子上。

宋慈突然注意到那死猪的样子有些奇怪，因为一般这种死掉的牲畜要么是完整的，要么是被剁碎、庖解了，可眼前这死猪看起来虽没什么异常，但肚子却明显被剖开过，然后又用黑线密密地缝合到了一起。

眼看着周围越聚越多的人群，还有越来越难听的诋毁和咒骂，安盛平在茶楼苦等一日的积怨也终于爆发，他不顾阻挠，一把拉出赵东林腰间的佩刀，朝着那死猪肚皮上黑色的粗线划去。

安盛平那刀刚划开，一股恶臭便迎面袭来。就在距离较近的几人都忍不住纷纷用衣袖遮住口鼻之时，那死猪的肚子里滑出了一条手臂。

那俨然是个孩童的手臂，上面还挂着猪腹内的血肉和油脂……

手臂倒垂在平板车上，人群中立刻爆发出一阵惊呼和尖叫，有个胆小的妇人直接昏了过去。

安盛平也没想到事情会发展到这个地步，看着那孩童的手臂，怔怔地愣在了原地。

好在紧随而至的徐延朔反应快，一把将那原本盖在死猪尸身上的席子又罩了回去，但是问了一圈，也不知谁是这平板车的主人，只好先缴了车，一起赶回了县衙。

直到他们离开，也没人注意到已经趁乱逃走的重玥。

毕竟比起这离奇的事件来，她显得太微不足道了。

和重玥一样微不足道的，是她黑袍上的一只白色的蛆虫。那是方才安盛平划开死猪肚子时，从那喷溅出的鲜血中带出来的。那小虫正落在她的袖口处，她一低头刚好看到，本想用手抚去，却在手指接触到那蛆虫时愣住了，她的眼神中掠过一丝惊讶，但终究没作声，而是从袖口里掏出一块帕子，将那小虫用指尖夹起，轻轻放进手帕中包好，揣了起来。

抛开重玥这边不谈，且说宋慈和安盛平他们几人回到衙门，宋慈第一时间便切开了那死猪的肚子，那猪腹之中，竟塞了一个死掉的孩子。

那是一名男童，身上什么衣物都没穿，只看身高的话，年纪约在七八岁，头上扎着两个小小的团髻，用水冲刷掉身上的血迹后，上面有几处明显的伤痕，类似擦伤和撞伤，但都不足以致命。只是他后背有一处呈弧状的血痕，似乎生前受过重创，却又叫人看不出那是什么物件造成的。

这孩童身上能作为证物的衣服和鞋袜不见了，就连他的伤口也似乎在塞入猪肚前被人彻底清洗过，连半点证据都找不到。

不过经过尸检后，宋慈还是得出了结论，认为这孩子应是被人按住口鼻，活活憋死的。

至于这平板车到底是何时被何人拉到了城门，也需要好好调查一番。唯一可以确定的是，这平板车之所以会被拉到城门口，极有可能是为了将这只装了孩童尸首的死猪运出城去。

“你们不觉得这事很蹊跷吗？”安盛平虽见过不少死人，但年纪这般小的，却还是头一次见，因此心里免不得别扭，“真想掩埋一个孩童的尸体，怎么都比藏起一个大人要容易，但凶手不直接把他埋了或烧了，偏偏要想出这种诡异的办法把这尸体运出城，这么做，究竟是何种目的？”

“大概这孩子是哪家的少爷？”阿乐道，“说不定，这孩子被人绑架了，然后……”

“似乎有些道理。我这就带人去查，若是真出了劫质幼童之事，必须严惩！”徐延朔说着，转身就要往外走，一旁的赵东林赶紧提刀追了上去。

这时，半晌没说话的宋慈将他二人拦了下来，“徐大人少安毋躁，事情还没调查清楚，宋某认为，这孩童是被人劫持后虐杀的可能性不大。”

“哦？”徐延朔不解，“宋公子何出此言？”

“徐大人请看，”宋慈边说边为大家解说道，“这孩童的手掌上有做粗活留下的茧子，这说明他平日里定是做惯了苦工，试问这样一个孩子，怎会被人劫走勒索赎金呢？”

听了宋慈的话，原本唯一的那点头绪也断了，因此几人脸上都露出了迷茫。

“其实从很多细微之处，我们都能推断出一个人所处的环境，以及在他身上发生过的一些事。就好比这个孩子，他看起来虽像有七八岁，但从骨龄看，他其实差不多有近十岁了，只是身高较同龄人来说比较矮小，因此看起来并不像十岁。此外，他的左小腿曾断过，应该是年前受的伤，现已痊愈，可仔细摸摸，仍能摸出不同，而且他受伤时并未好好休养，所以左右腿不一样长，平时走起路来，怕是有些跛足。”

“这么说来，这孩子的出身还真的不太好？”安盛平不解，“既是这样，又何必如此大费周章？”

“也许另有隐情吧……”宋慈想了想，这才朝着徐延朔道，“徐大人，你不妨先去查查近期有哪些失踪的孩童，年约十岁，身材矮小，而且右股之上还带着一块巴掌大的胎记。”

“嗯，有了这些，倒是好查些。”徐延朔点头，这才吩咐人去调查。

不过比起那孩子的身份来，找到这平板车的主人倒是更容易些。用了不到一个时辰，调查便有了结果。

那车是个姓王的老汉拉到城门口的，这王老汉倒也老实，一下子就全都招了。

他说他是受朋友之托，将那死猪运出城去埋了，结果途经城门，刚好赶上那场骚乱，还扯上了他平板车上的那头死猪，更令他意想不到的是，那死猪肚子里竟藏了个死孩子！

王老汉当时吓得不轻，车也不敢要了，什么都没拿就这么跑了。

待到进一步质问他这位“朋友”是谁时，他的回答令宋慈和安盛平他们都无法平静了。

原来，这老汉的朋友不是别人，正是曾经卷入吴通被杀人分尸一案的屠夫夏望山！

“我看凶手极有可能就是他了！”安盛平对夏望山的印象很深，“他都敢提刀去杀人了，想必没什么是他干不出的！而且这人戾气重，又是个喜欢惹事生非的主，只是没想到这才安生了几日，就又惹了祸事来！东林，我问你，这姓夏的是何时放出去的？”

因为平日里都是赵东林跟着徐延朔一起打理衙门中的大小事宜，所以这一次安盛平直接问了他。

好在，赵东林也是个有心人，这些事都记得清清楚楚，随时应答如流，“回安公子，夏望山不曾收监，吴通一案结束后，夏望山因有意伤人被罚银二两，并杖刑八十。”

“八十！”安盛平微蹙眉，“他扛得住？”

“当然扛不住，”一旁的宋慈摇摇头，解释道，“这八十杖刑分了几次，前两次分别为二十，最后夏望山自己嫌麻烦，领了个四十杖，直打得他几日下不得床，所以，你这般笃定人是他杀的，有什么根据吗？”

“根据？这不是明摆着的！这猪是他的，他又有杀人的器具和本事，所以当务之急是找出这孩子哪里得罪了他，他又是为了什么一定要杀了这孩子！”

安盛平这番话倒也不无道理，只是，单凭这一点就断定夏望山是杀人凶手，实在有些牵强。这一次，他们没有像往常那样先将人带到衙门过审，而是直接赶往了夏望山的家中。

和上次来访相比，夏望山的家似乎比之前更萧条了几分，听说自从他雨夜伤人之事被传开后，街坊邻居都躲着他，认为他为人暴戾凶残，不想与之往来，所以他的生意日渐惨淡。

此刻，夏望山面露愠色，双手抱肩，沉着脸，目不转睛地盯着宋慈他们。

他本就长得又高又胖，肥头大耳，再加上那好似在看仇人一般的眼神，任谁也会被他盯得浑身不自在起来。

阿乐苦笑着轻咳了一声，往自家公子身边凑了凑，小声道：“还说自己没杀人，您看他这眼神，凶得跟个恶鬼似的……”

“你们才是鬼！一群阴魂不散的鬼！”

不等阿乐说完，夏望山就先往前冲了几步，当然，以他的身手是根本近不得几位贵人之身的。还离着老远，夏望山就被几个官差拦了下来，只能气得在那里干号。

“我这是造了什么孽，走了这般霉运！上次冤枉我挨了八十板子还不够吗！我告诉你们，我夏望山说得出做得到，要是你们再逼我，我就跟你们拼了！反正我未成家，我不怕！”

说完，为了表现自己的凶恶，又朝着安盛平和宋慈挥了挥拳头，也许在他看来，安、宋二人比较像书生，一定不会功夫，十分文弱。

安盛平牵起嘴角，冷冷一笑，“你说我们冤枉你，难道那死猪不是你的？”

“不是！近日没几个客人上门，我几日没开过张了，家里只有些零碎，哪来的整猪?！”

“哦？这么说，也不是你让那姓王的老汉帮你把猪运到城外埋了？”

“当然不是！那老王头肯定是拿了你们的好处，一并来冤枉我！哼，枉我平日对他还算不错，偶尔还会分他些碎肉，想不到他竟害我！”

“夏望山，你口口声声说那王老汉陷害你，可王老汉也说就是你把那死猪交给了他，让他拉去城外埋了，还说这猪有病，你怕人家说你卖病死的猪，所以才给了他一串钱，让他偷偷帮你去办此事。”

“他胡说！他冤枉我，我还给他钱？”

“怎么，这钱不是你的？”

安盛平说着，从一旁的赵东林手中接过一串铜钱，这时福顺已经颇有眼力地端了碗清水过来在旁候着。安盛平笑笑，从那串铜钱上解下来几个，随手扔进了碗里。

铜钱沉了底，而原本清澈的水波上，立刻浮现出了几朵油花。

“知道这是何物吗？是油，你说这钱不是你给他的，那上面怎么会有油？”

夏望山有些懵，“这是何意？”

“你整日杀猪宰羊，还问我这是何意？”安盛平抚掌大笑几声，“夏望山啊夏望山，事到如今你还不招认吗？要不要我找人再打一盆水来给你洗洗手，或是洗洗你钱匣里的那些铜钱和碎银，看看是不是都带着油水！”

“你是说，这是那些肉上的油……”

安盛平当然不会告诉夏望山，这些事都是来此之前，宋慈教给自己的。不过，也是因为这个，他们才判定王老汉没有说谎，那死猪应该就是夏望山托王老汉埋到城外去的。

但令所有人都未想到的是，即便被当面揭穿了谎言，夏望山还是死不认罪，他非但不认罪，还大喝一声，转过身，头也不回地朝着自家内室跑去。

“不好！”

徐延朔反应最快，一下子想起，他们将那姓王的老汉也一并押到了夏家，以便当面对质。此时，他正在夏望山的屋内候着。那夏望山拼了命地往屋里冲，必是要去找王老汉算账。

果不其然，夏望山刚走进屋里，看到王老汉，快走几步，顺手抄起一把藏在门后的剔骨刀，挥舞着朝他奔去。

王老汉一见他，就跟见了鬼一般惧怕，看他凶神恶煞地提刀过来，直接“嗷”了一声，吓得两腿发软，瘫坐在了地上。

好在夏望山的手腕被紧随其后的徐延朔一把攥住，力道之大，险些让夏望山疼得叫出声来。那刀也掉在了地上。

这一次，倒是平日里不怎么跟着安盛平他们出来办案的福顺先有了发现。

“公子您看！”福顺指着床上铺散的被子道，“这怎么好似……”

血迹！福顺虽没说完，但在场的人都能看出那被子上一块块暗褐色的污渍分明就是血迹。

“夏望山，你如何解释这个？”徐延朔扣着夏望山的腕子，沉声道。

“还能是什么，血呗！”夏望山眼珠瞪得溜圆，嘴上却仍旧嚣张得很，“要不要老子脱了裤子给你们验验，看看衙门里那帮狗打得够不够狠，能不能解了几位大人的气！”

他的言下之意，这血迹乃是他自己的。

不过宋慈并没被他的话扰乱，而是走到床边，弯下身，细细打量着那床薄被。那被面不算新，被角处还有些破损，显然已经用了有些年头了。

其实早在验尸时，宋慈就发现了那男童的口鼻处有些赭褐色的丝线，偏巧，夏望山这床被子就是这个颜色……

一时间，似乎所有的证据都指向了夏望山。

这时，又有小史突然快步走进屋内，附身到赵东林耳畔低语了几句，赵东林微微色变，点了点头，上前几步，对着徐延朔道：“大人，据附近百姓上报，数日前，夏望山曾与一上门买肉的女子发生口角，当日女子携带一男童，看起来年约七八，头上双髻。夏望山当时曾威胁那孩子，若是不听管教，便将他宰了，塞到猪肚子里去。那男童听后吓得大哭不止，因此有不少人可以作证。”

此言一出，似乎又为夏望山的罪行添了一笔证据。

“既是如此，那女子和孩童的身份可曾查明？”

“已经查到了，只是……”赵东林表情有些忌惮，“此女夫家姓陈，名初，在……在……”

“你吞吞吐吐作甚？”安盛平有些不耐烦，语气中带了几分责备道，“如实说来便是！”

“是！”赵东林双手抱拳，作俯首状，将头面低垂，“陈初与其妻张氏均为城北董府之家奴。”

“城北……董府……”安盛平闻言，原本英俊的面孔带了几分惊讶，“你说的，可是那个董府？”

此言一出，众人皆是吃了一惊，即使是那方才还嚣张闹事的夏望山听了，也不由得乖乖闭嘴禁言，不再出声。

宋慈虽不是本地人，但也知晓城北居住的都是些达官贵人，而放眼整个长乐乡，姓董的，又有些身份的，就只剩一家了。

安雨柔的亡夫董疏城有一叔辈姓董，名兴邦，曾任职于枢密院，虽官位不及院事，但仍令人敬畏。便是身为郡国公之子的安盛平见了，怕也得生出几分忌惮。

而偏偏，那遇害的男童竟是出自城北董府。

安盛平脸上的表情愈发凝重起来，他苦涩一笑，仿似自言自语般低声道：“奇怪，那老狐狸不是最近才告老还乡了，怎么刚一回来，就惹上这种事？”

徐延朔与董兴邦虽不算相熟，但也曾同朝为官，有过一些交集，因此对于董兴邦的事情比旁人了解些，“若是本官没记错，董大人家的公子年纪与那遇害的小儿相仿，而且董大人曾说过，他家儿子平日最爱吃的，就是小炒肝尖……”

“徐大人的意思是，那陈初的妻儿极可能是来这里买猪肝，然后又和夏望山有了冲突？”

徐延朔没说话，但显然是默认了这一猜测。

“总之，先把人带回衙门收监！另外再派人去董府找那陈初和他妻子来认尸！”

安盛平说完，拂袖而去。只留下一屋子人面面相觑。

被带回衙门的夏望山说什么也不肯承认自己杀了人，一口咬定是那姓王的老头冤枉自己。而被害男童的真实身份在陈初与其妻一起认尸后得到了证实，正是他们的小儿子陈小骞。

原来，陈小骞早在五日前就失了踪，当时陈初已来报过官，不过衙门给不出任何有用的回复。就在一家人笃定了陈小骞是被拐走，怕是此生无望再见时，却又迎来了这样的噩耗。

陈妻伏在小儿子的尸体旁放声痛哭，陈初直吵嚷着要与夏望山拼命。

不过，令所有人意想不到的是，夏望山还没死，那告发了他的王老汉却先死了。

就在安盛平等人去夏望山家的翌日，王老汉被人发现死在了自家的床铺上。

据说，他得知自己带了个装死孩子的死猪出城后，被吓得不轻，但又怕担责，再加上被夏望山吓唬，回家当晚就活活被吓死了。宋慈验了尸，证实其确实是死于心悸，并没有什么疑点。

宋慈知晓那陈小骞于五日前便已失踪后，便陷入了沉思。

他不明白为何从那陈小骞的尸体来看，像刚死了一两日，可却失踪了那么久？

难道说，陈小骞并没有在失踪的那日就被害，而是被夏望山折磨了几日后才死的吗？

带着这样的疑问，宋慈决定再次提审夏望山。

而就在他还没来得及见到夏望山时，一个不速之客不请自来，到了县衙的大门口。

此人正是那告老还乡的董兴邦，安盛平口中的“老狐狸”。

只看外貌，董兴邦还算儒雅慈祥，他两鬓须眉均带着点白霜，虽年事已高，但身板还算硬朗，腰身挺得笔直，一双眼睛里饱含笑意，嘴角微微上挑，即使不笑，也让人觉得倍感亲切。

可就是这么一张“老好人”的脸，在安盛平的眼中却透着奸诈虚伪。

“董老，多日不见，别来无恙啊。”因为自小便受父兄的耳濡目染，安盛平虽心中厌恶，但脸上仍摆出一副恭敬的笑容，看起来十分自然。

董兴邦不愧是官场出身，举手投足间令人挑不出任何毛病，没有任何官威，反而透着股谦卑，“四公子倒是比年初时更意气风发了，想来这挖心一案，进展得颇为顺利啊！”

“哪里哪里，只是略有些眉目罢了。”

两人你一言我一语，看起来像是相识多年的忘年交一般。

“董老这次过来，可是为了那陈小骞遇害一案？”

寒暄过后，话题终于回归到了案子上，安盛平看着董兴邦，明知故问道。

那董兴邦面露苦涩，微点了点头，“不错。陈初夫妇是我在回乡路上收留的难民，他夫妻二人自愿卖身到我董家为奴。至于他们那孩子，虽然年幼，但还算乖巧聪明，跟我家裕儿年纪相仿，这一路颠簸，倒也玩得到一处。谁知五日前那陈小骞突然失了踪，当时我便放了话，若有人寻得陈家小儿，便赏纹银十两。可谁能想到，他竟遭此横祸，死得这般凄惨！”

董兴邦边说边止不住颤抖，仔细看，竟似真的动了感情，连眼眶都有些红了。

“既然已经查明了凶手，还请四公子务必严惩，还陈小骞一个公道！”

这时，一旁的宋慈连忙上前行了个礼，毕恭毕敬道：“董大人，如今案情尚未查明，还望大人……”

“这位是？”

熟料不等宋慈说完，那董兴邦先沉下了脸，打断了他。

“这位宋慈宋公子乃是我昔日同窗。当年，我二人一同拜在了真先生门下。”安盛平有些不悦，但仍旧解释道。

“哦，原来是真德秀先生的得意门生啊！倒是老夫有眼不识泰山了。”董兴邦变脸变得比这盛夏的天气还要快，“大人二字就莫要再提了，如今董某已不在朝廷，还请宋公子另做其他称呼的好。”

宋慈微颔首，笑了笑，想起方才安盛平对董兴邦的称呼，于是便也唤了声“董老”。

“宋公子说案情尚未查明？这话老夫倒是有些听不懂了，既然人证物证俱在，有何不能查明的？”

“董老，那夏望山尚未认罪，总不能屈打成招吧。”安盛平虽对夏望山没好感，但面对董兴邦，仍是不肯松口。

“哦？那照四公子的意思，若是凶犯不肯招供，就全当无罪了？”董兴邦冷哼一声，“不招，就用刑，重罚之下，必然开口。”

他虽已告老还乡，此刻又故作谦卑伤心，但身上那股戾气是多年养成的，并不会因为年事已高而退减半分，可见此人的行事风格即是如此。

安盛平被他气笑了，“用刑？那不是屈打成招了！”

“四公子此言差矣，对待恶人自然要用恶法，一味以礼相待，怎会有结果。”董兴邦的语气虽不算硬，可说出的话着实令人发寒，“老夫听闻那屠户就曾卷入过人命官司，还敢提刀砍人！而今陈小骞又死在了他手里，还有他那邻居，不也被他活活吓死了。这样的人，早就该诛。若是留在世上，还不知要祸害多少无辜之人！”

这话说完，安盛平还没来得及回应，宋慈却先忍不住蹙起了眉头。

难怪提起董兴邦时，安盛平会面露难色，这人确实是只“老狐狸”。只用了短短一日，便将他们所查的结果弄得一清二楚，就连夏望山曾卷入过吴通被杀一案也查得清清楚楚。

不过最令宋慈意外的是，董兴邦竟连夏望山那邻居被吓死一事也知！

事实上，宋慈他们也是刚接到消息不久。虽然将那王老汉的尸体带回衙门做了检验，但因此事关系到董府，所以一直秘密办了，并没多少人知情。

难道说……衙门里有人告密？

这个人，是不是那个教唆白樊的“内奸”？

想到这里，宋慈忍不住与安盛平对视一眼。而安盛平显然也想到了这点，因此脸上的表情实在称不上好看。

董兴邦却不管这些，再次施压道：“人命关天。何况受害的还是孩童，此等丧心病狂之徒难道还要对他姑息不成！”

一时间，安盛平竟不知该如何应答。

宋慈再次行了一礼，“董老，既然您今日特意来衙门问及此事，想必对此案十分重视，晚辈刚好有些事想要请教。”

“宋公子但说无妨。”

“请问董老，那陈小骞是几时，又是为何去到夏望山家中的？”

“几时我不清楚，不过那陈小骞与他母亲负责后厨的采买。吾儿董裕自小便喜欢吃猪肝，隔几日就要吃上一顿。想来，是因为这个才认识了那凶犯？”

“原来如此……听闻几日前，陈家母子与夏望山起了冲突，这事董老可否知晓？”

“这种事我就不知晓了，毕竟也不是什么大事。”

见他说得云淡风轻，宋慈心道，这董兴邦果然是在装样子。虽然嘴上说什么要严惩凶徒，可看起来，他根本不在乎陈小骞的死活……

送走了董兴邦，安盛平沉沉地叹了一口气，“那老狐狸着实可恶！也不知他这次前来究竟是为了什么？如此耀武扬威的，难道就是为了彰显他对待自家奴仆有多慈祥亲切？”

宋慈劝道：“你也无须如此动怒，我们该如何就如何便是了，难道还真因为他一句话，就审都不审，直接给夏望山定罪不成！”

“唉，你不懂……”安盛平犹豫良久，终于摇着头，苦涩一笑，“惠父兄可知我为何会对这姓董的有所顾虑？”

“因为，他与董将军一脉？”

“自然也有这么一层关系，就算董疏城不在了，可我姐名义上还是董家人，多少要给那老鬼留些颜面。更主要的是……我二哥安盛乾与那枢密院的枢密使左大人走得有些近。”

剩下的话，安盛平没有言明，宋慈也听懂了。

当今圣上龙生九子，除去几位早夭以外，还有三子尚在。虽看似一片和睦，但朝廷之中早就暗潮汹涌，各成一派。而枢密院与中书门掌管着文、武大权，他们的态度直接决定了日后的储君。

其中枢密院更是掌军国机务、边备兵防、戎马之政令，出纳密命，以佐邦治，因此地位极重。而枢密院事左靖左大人是站在五皇子那一派的。

安盛平的二哥安盛乾和那五皇子曾是同窗，如此说来……

“可我记得，郡公他……”

“嗯，父亲和大哥是站在太子那派的，毕竟我父亲和史相同僚多年，交往甚密。”

他口中的“史相”乃是当朝宰相史弥远，这史弥远和安盛平的父亲有着几十年的交情，就连安盛平的大哥安盛熹也由史相作主，娶了他一位远亲的女儿范氏。

提到这些，安盛平脸上的表情又凝重了几分，“其实派别之争，我素不感兴趣，但如今那老狐狸兴师动众地跑来，怕不仅仅是耀武扬威那么简单。”

“你的意思是……”

安盛平背负双手，信步走到窗棂旁，望向窗外，他那眼神虽看着远方，却又无比黯淡，似乎根本看不到希望。

一边是父亲和大哥，一边是二哥，甚至可能还牵连到了他姐安雨柔。这些事，安盛平从前不是没有想过，只是一直在刻意逃避，想不到一个孩童的死，竟将这些他有意避开的事情又摆到了明面上，逼着他做一个选择。

“旁的不说，这案子，惠父兄可有把握？”

“从目前获取的物证来看，那夏望山确实有作案的可能。”宋慈仔细回想着这几日所看到和听到的一切，“首先是他与陈家母子发生冲突那日，当时夏望山才受过第二次杖刑没几日，正要去受第三次，也是最严重的那四十杖。据悉那日夏望山出门前，刚好遇到陈家母子来买猪肝，陈小骞贪小便宜，顺了两个猪脚，恰被夏望山撞见，于是他便对陈小骞大发雷霆，还扬言要把他宰了塞进猪肚子里。”

“你说他当时刚受过第二次杖刑没几日，那他当时可否有能力杀人？”

宋慈面露苦笑，点点头，“应该是有的，不过那日他受了第三次杖刑后，是被人抬回去的。按照当日他所受伤势，至少三日内，行动都会有所不便。”

“可陈小骞是最近一两日才死的……据陈小骞父母所说，他是五日前，也就是和夏望山发生冲突没多久后失踪的，却在失踪几日后才遇害，这是不是说明，当时凶手虽然绑了他，却没有能力杀人？”

安盛平此话说完，宋慈若有所思地沉默了良久，这才道：“这也是我觉得奇怪的地方，为什么陈小骞明明失踪了五日，却直到最近才遇害？究竟这五日里发生了什么，为何他的踪迹无人知晓？”

安盛平见好友苦思不得其解，走过去拍了拍他的肩膀，“你有时候就是想太多了！除了夏望山，还有谁会去伤害一个孩子？陈小骞才几岁，就算再淘气，也罪不至死吧！何况你也说了，他是被人掩住口鼻活活憋死的，没有些身量和狠心，谁能做得到？”

这话倒是不假，宋慈初时也怀疑过，但现在已有的证据全都指向了夏望山，不管是发生的冲突，还是那口死猪……甚至包括他被褥上的丝线。也许一切真就那么简单。

“可他还没认罪啊。”

“惠父兄！我虽不喜那老狐狸的为人，但有句话他说对了。”安盛平叹口气道，“若是凶犯不肯招供，那就全当无罪了？所以招不招供，跟本人认不认无关，重要的，还是要看证据。”

“话说如此，可我总觉得少了些什么。”

“少什么？夏望山脾性暴躁，本就是个睚眦必报之人，何况那几日他又挨了板子，心里正憋着一团火，陈小骞偏在这时候招惹了他，岂不正是送上门的羔羊，正好被他拿来开刀泄愤！”

“可你也说了，这夏望山脾性不好，若是他杀人，会用憋死对方如此简单的方式吗？”

安盛平倒没想到这点，一时也有些语塞，“也许他当时身体欠佳，还没完全恢复，所以用不了多么暴戾的手段。”

“你这么说，倒是笃定他就是凶手了？”

“就事论事罢了。”

两人探讨完毕，都不再作声。就连宋慈也承认，虽然心里总觉得有些不妥，可现在人证物证俱在，夏望山的确是最有可能的凶犯。

宋慈叹了口气，说实话，他也不知自己还在等什么，也许，还少一个极有说服力的证据。

可令人始料不及的是，这证据他们还没来得及去找，就自己送上门来了。

而这“证据”不是别人，正是那董兴邦之子——董裕。

就在董兴邦到访后的翌日，董府竟下了帖子，请安盛平到府上一见。安盛平本不想前去，毕竟昨日里那董兴邦刚来过县衙，如今又请他们过去，不知葫芦里卖的什么药。

但碍于董兴邦过去的地位，再加上此案关系到董府的家奴，宋慈也认为有必要去董府一探究竟，所以安盛平还是勉为其难答应了。只不过，这次的帖子只邀请了他一人，徐延朔又有官职在身，所以安盛平此番前往，只带了安广、福顺，而宋慈则因昨日与董兴邦也算有一面之缘，因此也一同前往。

福顺备好礼品，几人轻装上阵，一大早便来到了董府。

出人意料的是，董氏夫妇竟不在，直到此时安盛平他们才知晓，原来给他们下帖子的不是董兴邦，而是他那幼子董裕。

安盛平虽然不屑跟一个小孩子周旋，但多少还是顾忌到了董家的身份，耐着性子见了他。

董兴邦早年曾有一子，也曾大摆宴席，悉心照料，但那孩子福薄，七岁那年生了场重病死了。后来又过了两年，董兴邦才又老来得子，再得麟儿。因此，他对这个儿子一直宝贝得很，也保护得很，许是有了上次的教训，自此之后，他一直把儿子藏在家中，再不肯让他外出，也几乎没带这孩子见过什么外人。所以关于董裕的一切，安盛平完全不了解，这也是他头一回见到董裕本人。

和董兴邦一样，这孩子也长了张极面善的脸孔，让人看了十分喜欢。他年纪不大，也就六七岁的模样，但衣着打扮显得有些小大人，他背负着双手，蹙紧了眉，来回踱步，似乎已经等了很久，有些不耐烦了。

福顺所备的礼是一套上好的表礼，一套湖笔，一方青砚，外加四样首饰、四样点心，还有一包当季的龙井。这些物件都选得恰到好处。

董府丫鬟将那些点心打开，放入盘中端上来时，福顺也亲自上前伺候，从那几盘点心中刻意捡了盘金丝莲蓉卷，又打发丫鬟把茶水端下去，改送了一壶桂花酸梅汤过来。

董裕显然对这两样吃食很是满意，原本焦躁不安的情绪也平稳了些，他走回桌旁坐下，乖巧地吃了起来。

只是他从小娇纵惯了，即使吃得满意也忍不住表现出一副抱怨的姿态，“酸梅汤配莲蓉卷倒是不错，可惜酸梅汤不是冷的，不解暑气！”

一旁的安盛平摇晃着折扇，冷哼一声：“哼，你倒是会吃！还嫌不是冷的……那要不要找人把这酸梅汤吊到井水里降降温？”

“吊到井里？”董裕蹙眉，“哼，土包子！”

“你说什么？”安盛平将折扇收起，脸色阴郁，眼瞅着便要爆发了。

好在这时，福顺上来解了围。

“公子，小的听说，董大人家里有口冰窖。不知有没有冰块？若是将这冰块放进酸梅汤里，那味道一定美极了！”

董裕笑了，摆出副得意的表情，“算你识货。没错，我家里确实有口冰窖。来人啊，给本公子取些冰来，我要请客人尝尝新鲜！”

一席话说完，别说福顺笑得有些尴尬了，就连一直没说话的宋慈听了，也觉得不自在起来。

“董公子，你派人给我下了请帖，你父亲可知？”

安盛平想杀杀这孩子的锐气，所以故意逗弄他，像哄小孩一样朝着董裕微微一笑，伸出手，想要摸他的头。

熟料安盛平手还没摸到，那董裕往旁边一躲，狠狠地拍了安盛平的手背。

安盛平未来得及躲，这孩子手劲还挺大，惹得安盛平有些不悦。

“小鬼头，你别太嚣张！”

“什么小鬼头！你也没比我大多少，别摆出副高高在上的嘴脸，真是难看！”

“我？难看？”

一句话，险些把安盛平气歪了嘴，要知道，从小到大，还没人说过他“难看”。

宋慈就站在两人身旁，不由得低了头，咬着嘴唇忍住笑。

而宋慈的这个反应，令安盛平脸上更挂不住了，他向前几步，一把提起了董裕的后衣领，“胡闹！大人不在家，就准你没大没小了不是？”

“我才不是胡闹！”

“哦？”安盛平挑起一边的眉毛，“不是胡闹是什么，难道你找我们来还有别的目的？”

董裕此时已经被他提得踮起了脚尖，一张小脸憋得通红，而站在他身侧的小厮也只能急得干跺脚，根本不敢上前阻挠安盛平。

“本公子知道小骞失踪那日去了哪里！所以我才想报官，可我娘不准我外出，我只能把你叫来！怎么，小骞的事不归你管吗？”

听了这话，安盛平这才暂时消了火气，松了手，把董裕放回了地上，“你说你知道陈小骞的去向，那为何不早说？若是你告诉家中大人，说不定我们早就破了这案子。”

“我早说了，可是乳母说不关我的事，叫我小孩子莫乱说话。”

安盛平与宋慈对视一眼，由于安盛平从一开始就充当了红脸的角色，这白脸，自然要让宋慈来当。

于是宋慈赶忙走过去，很自然地帮着董裕整了整凌乱的衣领，仿似不经意般轻声道：“董公子和那陈小骞一定相交甚好吧？”

董裕到底是个孩子，见有人对自己以礼相待，语气也立刻软了下来。只是提起陈小骞，他抽了抽鼻子，眼圈也有些发红，他这反应看起来倒是发自内心的。

“没错，我跟小骞特别要好，虽然其他人也跟我玩，但是他们都把我当小孩子，要么就是为了拍我爹的马屁，只有小骞跟我最好，所以他失踪以后，我连着好几日都未进食，且夜不能寐。”

“好，那你说说陈小骞失踪前去了哪里？”

“他去找那屠户了。”

宋慈轻轻蹙起眉，“那屠户……陈小骞找他做什么？”

“前几日小骞和他娘去买猪肝，我最爱吃炒猪肝了，小骞他娘做的极美味。我要是吃不完，也会分一些给小骞。”

“嗯，好，这跟陈小骞去找那屠户又有什么关系？”

董裕一双大眼睛滴溜溜转着，“小骞说那屠户长得肥头大耳，像一只胖猪，还说他为人吝啬，买了好多东西，也不肯送个猪脚。后来听说他吃了官司，被打了板子，就跑去看热闹……要不是我爹娘不让我出门，我也想去看看胖猪挨板子，定是非常有趣！”

他眨着眼睛，用最童真的语气说着残酷又无礼的话语，直听得一旁的安盛平忍不住冷哼了一声。

“小子，你说陈小骞去找那夏望山了，可除了你，谁还能证明？”

董裕有些听不懂，“夏望山是谁？”

“就是你嘴里说的那个胖猪屠户。”

“哦，原来他叫夏望山啊……”董裕点点头，“谁还能证明，这我就不知晓了，那日小骞是在正午时跑来跟我说的，当时我正在用膳，只有个叫小红的丫头在屋里伺候，她应该可以证明吧？对了，当时我还给了小骞一个鸡腿，他贪嘴，吃了鸡腿还不够，我又赏给他两个肉丸。”

“既是这样，那董公子有没有注意到别的？”宋慈微笑着提醒。

“别的？”

“是啊，比如那日陈小骞穿了什么衣裳，他去嘲笑那夏望山时，手上可有拿了什么东西？”

“你这么说的话……小骞走的那日穿了件豆青色的小褂，黑色的布鞋，头上梳了一对团髻，至于他拿着什么，别的我不知道，不过我前些日子赏给他一个碧玉的蟋蟀，他很宝贝，总是随身带着。”

“碧玉蟋蟀！”

“是，我爹叫人给我做的，那蟋蟀做得栩栩如生，通体碧绿，比真的还好看，我玩腻了，又看他喜欢，就随手赏给了他。”

安盛平摇摇头，心道这董裕即便是个孩子，也仍旧是随了他父亲董兴邦，就算真的和那陈小骞生出了几分感情，也终是敌不过根深蒂固的门第之别，在这董裕心里，陈小骞仍旧是个下人，“那蟋蟀如此贵重，你赏赐给了陈小骞，不怕你父亲生气？”

“这有什么可生气的，一个破蟋蟀罢了，我房里还有一大盒，什么样的虫子都有，有金的，有玉的，你要是想要，我也可以送你两个。”

听到这里，就连一旁的宋慈也跟着无奈地苦笑了一下，“多谢董公子特意告诉我们这些，我们现在就去查，一定会还小骞一个公道。”

“好，我姑且信了你们，一定要好好查，可别让小骞不明不白地死了！”

董裕说完，朝他二人露出个志得意满的笑，然后命人送客。

离开会客的屋子，几个人朝着大门的方向走去，安盛平忍不住道：“这小子说的话，可信吗？”

“倒是可信，徐大人这两日正带人彻查夏望山家，要是能找到陈小骞的衣物，又刚好和董公子说的一样，那也就是说，陈小骞确实是去了夏望山那里。”

“可若夏望山一把火把那些衣物鞋袜都烧了呢？”

“那就但愿烧不尽，可以找到些残留的衣物碎片吧。”

正说着，侧院那道月亮门后突然传来一阵指责声，宋慈转过头去，看到一个管事打扮的中年男子正在数落方才那个斟茶端点心的小丫鬟。

小丫鬟垂着头，一声也不敢吭，她手中还端着一个托盘，上面放着一个白瓷大碗，碗里正往外冒着点点白烟。

“啧啧，想不到董家还真有冰窖！”安盛平撇嘴，“这些年怕是没少贪啊！我姐夫家三代为官，也没有这般排场，我姐现在还只能用井水浸冰酪吃呢！”

“都跟你说了多少次了，你怎么就是记不住！那井已经封死了！不能碰，不能碰！结果你还把那井里的水拿去冰窖冻着，你也不怕老爷和太太知道了把你打死！”

许是被骂得太委屈了，那小丫鬟终于忍不住回了嘴，“舅舅，不就是个井吗？以前都是这么吃的，怎么现在就不成了？我要是等厨房送水过来，根本供不上少爷的吃食，明明后院就有口井，还要从外面买水，这也太奇怪了吧！还有那冰窖，最近是不是被翻修过，怎么弄得乱糟糟的。”

原来，这小丫鬟是那位中年男子的侄女。

“你懂什么！太太说那井不干净，里面的水不能喝！还有啊，冰窖跟你有什么关系，你少说话，多干活！知不知道大户人家最忌讳什么？就是忌讳下人瞎打听！”那男子说着，恨铁不成钢地用手指戳了戳小丫鬟的前额，“总之让你干什么就干什么，去把这些冰块给我扔了，换了新的来！”

“跑来跑去太麻烦了，您就睁一眼闭一眼放我一回吧！”

“放？若是被发现了，我可救不了你！”

绕过这两人，安盛平他们继续朝着大门的方向走去。福顺不知想起了什么，突然低声笑了起来。

“何事这么好笑？”安盛平摇着折扇，随意问道。

“哦，回公子，小的只是想到那董夫人说不能用井里的水，不知要是着了火，是否也不打算用井里的水去救火？”

“这问题倒有趣，哼……”安盛平听罢，也跟着笑了，“不喝井水只喝买来的水，如此精贵，怕也只有她们这些娇生惯养的官太太能办得到。”

宋慈虽然好奇董家那两个下人的对话，可这事毕竟与他们今日来访的目的无关，所以也没多发表意见。

毕竟，他此刻满脑子只关心另一件事，那就是究竟能不能在夏望山的家里找到陈小骞去过的痕迹?

结果证明，董裕所言非虚，徐延朔他们不仅在夏望山家的灶台里搜到了几块被烧过的豆青色布条碎片，还在柴房的角落找到了一个摔断了腿的碧玉蟋蟀。

而柴房的一角，还立着一口大水缸……那弧度看起来，与陈小骞后背的伤痕有些相似。

这很可能意味着夏望山在过去的几日里，将陈小骞囚禁在了自家的柴房，并且时常将他扔起，导致陈小骞背向后，撞在了水缸的边缘。等到夏望山可以自由行动之时，又残忍地捂住陈小骞的口鼻，将其活活闷死，而他所用的，极有可能就是他自己盖的那床薄被，否则也不会在陈小骞的鼻子里发现相同的丝线。

尽管夏望山仍不肯认罪，可证据确凿，容不得他再作辩解。由于他不是初犯，受害的又是个孩童，是以这次严惩不怠。如今已是盛夏，便判了夏望山一个秋后问斩。只等到了时日，人头落地，还陈小骞一个公道。

被判了死刑后，夏望山在牢房里发了疯，初时还喊着自己冤枉，后来干脆也不替自己喊冤了，只没日没夜地骂人，把以安盛平、徐延朔和宋慈为首的几人骂了个够，无论怎么劝说也劝不住，最后索性连牢头也不管他了。

日子，就这样过去，每个人都似又回到了原点，继续调查着女鬼挖心案的线索，可宋慈一直觉得心头仿佛被什么东西压着，有种奇怪的感觉。

这日，宋慈闲来无事，独自一人凭着记忆又来到了城门口，他们发现陈小骞尸体的地方。

城门人来人往，纵使当日发现死猪里的小孩造成了极大的骚乱，可不过短短几日，就已经恢复了以往热闹又平常的样子。

宋慈站在道路旁，看着熙攘的人群，一言不发地默然了很久，直到两边的商贩突然一个个抱起货物，四散逃窜，他才回过神来，看向引起骚乱的方向。

仍旧是一袭黑袍，他认得这个身影。

那人正是当日撞到了死猪的重玥姑娘。

自上次之后，原本就背了无数骂名的重玥更是被冠上了妖女的污名。所到之处，虽少了喊打，却更令人退避三舍，因此一看到她进了城，商贩和路人们都纷纷躲避，生怕沾染上什么邪气。

重玥对此早已习惯，黑布下的一双眼平静而清澈，只是略加快了脚步，不想惹上什么麻烦。

她微微低头，并没有注意到身旁的宋慈，重玥身后的不远处跑出几个孩童，一边骂她一边朝她扔石头。

宋慈皱眉，他虽不会武功，但身为男子汉，怎能看一个弱女子在自己面前被人欺负。他来不及犹豫，直接上前几步，挡在了重玥的身后，那些大大小小的石块，悉数砸上了他的胸膛。

见打错了人，那几个孩童四散逃窜，瞬间没了踪影。

宋慈揉着隐隐作痛的胸前，转过身，朝着重玥微微行了个点头礼，“重姑娘。”

重玥从小到大，除了自己的亲祖父，从没人替自己挡过别人扔过来的石头，更何况对方还是个完全不认识的陌生男子，她一下愣了。

不过她仔细看了看宋慈的脸，觉得有些熟悉，略思索一番，终于想起了他就是那日在城门口给人代笔写信的公子。

后来，她亲眼看到这人与那位他人口中的徐大人还有安公子一同离去，这是不是说明，他们是一道的。

想到这里，重玥有些警觉，低声道了句“多谢”便不再言语，转身欲走。

宋慈本无意阻拦她，可看到她这慌张的模样，又觉得有些不放心，“重姑娘慢走！”

重玥停下脚步，却不肯转身看他，只觉得自己脖颈上已冒出细细汗珠，正顺着衣襟滑落。

因为，她想起了那日掉在自己身上的蛆虫，还有那死猪肚子里，血淋淋的孩童手臂。

宋慈不知她在想些什么，只是走过来，温文尔雅地朝她解释道：“重姑娘，晚生姓宋，单名一个慈字，那日在城门口，与姑娘有过一面之缘，若是重姑娘不介意，可否让宋某送你回去？”

“送我？为何？”

宋慈蹙眉，看了看不远处仍躲在摊位后面探头探脑的几个孩童。

重玥没来由地心头一暖，脸上也跟着有些发起烧来，好在她戴着块黑纱，遮住了脸颊，不然被宋慈看到自己这副模样，岂不是要羞死。

虽然想要开口婉拒，可重玥毕竟与人接触得少，这个时候还真不知要如何开口。等到她再想拒绝之时，宋慈已经先行一步，朝着前面走去。

他为人还算规矩，与重玥一直保持着适当的距离，这期间他一直背对着重玥，不曾回头看，直到走了一段距离，不知该往什么方向去时才回头，示意重玥指路。

重玥方才一直在后面注视着他的背影，内心五味杂陈，见他突然回了头，脸上又飞出一抹红霞，举起手，朝着前面的小路指了指，“那边。”

宋慈点点头，继续往前行，随着他们越接近城西，周围也越发简陋，这里不光房屋破败，而且人烟稀少，一片荒芜。

宋慈不了解长乐乡的情况，不禁好奇道：“怎么街上连个人影都没有，这西城竟这般偏僻吗？”

一直没说话的重玥此时稍稍放松了些，“宋公子不是本地人吧？”

“嗯。”

“我听你的口音也不像，这西城住的，多是些贫苦之人，有很多还是三年前那场时疫的幸存者，所以比起别的地方，要更荒凉些。”说到这里，她苦笑了一声，“一般人不会随便来这里，生怕会染上疾病。”

听了她的话，宋慈摇头，叹了口气，“听说重姑娘还有个祖父？”

提到祖父，重玥终于露出了笑容，说话的语气也轻快了不少，“嗯，我和祖父就住在前面。”

“你们……也是三年前……”宋慈不敢问得太详细，毕竟关系到人家的私事，也许，还是不堪回首的伤心事。

重玥并没有表现出任何别样的情绪，似乎早就习惯了这一切，正如她已经习惯了被人唾弃、误解，“我们也是从荆河镇过来的，三年前，我祖父就告知大家会有时疫，但他们都不信，后来真的出了事，却又把一切罪过怪到祖父头上，我娘死得早，家中只有我和爹爹、祖父三人，爹爹被他们活活打死了，祖父带着我一起逃到了长乐乡。”

这番话原本极残忍，可从她嘴里说出来，却像是在说别人的故事一样，宋慈不由握紧了袖子下的双手，“你祖父告知大家会有时疫，他难道会未卜先知？”

“不是，是孩子们告诉祖父的。”

“孩子们？”

“正是，”重玥看着不远处残破的篱笆墙，那墙后就是她和祖父的家，许是很多年没和陌生人说话了，又许是因为这番话在心里藏了太久，今日她竟有种不吐不快的感觉，“三年前，荆河镇多处民宅失火，很多人流离在外，无家可归，也是那个时候，蛇虫都从土里钻了出来，拼了命地往外面爬，猫狗彻夜狂叫，好多小鸟无故死在了河边，祖父说这些都是要出大事的前兆。”

听到这里，宋慈点头，表示赞同，“的确，牲畜有时要比人更灵敏，总能先察觉到危险。不过你祖父也是好心提醒，他们怎能把这场灾祸算到你们头上。”

“并非所有人都像宋公子这般明白事理……”重玥背对着他，朝着自家的方向，仿佛回忆起了多年前爹爹还在世时，他们三人一起在树下乘凉、吃果子的情景，眼圈也不禁湿润了，“其实祖父在劝告大家之前，已经预料到了最坏的结果，想着或许会被误解，可祖父没想到他们……”

宋慈顺着她的目光，遥望着那堵残破的篱笆墙。他试想那位风烛残年的老人，是否曾有过悔不当初的心境。

“若换了我，我也会这么做。”

良久，宋慈才道出这么一句话来。

重玥侧目看向他，眼中满是不解。

宋慈却笑了，不带丝毫的动摇，“若是能以一人的牺牲换得更多人的安全，那又有何不可？”

“可若死的不是你，是你至亲的人呢？”

宋慈拧眉，显然是认真思考了一番这个问题，然后道：“在苍生面前，你我都只是蝼蚁。究竟是保全自己的家人还是救助更多的人，我想这样的问题怕是无人能答，但若是真到了那个地步，也只能作出最正确的选择。”

正确？可你又曾想过，那个被牺牲的人是什么心情？重玥很想这么问问他，但这番话终究没有问出口。

“宋公子，阿重有件事想问您。”

从小到大，祖父一直唤她为“阿重”，这个称呼，除了自家人外，她从没告诉过别人，但在今日，她却把自己的乳名告诉了宋慈，这个她才见了两次，却愿意对他坦白一切的男子。

宋慈点了点头，脸上又露出了似和煦的阳光般温暖的笑，“阿重姑娘请讲。”

重玥看着他，咬了咬自己的下唇，之后像是下了很大的决心一般，摘掉了面上的黑纱与头上的黑袍。

她长得并不算美，许是常年身披黑袍不见光的缘故，她的肌肤如隆冬的第一场雪一样白得炫目。

“宋公子，您和那日在城门口管事的徐大人是何关系？”

“这个……”宋慈斟酌了一下措辞，道，“算是朋友吧。”

“那姓安的那位公子呢？”

“我和他乃是同窗。”

“这么说来，您在他们二人面前，算是说得上话的人了？”

宋慈微微一笑，“算是吧。”

“好，”重玥说着，上前几步，“我听说那杀人者是个叫夏望山的屠户？”

“是，”宋慈答道，“证据确凿，杀人者就是夏望山。”

他这话答得肯定，却不知是在告诉重玥，还是在告诉自己。

“可阿重觉得，这事似乎有些不对头。”

“不对头？哪里不对头？”

重玥面色凝重，带着股与她年纪不相符的严肃，她冲宋慈招招手，示意他随自己一起返回家中。

宋慈心有好奇，跟了上去。这两人一前一后，全然不知街角的暗影中正有双眼睛虎视眈眈地紧盯着他们。

绕过篱笆墙，宋慈随着重玥一起走进了屋内。

这房屋是用砖石堆砌的，看起来还算牢固，但只要抬头看看，就会发现屋顶早已破烂不堪，恐怕在这多雨的季节，这祖孙俩必定不会好过。

屋内看起来十分简陋，除了个缺角的桌子和两把破旧的木椅，再无其他摆设，里屋挂着个门帘，看不真切，但显然是祖孙俩的卧房。

“不知阿重姑娘叫我进来有何事？”

“这个，给你看。”

重玥来到窗边，小心翼翼地拿起一个布包，递到宋慈眼前。

宋慈接了，放到掌心里摊开。

那是块藏青色的毛布，在夏日里显得有些厚重，打开那布包，里面的东西却把宋慈弄得一头雾水。

“这是……”

“是蛆！”阿重走过来，站到他身侧，“你瞧，这些蛆虽已死了，可才不过几日，还没干腐，尸身还新鲜得很。”

“这……”宋慈苦笑，“阿重姑娘给我看这个做甚？”

重玥见他不明白，有些负气地摇了摇头，将蛆虫往他跟前递了递，“这些蛆是我那日在城门口撞上死猪时，不小心被溅到的。通常蛆从幼虫化蛹需要三到四日，而蛹羽化为成虫则需要一到两日，如果天气热，那生长的速度也要更快一些。”

宋慈听着她的阐述，似乎明白了什么，又好似不太明白，“所以？”

“我觉得这事太蹊跷了！那日我虽没看到那孩子的全部尸身，可我离得近，好歹看到了一条胳膊……三年前荆河镇死了好些人，我每日都会看到很多，那孩子的手臂看起来就像是刚死没多久，可这蛆却已经这么大，都快成蝇了！”

宋慈只觉心弦一紧，仿似被什么牢牢揪住一般，有种喘不上气的感觉，“你说什么？”

“我说这事必有蹊跷！那蛆是从猪肚子里出来的，从蛆的大小来看，起码已经五六日了，可那孩子看起来却像是刚死的。”

在听到重玥说这番话之前，宋慈虽有隐隐不安，却并不曾怀疑自己的判断，毕竟正如安盛平所言，一切证据均指向了夏望山，所以便理所当然地以为就是如此。

可重玥的话却点醒了他，让他想起了自己观察尸体时一些说不清的细节……

“多谢阿重姑娘！”宋慈屈身朝着重玥行了个大礼，然后转身往屋外走去。

重玥看着他，有些发懵，“你干什么去？”

“回到原点，”宋慈回首，露出舒心的笑容，“找出真相！”

随着宋慈踏出重玥家的小院，渐渐远去，那在阴影处隐藏的人才终于现出了真身。

此人身量不高，一张圆脸，看起来平凡得很，唯独那双眼睛透出一道精锐的光。他的嘴角上扬，微微一笑，回头又瞅了瞅那正从自己院落探出头的重玥姑娘，心道自己这番好布局，饶是宋慈也陷入其中，看来，安盛平与那徐延朔接下来的日子，怕是有得头疼了。

三日后，不知是何缘由，原本定在秋后问斩的夏望山被提前行刑。安盛平更是亲临现场，连董兴邦也被叫到了法场观刑。

那一日正午，天公不作美，突然下起了雨，而且越下越大。

安盛平坐在屋檐下，有些不耐烦，眼看就要过了行刑的时辰，于是刻意挤出个笑容，朝着董兴邦问道：“董老，这几日令公子的心情平复了些吧？”

董兴邦蹙眉，但很快明白了安盛平的意思，点点头，下意识摸着自己的一缕长须道：“托安公子的福，早日把这恶徒惩办，也算让小犬了了个心愿，免得他时常惦记起陈家小儿，总觉得自责不已。”

“自责？”安盛平有些不解，“那杀人的是夏望山，董公子自责什么？”

“唉，他至今都觉得自己那日应该拦下陈小骞，不让他去看夏望山的热闹。想来也是因为这个，夏望山才恼羞成怒将陈小骞软禁并杀害了他。”

“哦，原来是因为这个，这是那陈小骞的命，哪能怪到董公子头上。”安盛平摇起手中折扇，却终究赶不走满满的压抑之感，“总之，都是那夏望山太过凶残，连个小孩子都不肯放过，实在是可恨！”

说着，安盛平愈发焦躁起来，看看外面连绵不断的雨帘，终于大喝了一声：“来人，时辰已到，即刻行刑吧！”

随着他一声令下，手中令签落地，本就等在一旁的刽子手冒雨走上刑台，一把揭开夏望山头上的面罩。他背对着安盛平他们，虽然面罩已被摘去，但嘴巴的位置还是系着一块布条，在脑后绑了个结。

“这是？”

见董兴邦发出疑问，安盛平解释道：“这屠户嘴巴不干净，给他堵上，省得他说些不该说的，惹人厌烦！”说完，朝着刽子手点头示意，那刽子手也不含糊，直接手起刀落，不带丝毫犹豫。

夏望山人头滚落，在雨中连打了几个滚，雨水和血水混作一片，脖腔处喷出一股鲜血，身体缓缓倒在了地上。

此时的董兴邦正端着一杯茶，不动声色地放到嘴边轻抿了一口，胡须下的嘴角轻轻牵起了一丝不易令人察觉的笑。

安盛平没说话，站起身，冷冷地命令身后的小吏们，吩咐了几句后便离开了。

是夜，董府。

董兴邦体恤陈初夫妇痛失爱子，便赏了他们一笔钱财，将他夫妻二人辞退，让他二人离开这伤心地。陈初夫妇则决定待到一切结束后，领回停放在义庄的儿子的尸首后便离开。

董氏夫妇房内，董兴邦在妻子于氏的服侍下洗漱完毕，准备上床就寝。于氏并非董兴邦原配，比他小了近十岁，如今应是风华正茂的年纪，不知是否因早年痛失过一子，因此显得略有些苍老，就连鬓角也现出了点点斑驳的银丝。

她先是服侍着董兴邦上了床，然后才坐在床沿，背对着自家官人，用帕子擦了擦带泪的眼角。

董兴邦原本面朝壁，听见她啜泣，不由地转过脸来，沉声道："此事已经过去了，你不要再想了，赶紧歇息吧。"

于氏心有余悸，回头看向自己的枕边人，"老爷怎么能这么说，好歹是一条人命啊！妾身平日里吃斋念佛，就是想要裕儿好好的，可眼下……唉，都怪我，要是我看牢些……"

"算了，这都是命！"董兴邦的脸上表现得颇不耐烦，但语气明显缓和了些，"何况我手上的人命又何止这一条。"说到这里，他竟自嘲地一笑，"保不齐就是我以前造孽太深，老天爷这是在惩罚我！"

"老爷，您可不要再说这种话了，要不是您，我和裕儿哪还有今日！怕是七年前，就被老夫人当成妖孽给弄死了！"

"老夫人？哼，一个续弦罢了，还真把自己当成什么……唉，我不是说你，你怎么又哭了！"

于氏与董兴邦成亲多年，自然知晓他的脾性，能将话说到这个份上，已经算是他最大的温柔了，因此于氏心情也平复了一些，慢慢止住了哭泣。

两人又有一搭没一搭地聊了一会儿，就灭了灯，准备就寝了。

黑暗中，于氏还是有些担心，压低声音，在董兴邦枕边低低道："老爷，真的没关系吗？"

“你放心吧，一个安家小四还扳不倒老夫。别忘了我背后还有左大人！”

“可是……您都已经离开枢密院了……”

“哼，那又如何?！”董兴邦冷冷一笑，语气中满是笃定，“我手上有件宝贝，莫说我才刚告老还乡，就算我老得走不动了，只要有这宝贝，他左靖也得巴着我！不，莫说他了，就连……”

话音未落，突的被一声尖叫打断了，紧接着，外面一阵骚乱。

“起火啦！快救火啊！”

“来人，来人啊！快来救火！”

随着一声又一声的惊叫，董兴邦猛然从床上坐了起来，连件外衫都来不及披。

于氏睡在床外侧，也赶紧起身，不过她毕竟是个妇道人家，反应不如董兴邦快，被一把推开后，这才后知后觉地喊道：“怎么回事？老爷，是起火了吗？”

董兴邦没回应她，慌乱间人已经下了地，鞋子都没穿就推门跑了出去。

屋里的于氏这才反应过来，又想起独自睡在另外一间屋子的儿子，大呼小叫地紧随着自己官人一起跑出了卧房去找儿子。

“到底哪里着火了？火势如何！”董兴邦随手拉了个家丁，气急败坏地问道。

“老爷！是宁竹轩！”

那家丁正端着个水盆，脸上被熏得黑一块灰一块，十分狼狈。

董氏夫妇一听到起火的地点，全都被吓破了胆，连命都不要地朝着那宁竹轩的方向跑去。

“裕儿！我的裕儿！”

原来那宁竹轩正是董裕平日居住的地方，如今又是半夜，董裕肯定早就上床就寝了，若是他没能跑出来，那岂不是……

夫妻俩不顾下人们的阻挠，终于跑到了宁竹轩的门口，于氏因为心急，半路还摔了一跤，擦破了膝盖，但是她顾不上疼，一心只想确认儿子的安危。

出乎意料的是，大火虽然确实是烧在了这个方向，但并不像想象中那么大，而且也没有真的烧到董裕住的地方，只是把外面的一排翠竹给点燃了。

竹子遇到火，发出噼啪噼啪的声音，烟雾缭绕。尽管暂时不会对宁竹轩内的董裕造成威胁，却堵住了唯一的出路，若是不能及时灭火，后果则会不堪设想……

短暂地松了一口气后，董氏夫妇开始张罗着让下人们速速救火。

“快！快快！还等什么，多提些水来！”

“可是老爷，水不够！”

“怎么会不够，不都是现成的嘛！”

“您忘了？夫人叫人把院子里那口井给围起来了，不让用，我们只能用各房存蓄的水来灭火！”

“混账！”董兴邦气得照着那家仆的脸就是一巴掌，“都什么时候了还计较这个！围住了拆开不就行了！一口井重要还是少爷的命重要！”

说完，大叫了几声，叫周围的人赶紧去井里取水救火。

黑暗中，有几个奴仆暗自对视，他们的脸都蒙着灰，看不清面容，其中一个年纪非常轻，而且说话的口音有些像阿乐。而他附近一个提着水桶，满头大汗的，正是那在安盛平身边做事的福顺。

不过董兴邦现在可顾不上这些，他只关心那还被困在宁竹轩的儿子。

有了井水，不到一炷香的工夫，火势就被控制住了。于氏等不及下人们扑灭最后的火苗，哭喊着跑了进去。她穿着白色的里衣，后来又披上了丫鬟送来的外袍，但仍旧单薄，尽管夜风中还带着燥热的火气，可想到生死未卜的儿子，于氏还是急出了一身汗。

好在，她刚跨进被熏得焦黑的宁竹轩大门，就听到了里面传出董裕的呼喊声。

“放开我！快让我出去！”

“裕儿，我的裕儿！”

于氏喜极而泣，不由加快了步伐，待到冲进院子，才发现奶娘和丫鬟吓得哭作一团，死死将董裕围在房间最里面，不肯放手。

这其中尤以奶娘和一个年轻丫鬟最为显眼，她俩手拉着手，紧紧将董裕圈在自己的怀中，将自己的身体当做屏障，一心保护着小主人的安全。

董裕看到了自己的亲娘，推开身前的那个粉衣丫鬟，跑了过来，“娘，到底怎么回事？”

他竟没有哭，也没有怕，根本不像他这个年纪该有的淡定。反而是于氏，赶紧将儿子搂进了怀中。

“裕儿啊！吓死娘了！娘已经失去你一次了，可不敢再有第二次了！”

董裕任由她抱着，“到底怎么会失火的？难道……有人想害我?！”

“裕儿，你想太多了。”

随后而来的董兴邦也踏入房中，他背负着双手，看起来已经平复了情绪，“裕儿，有没有受伤？”

董裕没说话，摇摇头，露出个苦笑。

“父亲，真的不是有奸人想要暗算我们吗？”

董兴邦欲言又止，看看跪在床边的那一排女眷，尤其多瞅了几眼那个跟在奶娘身边的粉衣丫鬟。那小姑娘还很年轻，垂着头，也不知是因为羞涩还是因为方才经历了火灾惊魂未定。董兴邦总觉得自己并未见过她，否则不会连半点印象都没有，也许她是新入府的也说不定呢。

“下去吧，你们保护少爷有功，明日我会安排赏赐。”

“是，谢老爷。”

待到丫鬟们散去，屋里再没了外人，董兴邦环视周围，这才谨慎地上前几步，扶住董裕的肩膀，“那东西可还安好？”

董裕点头，从衣领内掏出一条红绳，那红绳吊着个小小的香囊，口部封得极紧密，看起来宝贝得很。

“父亲放心，信好好的，一直在我身上。”

父子俩言辞谨慎，表情严肃，倒是一旁的于氏看着自己的官人，眼神中掠过一丝无奈与失望。危急关头，他竟还有心思担心这个，难道裕儿的命不比那张破纸重要吗？!

这念头只是一闪而过，因为她很快就回到了对儿子的关心上，“裕儿真的无恙？”

“真的，娘，您放心吧！”董裕回首对于氏微微一笑，纵使年纪不大，却也有种玉树临风之感，言谈举止更是似足了董兴邦。若是年纪再长上几岁，定会成为一位翩翩公子，惹无数姑娘青睐。

“父亲，您说这火究竟为何而起？”

董兴邦蹙眉，“也许，只是因为天干物燥，所以发生了意外吧……”

他这话说得毫无底气，连自己都不信，又怎能消除董裕的怀疑。

“孩儿觉得不是，”因为现在整个宁竹轩并无外人，只留了他们一家三人，所以说起话来也没了避讳，“莫不是左……”

“胡说！”董兴邦打住儿子的猜测，“我与他共事多年，多少还有些情分，他若想害我，也不会放我们回乡。如今我拿着这封信也不过是为了以防万一，他有把柄在我手中，又怎敢害我？”

董裕冷冷一笑，完全不像一个孩子，边说，边用手指勾住自己脖子上的红绳子，道：“人心叵测，他就算真念旧情，也耐不住荣华富贵的诱惑！况且这玩意儿总是他心头的一根刺，保不准哪日他听了什么耳风，就把父亲这些年的辛劳都忘了！”

“你们说，会不会是老太太……”

于氏想起那曾经害过裕儿一次的老太婆，即使时隔多年，仍气得有些发抖。

“就凭她？”董兴邦不屑一顾道，“我还能供养她就算仁至义尽了，她定不敢再折腾，当年我就说了，要是她敢故技重施，我就让她死无葬身之地！”

于氏点头，“这也不是，那也不是，难道还真的是自己起了火？可为何哪里不烧，偏偏烧到了宁竹轩……”

就在三人沉默不语之际，屋外突然传来一阵细碎的脚步。

“谁？”

董兴邦早年有些功夫，纵使后来荒废了，但底子仍在，因此警觉性极高。

可外面非但无人回应，那脚步声还更近了些。

听起来步伐不算大，而且那声音着实有些恐怖，像是一个孩子光着湿漉漉的脚丫踩在青石板上，啪嗒、啪嗒……一步步地靠近了他们。

于氏有些害怕，但还是下意识地将董裕拦在了自己身后。董兴邦轻轻咽了咽口水，目光追随着脚步，想要一探究竟。

夜，静得仿佛能听到他们三人的心跳，空气里还带着些烟火气，有点烟雾缭绕的感觉。

突的，传来了一声孩童的轻笑。

这声音低低的，却让屋内三人顿时脸都变了色！

董兴邦到底是一家之主，也见过世面，胆子比起妻儿要大上不少。董裕房里挂着把宝剑，尺寸不大，是为他量身定做的。董兴邦疾步走到床边，将那挂在案几上方的剑一把取了下来。

“谁？”他对着窗外大喝道，“别装神弄鬼的，快给我出来！”

那孩童的笑声再次响起，听起来极幽远。

于氏大惊，转身搂紧了儿子，瑟瑟发抖地对着董兴邦道：“老爷，这声音……莫不是，莫不是那陈家的小子……”

董裕被母亲拥在怀里，逞强地摇着头，“娘您说什么呢！那陈小骞已经死了，死人怎会跑，还会笑！”

“裕儿你不懂，这鬼神之事，实在是……”

“哼，若真有鬼，老夫早就死过很多回了！”董兴邦冷哼了一声，“不管你是谁！你现在给我出来，我保证不追究！可要是还继续在这里装神弄鬼地吓唬人，就休怪老夫不客气了！”

不知是不是因为听了他的威吓，屋外的声音真的止住了，周围一片安静，可就在他们以为这灵异之事已经过去之时，那仿佛光着湿脚踩地的声音却更近了。

“呀！”

随着于氏的一声尖叫，董兴邦提着宝剑的手也开始不断颤抖，董裕挣扎着从母亲怀中探出头，发现地上有一双脚印，正一步一步，一步一步地朝着他们走了过来……

屋内除了他们三人，再无其他人的身影，地上的那对脚印不大，看大小应是个七八岁的孩子，而且还没有穿鞋，脚趾清晰可见，而最令人头皮发麻的是，那些脚印竟像是会动！

待到仔细观察，几人才发现那些所谓的脚印是由一只只蚂蚁拼凑而成。那些蚂蚁不知为何聚集到了一处，组成了一个又一个小小的足印，正朝着他们的方向一步步前进而来。

董兴邦纵使胆子再大，也被惊出了一身鸡皮疙瘩，何况是于氏和年纪尚轻的董裕。

这一次，董裕不再嘴硬，一头扎进母亲的怀中，却又忍不住好奇，偷偷地从于氏衣袖的缝隙处往外张望着。

那些蚂蚁似乎有着眼睛一般，一直蜿蜒到了他们脚下，却又在马上要沾染他们的脚尖时戛然而止。

笑声再次响起，比刚才更近了，而且不光是脚印，这一次，墙壁之上发出一声不自然的响动，抬眼望去，竟有个孩童的手印印在上面，且也是由虫蚁集结而成，这情景太瘆人了！

那手印随着笑声一点点向上，竟攀附上了近屋顶的位置……

董裕的脸色由苍白转红，甚至连眼睛都像红了一般。

“这……这是……”他指着那些手印，颤抖着声音道，“是陈小骞！”

“别胡说！”董兴邦制止住儿子，“那陈家小儿已经死了！你不是亲眼所见！死人怎会出现在这屋里，怎会爬到屋顶上去？”

“所以，这一定是陈小骞的鬼魂！”

董兴邦就是不信邪，“你以为你老子是吃素的！再厉害的人都变不成鬼，偏他一个孩子能有这么大的本事？”

“不对，这肯定是陈小骞！错不了的！”

“你这么肯定，有什么证据？”

“爹您看！”董裕往前几步，想要靠近又有些惧怕，生怕那些蚂蚁会爬到自己身上，“这些脚印，左右脚深浅不一样，您难道忘了陈小骞的脚！”

董兴邦的表情顿时凝固在了脸上，一旁的于氏也想起了什么，面容惨白地回应道：“不错，我记得那孩子有些跛，走起路来一高一低的，虽然不太明显，可确是如此，老爷您不是还说过让裕儿以后少跟那小瘸子在一块儿，免得拉低了身份！”

不错，董裕和于氏这么一提醒，董兴邦便想起了那陈小骞确实有些跛，所以，按照这个来说，这地上的脚印说不定还真是……

“可笑，就算真的是他又如何？难道他还想报仇不成！他活着都无足轻重，何况已经死了！”

且不说董裕，于氏看到了地上的脚印和墙上的手印，也吓得浑身瑟瑟发抖。她不像董兴邦那样大胆，对她来说，什么都不如自己的儿子重要。

“陈小骞！”她明明怕得厉害，却仍旧鼓足勇气对着周围喊道，

“冤有头债有主，你要是想寻仇就冲着我来！千万不要伤害我家裕儿！他就是贪玩，他没有坏心！”

声音再次响了起来，不过这一次却从笑变成了哭。

那哭声断断续续，声音不大却透着凄惨可怜。直叫人听了忍不住怜悯，这屋里的人吓得连大气都不敢再喘一声。

偏偏这样还不够，不知从这屋里的什么地方还传来了一阵奇怪的声响。仔细一听，竟是虫鸣。

董兴邦夫妇虽听不太明白是什么声音，但董裕却听出了端倪，“这是……蟋蟀？”

话音刚落，突的一声脆响，上面掉下个什么物件来，笔直地砸在了地上，碎成了几段。

董兴邦离那东西最近，上前几步，弯腰去看，才发现是个翠玉的小把件，捡起来拼到一起，竟真是个蟋蟀的形状。

“真的是他！”董裕吓坏了，搂紧于氏的腰身，大惊失色道，“是他，是陈小骞！娘，那蟋蟀是我赏给他的，他果然变了鬼，果然来找我报仇了！”

董兴邦不安地和于氏交换了眼神，就算他再不信邪，可看到这么多证据摆在眼前，也不由信了。

“老爷，真的有鬼啊！”于氏呜咽着搂住儿子，“他是死得不甘心，所以才化作厉鬼来报仇雪恨啊！”

董兴邦的头上冒出了汗珠，但在妻儿面前，始终要保持一个威严的形象，于是拂袖对着周围正色道：“陈小骞，关于你的事，我夫妇二人愿意承担全部过失，只要你不为难裕儿，我们夫妻俩你要杀要剐随意！”

于氏也赶紧补充，“是，这事都怪我！你有什么就冲我来！不关裕儿和老爷的事！”

谁知她话音刚落，屋外突然闪过一道黑影，只是这身影看起来非常庞大，怎么也不像是个孩童。接着，一个幽怨的男声响起。

“头，我的头……”

这话别人也许不明白，但董兴邦一下子便想起了被砍头的那个夏望山。如果说方才已经被陈小骞的鬼魂吓出了一身冷汗，那么现在，他真是连汗毛都竖了起来，只觉得头皮发麻，连眼睛也瞪圆了几分。

于氏虽然不知道是什么意思，可还是紧紧地搂住儿子，母子俩瑟瑟发抖，只恨不得赶紧昏过去，这样就不用面对接下来的事情了。

“夏望山！你的死与我三人何干，为何跑到这里作祟！”董兴邦颤抖着声音，急着撇开关系。

他与夏望山只见过一次，就是今日行刑之时。至于于氏和董裕，根本连夏望山的面都没见过，所以完全无法分辨这声音的真伪，只觉得那随风而来的声线低沉幽怨，带着股说不出的鬼气。

黑影一闪而过，但声音还在继续。

“冤枉！我没有杀人，为何要砍掉我的头?！”先是低沉的喊冤，接着，又变成了暴戾的不忿，“我的头！我的头……你们冤枉我，快还我的头来！”

话说到这里，于氏终于后知后觉地明白了这鬼魂的身份，她迅速瞅了一眼董兴邦，“老爷，这难道是那屠户？”

董兴邦没有答话，但他的表情无疑默认了这个事实。

董裕从于氏怀中探出头来，嘴角挂起一抹鄙夷，看起来十分瞧不起夏望山。他虽然没见过那个杀猪的，却打从心底觉得夏望山就是个粗人，不值得自己同情。

“我没有杀人，人是你们杀的，凭什么冤枉到我的头上?！”

董兴邦眼珠转了转，“你怎知人是我们杀的？”

夜风中传来一声冷冷的笑，“我见到了那陈家小儿，他与我说的，他说有愧于我，还说我隔壁那个王老头的死也和你们有关！”

事到如今，董兴邦已知自己无法隐瞒了，于是负气一笑。

“夏望山，这事要怪就怪你自己太冲动，若不是你和陈小骞母子起了冲突，又怎会令我们有机可乘？至于你家隔壁的老汉，他收了钱就该为我们办事，谁知他竟因为见了官就怕了，想要去衙门翻供！如此一来，怎么可能留下他这祸端！”

“真是恶人先告状！明明是你们杀了人，却反过来怪我们！”

“哼，你贱命一条，怎么能与我们相比！”董裕嘀咕了一句，声音不大，却着实气人。

果然，窗外的夏望山气得连声音都变了，“你们这些富贵人家根本不把他人的命放在眼里！我和陈小骞死得这么惨，你们也休想逃过去，没人替我们申冤，我们就自己寻仇！”

接着，话锋又是一转，“不过，你们为何要害死陈小骞，他不过是个孩子，能有多大仇怨？”

“怎么，你不是见到他了，他没说与你听？”董裕撇撇嘴，似乎忘记了方才自己被陈小骞的鬼魂吓得半死的情景，“他就是该死，他活着就是在碍我的眼！”

“碍眼？他一个小孩，能碍到你一个大少爷什么？”

董裕虽然怕陈小骞的鬼魂，却似乎并不惧怕夏望山，也许是因为他与夏望山本身并无接触，而且也没有直接对夏望山的死负有责任，所以带着股无关痛痒的语气道："他就是碍眼，我眼见他就烦！为何他能变高，他能长大?！不过是个小瘸子，有何了不起的！他该死，所有小孩都该……"

话未说完，他被于氏一把捂住了嘴，"你不想活了！陈小骞就在旁听着，你还说这些！"

"陈小骞到死都不知你们为何要害他，你把话说清楚，起码让他死得明白！"

董裕不顾母亲的阻挠，有些破罐破摔地将心里话一股脑地喊了出来。许是在心里憋了许久，所以当这些话说出口时，就像决了堤的洪水一般，再也无法隐瞒。

"他们说我是怪物！是妖孽！小时候他们都夸我聪明，称我是神童，可就因为我没能长大变高，我就从神童变成了妖孽！为何?！我比他们都聪明，却要永远做一个小孩！"

"裕儿！"

"娘，您让我说，我憋了好些年了！我是董裕，可我还有另一个名字董筠，我爹娘从没有别的儿子，我也没有什么哥哥！因为我就是他，他就是我！我就是多年前那个死去的董筠！"

此话说完，就连夏望山也似乎被惊到了，窗外再没了任何声音，周围死一般地寂静。

而就在短暂的静默之后，一个黑乎乎的东西从天而降，自屋外飞了进来，笔直地朝着董兴邦的面上飞去。

董兴邦下意识地用手一挡，那东西即刻被打飞了出去，撞到墙上，留下了一片血迹斑斑……

“这……这是！”董裕眼尖，第一个看清了那被父亲打飞，又在地上打了几个滚的黑东西，他发出了连父母都未曾听过的尖叫。

待到那东西终于落了地，停止了翻滚，董氏夫妇才看出那竟是一颗血淋淋的人头。

而且，就是夏望山的头！

董家三人直到此时终于被吓疯了，一时间，于氏和董裕的尖叫不断，就连董兴邦也落下了汗珠。

“饶命啊！求求放过我们！我们绝非有意的，可你要怪也莫怪我们，又不是我们杀了你！”于氏尖叫，“你要寻仇就去找那个安公子，是他下令把你问斩的！还有那什么徐金刀，他是皇上御封的名捕，却这样草菅人命！”

“死到临头了还敢撒谎！我明明就是被你们陷害而死！还有你那儿子，他一个小屁孩，有什么本事杀人！”

那声音似乎有了些变化，不论是声线还是语气都和方才有了些许不同。只不过，这屋里的人都没有察觉，仍是沉浸在恐惧中。

董裕最恨人说他不够高大，像个孩子，如今夏望山这鬼话更是戳到了他的痛处。不过一想到自己做了那件“不可能”的事，便有些得意起来，“我不过是告诉陈小骞，如果他能从井沿跳过去，跳到井的另一边，我就给他五两银子！那陈小骞自己贪财不要命，关我何事？”

屋外仍是沉默，过了一会儿，才听到夏望山道：“可陈小骞说，他是被人捂死的。”

听到这里，董裕也是一愣，他微微蹙了蹙眉，却没有回应。

于氏将董裕护在怀中，仰起头，似乎是下了很大的决心，“不错，害死他的人不是裕儿，是我！我本就说了，有何仇怨，冲我来就好，不关老爷和裕儿的事，是我！真正杀人的，是我！”

“夫人……”

董兴邦与于氏到底还是相处了多年的夫妻，尤其是想到当年发现被自己和整个家族视为骄傲的儿子竟会得上这种怪病时，于氏那肝肠寸断的哭泣。想到董家的老夫人，那个被他称作“母亲”的女子，从此视于氏母子为扫把星，几次三番想要将于氏休掉，将董裕或者说是董锜害死……董兴邦就愈发觉得心痛难耐。

“夫人也是爱子心切，不想裕儿背上杀人的罪名，不过后续的一切，都是老夫安排的。是我把杀人的罪名推到了你这个倒霉鬼身上，也是我找人陷害你，你若真的是条汉子，就冲老夫来！不要吓唬女人和孩子！”

“爹，我已经不是孩子了！”

听了这些，董裕似乎明白了这一切。他一直以为当日陈小骞掉入井中便死了，谁知那陈小骞被救上来时还有气息，后来被母亲捂死了。难怪父亲会绞尽脑汁把这件事栽赃到那屠夫身上，原来不仅是为了护住自己，还为了保全母亲。

是的，他真的已经不是孩子了，算上那恍若前世的董锜，他今年已经十五岁了。

十五，已经到了束发的年纪，当年那些与他差不多年纪的伙伴，有的已经定了亲，有的也已考取了功名。

只有他，纵使当年名动八方、才华横溢，如今却仍旧像个六七岁的孩子，需要被人保护，被人照顾。

“这么说，你承认陈小骞和夏望山，还有王名之死，都是因为你们夫妇二人了。”

那声音既不是夏望山，更不是陈小骞，斯文儒雅，透着股清冷，在这寂静的长夜里，显得格外动听。

而他所说的那番话，显然不是在发问，而是已经确认了这一事实。

董兴邦脸色大变，“是谁？”

此时夜风阵阵，方才救火后的烟雾也终于散了去，虽然没了孩童的脚步和嬉笑，却有一个身影踏着月色而来。

他穿着件月白的长衫，从宁竹轩大门跨入，带着一身莹白的光晕，眉眼清隽，温润如玉。迈步踏入房门，站在董兴邦面前，一瞬不瞬地看着他。

那眼神中，似乎融合着很复杂的感情，有无奈，有愤怒，甚至还带着一丝遗憾。

董兴邦愣了片刻，很快就想起了这个年轻人的身份。不错，他就是那日在衙门里见过的，安盛平的同窗——宋慈！

“你怎会在这里？”

此话一出，董兴邦便意识到，若是这宋慈出现在了这里，这也就说明他们方才与那“鬼魂”的对话一定有诈！

想到这里，董兴邦立刻警觉地四处张望，“只有你一人？”

“当然不会只有惠父兄一人了！”

一个带着笑意、桀骜不驯的声音从宋慈身后不远的黑暗处响起，紧接着，手持折扇的安盛平自雾中走来。他一边摇着手中扇子扇着还未散尽的烟火之气，一边面露鄙夷地走进了屋里。

和往日不同，今晚的安盛平穿了一袭黑袍，发色如墨，只用根玄色的发带高高束起，俊朗之中又带着几分潇洒，反而比往常更多了些许的不羁与恣意。

而继安盛平之后，又陆续从那宁竹轩的大门走进了好几人。

一身官服，腰束金刀的徐延朔，还有总是不离安盛平左右的那个年轻侍卫，最后，还跟上来两个低着头，一身狼狈的小厮。

董兴邦心中暗道不妙，脸上却尽量做出一副自然的样子，朝着这几人冷冷一笑，“这么晚了，四公子和徐大人不请自来，不知是有何事想找董某？”

安盛平则微微扬起眉头，“事到如今，董老还想继续装傻吗？”

“装傻？”董兴邦道，“你父亲是如何教你的？竟这样和长辈说话！”

“都到这个地步了，就不要垂死挣扎了。”安盛平撇嘴，摇了摇头，“方才你们一家三人的对话，我们可是听得清清楚楚！”

“哼，我有说过什么吗？”

“你说的可不少呢！陈小骞的死，夏望山的死，还有那个姓王的老头……只短短几日，你就害了三条人命！良心就不会不安吗？”

“哼，良心！”

董兴邦回头看看抱在一起，又紧张又害怕的妻儿，突然什么也不怕了。此时的他，反而松了一口气，若刚才的一切都是安盛平等人装神弄鬼的把戏，那也就是说，根本不存在什么鬼魂，而只要鬼魂不在，就不会有人危害到于氏和董裕的安危。

是啊，这世上还有什么比鬼更可怕的？

“我方才说的都是实话，是我杀了陈小骞，”他知道，走到这一步，除了舍弃自己，再没了其他保全妻儿的可能，“夫人不过是为了保护我，才替我顶罪，其实她们母子根本不知情，这一切都是我一手谋划的。”

董兴邦在朝廷叱咤了大半辈子，为人处世滴水不漏，这次若不是被逼到了绝境，也不会轻易承认自己的罪行。而现在，他可以抛弃自己的一切来保全妻儿，可见他是真心地疼惜他们。

“好，既然你说是你干的，那你就把事件的经过仔仔细细地说一遍，我倒要看看你所说的和事实是不是相符。”

董兴邦冷哼一声，用手紧紧攥住身后的于氏，示意她少安毋躁，这才抬起头，直视着安盛平的双眼，冷静地回道：“事情就像你们听到的那样，裕儿其实就是我的大儿子董筠，事实上，我董兴邦也只有这一个儿子。因为筠儿七岁后就一直未长高，老夫遍寻名医，直到请了已经告老还乡的御医周成，才得了一个令人难以承受的结果，原来，筠儿是得了不老症。”

“不老症？”

“确实有这么一种病，”见安盛平不解，一旁的宋慈帮忙解答道，“患了这种病症的人，不论是身量、样貌，还是体内的各种感官都会一直停滞不前，虽看起来十分健康，却不能长大，不能娶妻生子，只能看着身边的人一点点老去……”

听了这些，莫说安盛平了，就连见多识广的徐延朔也觉得不可思议，“不会老？那岂不是成了长生不老的神仙了！”

“不，虽然生长缓慢，却并不代表可以永生不老，而且生命都是有限的，即使看起来没有长大，可总有一日，还是会死去。这种病症极少见，我也只在一本老旧的医书里看过，想不到现实中，竟真有人得这种病。”

徐延朔似乎有些明白了，“不能长大，却还要死亡……若他一直是个孩子，将来有一日爹娘不在了，那谁还能照顾他？如此说来，也难怪董大人和董夫人会这么溺爱董裕了。”

所以董兴邦才会主动提出告老还乡，他现在对权势的渴求已没有那么大了，相反，他想要远离这些纷争，留存更多的钱财来为董裕以后的日子作打算。

“所以，董裕就是董筠，你只不过对外谎称董筠意外身亡。而后又过了两年，你说你又得了个儿子，却视若珍宝，不让他见人，这么一来，就隐瞒了董裕长不大的事，不会让人对此产生怀疑。”安盛平摇着头，啧啧称奇道，“董兴邦啊董兴邦，狐狸都没你精明！你这点子简直妙到令人生畏啊！”

“哼，点子再好又怎样，又是一个七年过去了，我却又要再经历一次轮回……”背负起双手，董兴邦仰头长叹，这一刻，他显得无比苍老，“所以我想着若是回到家乡，关起房门来，远离朝野，远离枢密院，说不定我们父子还能有一线生机。”

“但你没想到，这仅存的一线生机，被你的儿子亲手毁了。”

“其实裕儿并非有意的，他只是有些任性罢了。”董兴邦说着，无奈地一笑。

“任性？恐怕远非这么简单吧！”想起方才董裕大喊大叫的那番话，安盛平实在忍不住，“他方才不是喊着陈小骞该死，所有小孩都该死吗？若如你所说，董裕就是你那大儿子董筠，那他今年少说也有十四五了，他比那陈小骞大了足有七八岁，却绞尽脑汁想把那陈小骞置于死地！着实阴险！”

“我儿才不阴险！阴险的是你们！”于氏终于忍不住叫嚣起来，

“你们装神弄鬼，欺骗我们，还企图放火烧死裕儿，你们才该死！”

“董夫人，事到如今，您就别顾左右而言他了，赶紧交代你们作案的经过才最紧要吧！”

于氏眼珠转了转，似乎十分不安，不知要如何作答，好在董兴邦又适时将话头转到了自己的身上。

“裕儿不过是与那陈小骞玩闹，不幸发生了意外，陈小骞坠入井中，我们把他打捞上来时，他已经陷入昏迷，我以为他死了，想着万不能让裕儿惹上人命官司。”说到这里，董兴邦叹了口气，做出一副惋惜的姿态，“我本想赔他父母一些银钱，这事也就算过去了。可谁曾想那陈小骞突然活了过来，老夫一时惊恐，下意识地便捂住了他的嘴，他挣扎了几下便没了气……”

“于是，你就想起了那和陈氏母子发生过冲突的夏望山，想让他当一回替死鬼？”

“我初时也没想那么多，只想着把陈小骞的尸体运出城去悄悄埋了。当时给了那姓王的老头一些银两，遣了他去做此事，至于为何陈小骞会被塞进猪肚子，又为何会扯上那姓夏的屠户，我真的不知晓，或许，只是那王老汉与夏望山有仇，又或者，是他被抓后随口胡扯。总之，事已至此，我也只好将错就错。还有那王老汉的死，我也并不知晓，也许他心里有愧，所以才被吓死了。”

他果然是个老狐狸，方才与鬼魂对话时，虽也涉及了夏望山和王老汉的死，但并未正面承认什么，所以即使到了这一步，他仍有翻供辩解的机会。

宋慈摇了摇头，上前一步。

“董老，您这案子算是天衣无缝，不论是人证还是物证，就连夏望山杀人作案的时辰都掐算得刚好，按道理是不会引人怀疑的。所以，您知道究竟是哪里露出了破绽，让我们查到您头上的吗？”

董兴邦沉默不语，眼睛往下看，不愿直视宋慈。

“我们先来说说陈小骞的死因，他死之前曾坠入井中，因为向后滑倒，导致后背撞到了井沿，因此留下了一个圆弧形的痕迹。”

宋慈说着这些话的同时，他身后走上来一个布衣小厮，这人正是乔装打扮后的阿乐，他见自家公子在说明案情，就自觉地上前给众人做起了演示。

随着宋慈的描述，阿乐时而做出往前跳跃的姿势，时而又向后倾倒，假装跌伤，最后则躺在了地上，做出一副昏迷的样子。

宋慈从袖中取出三张叠好的宣纸，当着众人的面依次打开，并交给徐延朔、安广还有那一直没有抬头的奴仆，让他们并排站好，将宣纸高高举起。

董家三人看着那三张用墨汁画了圆环的纸，面面相觑，不知这宋慈葫芦里卖的什么药。

宋慈则上前解释道：“这三张纸上，分别画了三个圆，这第一个是我根据陈小骞背上的那半个圆形痕迹画出来的，若按照那个伤痕的弧度，这个圆展开后，就应是这般大。”

接着，他又走到第二张纸跟前，用手指着上面的圆说道：“至于这个，是我用夏望山家的水缸拓下来的，这个圆显然比陈小骞后背的那个圆小了很多。凶手很聪明，知道扒光陈小骞的衣衫鞋袜，还给他冲洗了尸身，以防留下证据，可这个圆弧状的痕迹却是怎么也去不掉的！所以凶手才会把陈小骞的遇害地点安排在夏望山家的柴房，而那里刚好有一口水缸。若是官府调查得不够仔细，很有可能就这么结案了，就连我也险些因为疏忽造成了冤假错案，铸下大错。好在，我又找出了其他蹊跷之处，看出了案件的端倪。”

宋慈说着，接过第一张由徐延朔举着的那张纸，来到了最后一张纸的跟前，“你们看，这两个圆不论是大小还是弧度都完全一致！而这，正是我在董大人府上那口被封的水井上拓下来的！”

说完，宋慈上前一步，将两张纸重叠，昏黄的烛光下，光晕透过宣纸，可以明显看出那两个圆完全吻合，不带丝毫分差！

“说起来，我之所以会怀疑这口井，还要多谢董公子的提醒。”

“我？”董裕瞪着他，觉得这话说得有点离谱，自己何时提醒过他！

“那日若不是董公子邀请我们来府上，我也不会恰巧听到下人们谈及那口井，那时我就好奇，为何董府明明有井却不肯取水自用，反而要从外面买水，后来当我想通了陈小骞后背那道痕迹是由董府这口井造成的，我便明白了你们不肯饮那井中之水的原因！原来，是因为陈小骞曾经溺于井中，你们对此有了忌讳，才不愿再用那井中之水了。”

于氏听了，似乎欲言又止，她斟酌了好久，终于问道：“你又怎知陈小骞不是溺死的？”

“他确实有溺水的迹象，但你们打捞得还算及时，所以并不足以致死。因为溺毙之人必定腹部肿胀，口鼻之内也应有水沫及些许血污，但陈小骞并没这些症状。相反，若是被人掩住口鼻窒息而死，则应是眼开睛突，口、鼻之内也会流出清血水，满面血荫，呈赤黑色，一小部分人会有粪门突出，弄脏衣物的情况发生。你们虽给陈小骞扒去了衣衫，清洗了尸体，但他身体上的反应迹象不是你们可以改变的。”说到这里，宋慈不由摇头一笑，“董老不愧是过来人，想必在枢密院的时候，也见过不少类似的情况，所以您很清楚不同的死法，尸体会有什么样的变化。可您聪明反被聪明误，偏偏在清洗了陈小骞的尸身后，在他口鼻中塞入了夏望山家那床薄被的棉絮。试问一个能将尸身清理得如此干净的凶手，怎会留下这么致命的证据！”

“哼，”董兴邦点点头，承认自己这一次确实是聪明反被聪明误了，“不错，你说得很有道理，若是所有的证据都被掩盖，偏偏只留下这么一处指向夏望山是凶手的证据，那就不是大意，而是有意了……不过老夫还是坚持方才所说的，这一切我都不知情，也许只是那姓王的老汉自己谋划好的。”

“董兴邦，你要撒谎也要先打好草稿！口供换来换去，真以为我们没了证据，任你如何说就如何吗?！”

安盛平不耐烦地拍拍手，安广马上递上了一张银票。当看到那银票上的字样时，董兴邦已心知肚明，他这一次怕是不能简单糊弄过关了。

“这可是纹银一百两！你让那王老汉给你扔尸体，也不过赏了三十两而已，这一百两是我从你派去的杀手身上搜出来的！当日夜里，那王老汉知道了你的诡计，又害怕又自责，他不想夏望山枉死，所以想去报官揭穿你，于是你就派了杀手去暗杀他。王老汉确实是死于心悸，因为他本就胆子小，再加上做了亏心事，杀手还没来得及动手，只吓唬了一下，那王老汉就一命呜呼了！”安盛平说着，将那银票在董兴邦面前抖了抖，“这银票来得容易，那杀手自然也乐得轻松。徐大人抓到他的时候，他正拿着银票在芙蓉阁的包间里享受呢！还不等我们审问，就自己把这事跟芙蓉阁的姑娘们先交代了！”

说完，还跟后面的徐延朔交换了一个眼神，显然徐延朔也觉得此事董兴邦办得不够小心，千算万算，选了这么个不靠谱的杀手。

事已至此，董兴邦也没什么好辩解的了，不过他依旧不明白，究竟是什么让自己露出了破绽。

“你说，你发现了蹊跷之处，才看出这起案件另有隐情，究竟……”董兴邦将目光投向宋慈，这个他之前一直轻视的年轻人，“是什么令你产生了怀疑？”

“因为一个姑娘，”宋慈想起了那日在城门口巧遇了重玥的情景，至今仍觉得心有余悸，若不是那日遇到了她，也许这个案子就这么草草了结了，若是这样，就害了夏望山，自己往后也必会饱受良心的谴责，“当时刨开猪肚之后，从里面飞溅出了一只蛆虫的尸体，按照那蛆虫的大小，那位姑娘推测出这蛆虫起码已有五六日这般大了，可陈小骞看起来却像刚死没多久。于是我想到，也许这蛆虫并不是陈小骞身上带出来的，而是那只一直被我们忽略掉的死猪。”

“人可以依样貌查出身份，死猪当然也可以，夏望山说那猪不是他家的，我们就按那猪的大小与花色一户一户去排查，最后终于找到了那只猪真正的来源。原来，它真的不是夏望山家的，而是来自城南一户普通人家，而前去购买那猪的，正是董府的一个管事。此人是长乐乡本地人，在董府当差后更是引以为荣，四处宣扬，所以人尽皆知，都知道他在董府当差。那人将死猪买走的那日刚好是初八日，也就是我们发现陈小骞尸体的六日前，买猪的时候天色已近戌时，早就过了准备晚食的时辰，那人急匆匆的，说是主子着急要，所以出手要比平常更阔绰，因此那养猪的商户都记得清楚。”

“那又如何，这只能说明我府上着急买了一头猪，跟陈小骞的死亡日期又有什么关系？”董兴邦道，“这位宋公子要是能靠陈小骞背后的伤痕找到我府上来，想必对验尸也有着一定的见解吧。怎么，你难道验不出陈小骞是哪日死的吗？”

“原本还真让董大人给骗了，以陈小骞尸体的腐烂程度，他死亡的时间应不超过两日，可董公子自认为骗过了所有人，所以有些得意起来，还特意把我们叫到董府，想让我们把注意力放到夏望山身上，给夏望山定罪。可他当时说的一句话，却成了破案的关键。”

董兴邦回头看看自己的儿子，“他说了什么？”

“他说陈小骞失踪那日的午时，在他屋里吃了一个鸡腿，两个肉丸。”

董兴邦蹙眉，不知他这话是何意。

宋慈叹口气，道：“陈小骞腹中尚有半个肉丸，这说明他自那日午时后就再没进食，或者说……那日进食没多久之后，他就遇害了。”

董裕没想到自己无心的一句话竟成了破案的关键，更没想到他只不过弄死了一个小鬼，就害得爹娘和自己都担上了杀人的罪名。

“所以我推测，陈小骞真正的死亡时间并不是发现尸体的前一两日，而是更早的时候，夏望山之前挨了板子，那几日还不能行动自如。不过现在是盛夏，尸体腐烂的程度只会快，不可能如此慢。究竟你们用了什么法子延缓了陈小骞尸体的腐烂呢？关于这一点，我想了许久才想通。”

宋慈说着，突然举起右手，指向窗外，“整个长乐乡都知道董大人会享受，在家中造了个冰窖，即便是盛夏暑伏，也能让府里人吃上冰酪，喝上冰镇的酸梅汤。冰是个好东西，它不仅可以消暑降温，还能延缓食物的腐烂，所以……”

“所以，你以为我把陈小骞的尸体放到冰窖里了？”董兴邦露出一脸鄙夷之色，不屑道，“我看宋公子怕是没吃过冰窖里拿出来的东西吧！无论什么东西，只要在冰窖中放一会儿再取出来，定会……”

“定会周身挂上一层水珠，那东西也会因为被冻过而变得奇怪，好比解冻的肉，只要按一按，就能按出水来。”安盛平看不惯董兴邦摆阔，适时站出来为好友解围，“我知道董老不傻，当然不会用如此简单的方式。你并未把陈小骞直接放入冰窖，但这并不说明你没利用冰窖。”

“没错，”宋慈继续道，“陈小骞虽没有被直接放入冰窖，却被人在冰窖下掩埋了几日，这种做法一来可以利用土壤本身来拖延尸体的腐烂，二来也能让他在不被冰块直接冻住的情况下，最大可能地维持原状。我想关于这一点，只要去冰窖看一看就能一目了然了，在冰窖之中，必定有一处土壤松散，早先用于掩埋陈小骞的尸体！”

“好，非常好！”董兴邦不得不承认是自己的疏忽，而且他也确实小瞧了这个叫宋慈的人，“如今你已知道了陈小骞真正的死亡时间。”

“对，那个时候，夏望山刚受过杖刑，连下地都困难，怎么可能去杀人！”

“事已至此，董兴邦，你还不快快认罪。”安盛平朝身边的安广使了个眼色，示意他抓人。

而安广还没近董兴邦的身，就被他大声喝止住：“放肆！你们是何身份，竟敢动我！”

“安某是没什么身份，可这次长乐乡之行，我是受了圣上之命，况且就算我动不得你，你别忘了，还有徐大人！”安盛平本不想压他，无奈他不见棺材不落泪，“董兴邦，你不会以为自己还在枢密院吧？今时不同往日，你早就不是原来的那位董大人了！”

安盛平语毕，不等安广和徐大人出手，自己先一个箭步冲了上去。

董兴邦早就料到最后会直面交锋，因此根本不给安盛平这个机会，一个闪身，直接举起了一直被他握在手中的那柄短剑。而他接下来的行为也着实出乎所有人的意料，因为，他举起那短剑后并毫不犹豫地反手刺入了自己的咽喉。

由于事发太过突然，就连徐延朔也没能反应过来，待到众人扑过去时，董兴邦已然毙命。

一时间，屋内乱做了一团，于氏崩溃大哭，董裕则呆愣愣地望着血泊中的父亲，双眼之中再没了往昔的神采。宋慈他们几人则面面相觑，不曾想这董兴邦竟这般决绝，愿以死来承担一切，撇清妻儿的罪行。

“你们逼死我家老爷，我恨你们！”于氏大喊，脸上满是泪水。

“怎会是逼死？他害了两条人命，难道不该抵命吗？”阿乐一向喜欢凑热闹，所以全然不顾身份地凑到了跟前，“陈小骞的死，还有那王老汉的死，不都是因为你们！”

“夏望山呢？”董裕回过神，问道，“难道夏望山没死！”

“既然已知他不是真凶，难道仅为了引你们上钩就把他杀了不成。”安盛平苦笑着摇头，“那日行刑所杀的，不过是另一个等着秋后问斩的犯人罢了。你爹没见过夏望山，所以根本不清楚他的样貌，再加上我们先入为主，让他以为那就是夏望山，他便笃定了那个被砍头的就是夏望山本人了。”

“方才那颗头……”

“不过是个玩偶罢了，还有小孩的哭声，夏望山的质问，都是我命人假扮的。”

“地上那些蝼蚁又是怎么回事？”

“这个吗……”安盛平苦笑，回头看看宋慈。

“是蜜糖。”宋慈也没料到董兴邦会以死承担下所有罪名，但宋慈心中仍不是滋味，“起火时，我们趁乱在你房中用蜜糖照着孩童的手脚印画下了一些图案，有了蜜糖，蝼蚁自然而然地就聚到了一起。”

“蜜糖？你们何时画的，为何我完全不知情！”

“你还记得前几日府中新收的那个叫小桃的丫鬟吗？”

“我当然记得，小桃这几日都在我跟前当差，你的意思是，她是你们的人？”

“她原名粉桃，是之前……总之，她现在跟在安公子身边，这一次，也是冒险进了董府，多得她帮忙，不然也不能如此顺利地逼你们说出实情。”

董裕仰头苦笑，方才院外发生火灾时，小桃忠心护主，他本还想着等过了今晚，要跟母亲提一提，升了那小桃做一等丫鬟……现在看来，都是假象了。

“依我看，不止那小桃一人吧？你身后这两个奴才就是放火的元凶，对不对？”

宋慈没有回答，无疑是默认了。

“哼，是我太自大了！我以为杀了陈小骞，又嫁祸给那屠户，此事算是做得天衣无缝。我有意把你们叫到府上来，想要看你们的笑话。谁知聪明反被聪明误。”董裕说着，低头看看正抱着父亲尸体痛哭流涕的母亲于氏，“娘亲，裕儿对不住您，更对不起父亲……您二老为我这个不孝子承受了太多……若早知如此，当年我还不如直接以董筠的身份死了，也让您们落个清净。”

“裕儿，你胡说什么！”于氏站起身，满身血污，却顾不得整理，“为了你，我和你父亲就是死也甘愿！那些看不得你的，都是在嫉妒你！莫说是一个下人的儿子，只要有人敢伤害你，就算是皇亲国戚，爹娘也敢为了你不管不顾！”

“放肆！”徐延朔一向话不多，但听到这里，也不由得哼斥一声，“于氏，这么大逆不道的话你都敢说，是不是不想活了！”

“哼，老爷已经不在了，我活着还有什么意义？”于氏说着，用手轻轻抚着儿子的鬓角，她的目光落到董裕的衣领口，看到了他藏在衣领下的那根红绳……

其实，她身为董兴邦的妻子，又怎会不明白他自杀的真正原因，老爷之所以走到了这一步，无非是因为两件事。

一是为了揽下所有罪名，让她们母子脱罪；二是因为那枢密院的左大人。董兴邦这些年知道了太多事，也得罪了太多人，若不是靠着他藏在裕儿身上的那封信，他们董家人根本无法全身而退。但若是董兴邦死了，这些年，他没有功劳也有苦劳，左靖没了后患，总会念及旧情，给董裕一条生路。

可于氏呢？

难保董兴邦不会把秘密告诉了于氏，董兴邦毕竟是自己的旧部，定不会轻易泄露出去，可于氏一个妇道人家……

所以，只要她活着，裕儿就永不会安生。与其这样，倒不如随老爷一并去了。

想到这里，于氏弯下腰，最后看了看董裕哭得满面泪痕的脸，勉强笑了笑，“裕儿，你好好的，莫怕！陈小骞是娘捂死的，其他人也是你爹害的，全都与你无关，我相信徐大人和这两位公子定会明察秋毫，断不会冤枉了你！”她边说边挑衅似的看了看在场的那些人。

徐延朔点头，“你且放心，我们既不会冤枉无辜的人，也不会放过恶人。你儿子虽心术不正，但毕竟人不是他杀的，该罚的地方自然会罚，可也绝不会让他背上杀人的罪名。倒是你，必得跟我们去衙门走一趟了。”

于氏笑了笑，苍老的脸上闪现出一抹神采，“有大人这句话，我就放心了！”

只是令所有人都没想到的是，于氏在被收监的那晚在牢房里自尽了。她将衣物拧成绳索，在大牢里上吊了。

至此，董氏三人，有两人都已殒命，唯留下董裕一人。

不论董裕的真实年纪是不是十五岁，但从外表上看，他就只是个孩子。给董兴邦夫妇出殡那日，宋慈、安盛平等人也去了，只有徐延朔为了处理后续之事，带着赵东林留在了县衙。

董裕披麻戴孝，小小的身躯跪在灵前，显得既单薄又无助。他一滴眼泪也没流，甚至在看到宋慈等人来访时，还幽幽一笑，有种说不出的诡异感。

仪式结束后，董裕主动起身，将他们送出来。只是走着走着，他又似乎想起了什么，蓦然笑了，回过头，看向宋慈道："亏你能想到用蜜糖这个招数，哼，虽然装神弄鬼且无耻，可这一招用得确实巧妙！"

"这蜜糖的法子倒不是我想出来的。"

"哦？不是你，会是谁？"董裕心道，这几人当中，怎么都觉得这姓宋的书生最为精明。既然不是他，难道是安盛平那纨绔子弟？

宋慈浅笑道："你可还记得我说过一位对虫蚁十分有见解的姑娘？若不是有她帮忙，宋某这次险些犯下大错。"

宋慈说完，又想起之前与重玥对话的情景。当重玥告诉他可按死尸身上的蛆虫推算出死者遇害的时间时，宋慈喜出望外，因为这法子若能作为证据，那就很好地解答了有关死者确切死亡时间的疑问。

他迫不及待地将这些一一记录下来，并事后与重玥再三探讨，试图掌握更多在验尸时可用到的方法。而当他与重玥讲述自己所知的关于尸检的经验时，重玥也是啧啧称奇，连称若是他能将这些整理记录，编纂成书册，一定可以让官府受益，帮助更多无辜的人洗清冤屈，为受害人申冤。

宋慈听了重玥的提议，心中隐隐闪现出一个念头，也许这事真的可行。

自己的父亲宋巩在任多年，宋慈从小耳濡目染，从父亲那里学了不少，再加上他看过不少相关的书籍，不过有些方法写得极其笼统，有的甚至不可信，并未根据尸体不同的情况而一一阐述分析，看书的人根本不能正确掌握验尸时应当注意的事项。

也许，自己真就可以将书中的知识和平日里自己累积的经验相结合，编纂出一本或许能帮助他人的书来……

当时的宋慈还不知道，就因为重玥姑娘这随口的一个提议，因为自己一闪而过的这个念头，他竟真的改写了历史。

“哼，这么说，害死我董家人的倒不是你，而是那位姑娘了。”

董裕轻笑，云淡风轻地回道。

“怎会是他人害死你董家人，”见他事到如今仍不知悔改，安盛平不由心生厌恶道，“害人终害己，明明就是你董家人咎由自取。”

安盛平说这些话时并未多想，一旁的宋慈却蹙紧了眉头。董兴邦夫妇虽不在了，可董裕不是还好好地活着？他这番话，究竟是什么意思？难道说……

一念而动，还未来得及反应，走在最前面的董裕突然疾走几步，一个翻身，上了井沿。

这正是那口差一点淹死陈小骞的井，也就是因为这口井，才引发了后续的悲剧。

“臭小子你干吗？”安盛平脱口喊道。

“干吗？”董裕轻笑，脸上仍带着往日那抹自负，“你们不是聪明绝顶，料事如神吗？竟还看不出我要做些什么？”

“你要寻死？”

董裕走到今时今日，已没有什么可失去的了。所以，他根本不在乎。

“于我来说，这十五年只有煎熬，我被人唾弃，被视为怪物……若不是因为父亲和母亲，几年前我便已死了。”董裕说着，忍不住鼻头一酸。要不是当年扮假死，且换了身份，他早就死在泱泱众口之下了。

“那日，陈小骞便是站在这口井上跳了过去……第一回，他跳过去了。于是我便说，要是他能跳过三回，我就赏他五两银子。第二回，他又跳过去了。等到第三回，我叫他先去喝口酸梅汤，休息片刻，然后趁他离开之时，我偷偷在井沿抹了油。第三回，他终如我所愿掉了下去，他倒下时，背朝后，磕在了井沿上，这才摔进井里。”说到这里，董裕似恶魔般笑了起来，“偏那阿贵多事，想都不想就跳进去，把那陈小骞给捞了上来。陈小骞醒了以后，又哭又号，说我要害死他，把我娘也惊动了。我娘叫他闭嘴，他不听，还越喊越大声！我娘一时心急，就用手捂住了他的嘴。再后来，我娘把阿贵送出了府，我爹也来问我知不知陈小骞和谁有过节？我就想起了他们母子在出事的前几日，恰巧和那姓夏的屠户吵过嘴，于是我爹将计就计，设下了这个局。归根结底，我就是个怪物，是个害人精。”董裕苦笑，那表情和他这张看起来稚嫩的脸一点也不相符，“所以我还是跟着他们一起去吧，也省得留在世上祸害人间了。”

说完，人往后轻轻一退，他身量矮小，一脚悬空，直接朝着井口跌了进去。

其实，见董裕笑了，安盛平便知事情不妙，这小子虽长得面嫩，可办事一点不含糊，跟他爹娘一样，决绝得很。可相隔这么远，他纵使会轻功，怕也来不及了。他正想着，有个人影比自己还快，竟是飞一般地冲了过去。

这个人，却不是安广，而是一直默不作声跟在他们左右，又细心观察情况的福顺。福顺一向懂得察言观色，早在那董裕爬上井口时，他就已经默默朝着井边的位置去了，就等着伺机将那董裕给救下来。

不过福顺到底不是练家子，纵使跑得再快，也没能在董裕掉入井中时将他抱住，只是伸手扯住了他的领口，却并未抓牢。两人目光有了一瞬的对视，紧接着，董裕便坠入了井中……

安盛平和安广紧随其后冲了过来，只听得“噗通”一声，那董裕已沉入了水里。慌忙之中，宋慈赶紧喊了董府的下人来帮忙。

众人乱作一团，却无人注意到救人失败的福顺苍白着一张脸，缓缓退后几步。他右手背到身后，将一条红绳偷偷藏进了袖口。

他这一连串动作极其小心谨慎，没被任何人发现，待到将那红绳藏好，他才大声呼喊救人。

董裕显然没有陈小骞幸运，陈小骞跌入井时后背撞在了井沿，虽受了伤，却因为打捞及时，并没有丧命于这水井之中。但董裕跌断了脖子，还没落入水中就一命呜呼了。

为了保护董裕，董兴邦夫妇费尽苦心，甚至搭上了性命，却全都白费了。

这董裕，最终也只能带着对人世无尽的怨恨，了结了自己的一生。

# 第五章　鬼新娘现真身

至于董裕的丧事，安盛平则交由福顺承办。

福顺能力强、路子广，不论是选棺木还是雇人下葬都可一手承包，办得稳妥得当。即使后来得了消息的董家派了人来，也找不到一丝纰漏。

对此安盛平甚是满意，特意赏了他十个银锞子，并准他好好休息两日。

于是这晚，福顺领了赏钱，独自一人出了府，不知是要去哪里消遣。他先是溜达到芙蓉阁喝了顿花酒，作陪的是一个与他相熟的姑娘，因这福顺人缘好、嘴巴甜，席间又有两名女子不请自来，与他嬉闹了一番。

而后，他并未在那儿过夜，而是揣着赏银逛了逛夜市，买了些零碎的小物件，这才朝着城南一独门独栋的小院走去。

奇怪的是，他到了屋前未敲门，而是左右看看，见无人路过后，从怀里掏出柄钥匙，打开门，自门缝闪了进去。

院子里一片漆黑，却也能借着月光看出此院落杂草丛生，一片荒芜。想来，是久不曾有人住了。

福顺似乎对此处极熟悉，方才还一副酒醉微醺的模样，进了院子却突然一改姿态，大步流星地朝着院子的一角走去。

黑暗中，传来咕咕的声响，细看才发现，那院子的角落放了个硕大的竹筐，里面养了几只鸽子。

福顺几步到了跟前，伸手从里面掏了一只青灰色的鸽子来。

他先是顺了顺鸽子的羽翼，接着抓起一把谷子喂它。

这一人一鸽就这样处了足有半刻的时辰，福顺才终于从袖口取出个细小的字条，面无表情地绑在了鸽子的一条腿上。

接着，他双手往空中一抛，那鸽子即刻飞起，扇动着翅膀，消失在了夜幕之中……

福顺唇角上扬，微微一笑，转了身准备离开，却在这时，夜空中传来一声长鸣。

福顺双目睁圆，猛然转身，也顾不上其他，凌空一跃，轻松攀上了屋顶。

不过他到底还是留了心，并未站到屋顶之上，只是扒着屋上瓦片，警惕地探出了半个头。

那声奇异的长鸣过后，夜又恢复了平静。除了微微的风声与虫鸣声，再没有任何声响。

福顺警觉地皱起眉，四下探寻，想要找到些蛛丝马迹，突听得身后传来一串脚步声，紧接着，便是拍掌的声音。

那脚步声他日听夜听，再熟悉不过了，即便不回头，也知那人是故意现身，想给他个好看。

不过打从他来到长乐乡，用了“福顺”这个身份后，他早已料到了会有今日，所以根本不觉得惊讶，反而像没事人一般，从屋顶跃下，轻轻落在了地上。

“公子。”

福顺回身，冲着来人弯腰一揖，表情谦卑，很是恭顺。

倒是那黑暗中的人，表情看起来并没那么轻松，他的脸色极不好，一看便是强压着怒火未当场发作。

“福顺啊福顺，你轻功竟如此好，怎么从未跟我说过？若是说了，我能屈了你的才，只让你干个跑腿的差事吗？”

原来，这自黑暗中走来的，正是福顺的主子安盛平。

“回公子，福顺不才，没什么本事，除了伺候主子，也不会别的。”

“是啊，却不知，你心里那位主子究竟是谁！”

“公子这话说的就见外了，”福顺抬起头，不知是不是已经暴露了身份，所以也不再遮掩，而是直起了身，笑容可掬道，“小的虽是被人派来服侍公子的，但也是为了公子好，从没做过半点对不住公子的事。”

“真没做过吗？”安盛平轻蔑一笑，眼神越过福顺，望向了他的身后。

一个人影悄无声息地从夜空中掠过，足尖点地，轻轻落在了福顺的身侧。那人身穿一身黑色劲装，脸上围着块黑布，只露出一双上挑的凤眼。

由于太过熟悉，纵使对方蒙着半张脸，福顺也知此人正是安盛平的贴身侍卫安广。

“安大人，”福顺点头，“您也来了。”

安广面无表情，也未摘去脸上的黑布，而是将手伸进怀中，从衣襟里掏出了一只活物。

那是只青灰色的鸽子，翅膀虽受了伤，但还活着，它来回扭动，发出咕咕的声音。

福顺双眼微眯，不经意地退了一步，这是他在安乐乡的歇脚处，所以这里的环境他再熟悉不过了，如今安盛平主仆一前一后将自己夹在中间，他虽懂些功夫，但一直以来都是以脑子好、嘴巴甜且反应快而被主子青睐，武功反而不算出挑。面对这两人，他并没有全身而退的把握。

若是真想给自己求个逃跑的机会，只有等待，伺机而动。

安广的眼睛死死盯着他，手中的动作却没有停。他解开信鸽脚上的字条，看也不看，直接将那信鸽扔到一旁，双手将字条呈到了安盛平跟前。

安盛平接过那字条，借着月色，缓缓展开。他只看了一眼，俊朗的眉头便扭在了一处。接下来，不等福顺解释，便将字条折好，塞进了自己的袖口。

“你是左靖的人？”

福顺面色不改，“不是。”

安盛平仰头长吸了一口气，“我早该想到，宋慈暗示过我，说我们身边必有奸细，我原还抱着一丝侥幸，却不想，你竟是他的人！想不到，他的手伸得如此远……”

福顺并未明说自己真正的主人是谁，可安盛平已了然于心。

“我只问你，长乐乡这些日子发生的命案，是不是都与你们有关？”

福顺眼珠子转了转，“公子说的是哪一起？”

安盛平原本只是怀疑，却不想他竟真的承认了，不由惊讶道：“远的不说，董家，还有女鬼那案子是不是都和你们有关！”

“公子既然知道，我也不妨明说，方玉婷一案，我劝您还是别再继续追查了，其实那白樊便是个当替罪羊的最佳人选，偏那宋慈多此一举，非要细查，有个人交差不就好了，这又何苦？”

这话说完，别说安盛平，就连一向没什么表情的安广也在黑夜中瞪圆了双目。

“竟真的是你?！”

安盛平扶额，有种五雷轰顶的感觉，早先宋慈曾对自己说过，那暗示白樊效仿方玉婷的路人可能就在衙内，且在他们身边，话里话外，似乎有些暗指福顺。

白樊被捕时，曾在后院见到了那挑唆自己之人，而且他手上还有那棺材的草图纸。因此，宋慈将他们身边的人一一排除，认为福顺最有可能就是那潜伏在他们身边的细作。安盛平当时把此事压了下来，因为他心里多少存了些私心，认为这极有可能与自己的父亲兄弟有关，所以并不想搬到台面上，让过多的人参与其中。

宋慈是他的知己好友，自然了解他的苦衷，便也没再多追问。

“你们这么做，就不怕我真的不顾及亲情，把你刚才的飞鸽传书呈到圣上手中吗？”

福顺轻笑，“安公子，您莫忘了，若是我主子有事，您和整个安家也不会太平。况且您今晚没带上宋慈和徐大人，只一个人来见我，就已经表明了您的态度。一荣俱荣，一损俱损，都是一家人，您这又是何苦！”

福顺的语气中带着股有恃无恐的感觉，令安盛平十分反感。

安盛平拧紧眉头，将手背到身后，紧紧握拳，内心无比挣扎，不知究竟该不该将福顺缉拿。

“那方玉婷的幕后主使究竟是谁？和你们之间又有什么关系，你现在若是招认，我便从轻处理，留你一条活路！”

“活路？哈哈哈！”福顺仰头大笑道，“公子，这幕后主使我劝您还是不要深究了，他背后的人，根本不是您能动得了的。”

安盛平脑筋转得飞快，想着能与左靖和自己二哥安盛乾有关的，应该只有那五皇子一人才对。可区区一个皇子，在圣上面前也不太得宠，福顺凭什么这么大口气？

难道说，幕后主使真的另有其人！又或者，二哥还隐藏着其他的秘密！

方才安广从信鸽上拦截下的那封信，是福顺在井边救董裕时，从他脖子上扯下来的。而那封信上写的都是蒙文，安盛平虽不认识，可也能推断出这封信必定和左靖有关。否则也不会落到董家父子手中，还被董裕这般谨慎地贴身携带。

二哥和左靖都与五皇子私交甚密，那他们是否都与此事有关系？

细想，自从他们到了长乐乡，这短短几月发生了多少离奇的命案，本也没什么直接的关联，可若是这一切都是为了扰乱他们而布下的局……那这幕后的人，也就太令人心生畏惧了！

“动不动得了，不是你操心的，你只要告诉我，女鬼挖心案究竟谁是幕后主使？你们这么做，到底是为了什么？”

福顺嘲讽地叹口气，“有时，事情不止一面，害人可能也是为了救人，救人又有可能是害人……真真假假，谁说得清。”

他这话说了等于没说，把安盛平主仆弄得更糊涂了。

“你的意思是，之前我们查案的方向有差错？”

“倒也不是全错，宋慈确实有些本事，如果不是因为他，我们也不需要煞费苦心搞出那么多事来。白樊还是不够聪明，而董家那位小公子又聪明得过了头，反而露出了破绽。”说到这里，福顺摇了摇头，“我本想着这次人证物证俱在，你们肯定会拿夏望山当替罪羊。谁曾想还是被他看出了蹊跷，也算你们运气好，不然我今日传书的内容就会变成你们草菅人命，滥杀无辜，到时候上面派人来彻查此案，你们谁都跑不了！”

“这么说，陈小骞之死也是你的安排？可那日你也在董府，董兴邦父子都见过你，为何没人认出你来？”

“公子，您之所以养着这么多家仆侍卫，无非是为了给您办事，凭什么您可以，小的就不可以了？难道您真的以为我是一个人，所有的事情我都得亲力亲为不成？”

安盛平大惊，“你竟还有帮凶？”

“帮凶谈不上，拿人钱财，替人消灾罢了。”

安盛平沉默了一会儿，“这些人，是不是和你一样，就潜伏在我们身边？”

福顺不由得笑了，“若我说，那人不是别人，正是……”

他说着，仿似不经意地，将目光扫向了一直站在不远处的安广。

安广脸上没有任何表情，安盛平也只是冷冷一笑，“你若想挑拨怕是找错人了！别人也许会背叛我，但安广绝不会！”

“哼，你们倒是主仆情深，我倒是信安大人对您忠心耿耿，可您对安大人呢？那左靖不也是一直提防着董兴邦还有五皇子吗，他表面上与那二公子称兄道弟，其实背地……”

福顺的话没能说完，伴着夜空中一抹红光及一声长鸣，一条红色的线划破夜幕而来，直接穿透了福顺的背，又从他胸膛刺出，带着一阵血雨腥风，冲着安盛平而来。

安广反应极快，在福顺中箭的一刹那，他人已经一跃而起，挡在了安盛平的跟前。人跃起的同时，手自腰间抽出了那柄从不离身的软剑，照着那迎面而来的“红光”砍去！

红光与剑气相撞，一声巨响，火花四射，那红光直接断裂成了两截，掉落在地。福顺也在那羽箭落地的同时，颓然倒下，再无生息。

安盛平顾不上心有余悸，跑过去将福顺的尸身抱起。只见福顺胸前一个血洞，那箭自黑暗中来，其力道与精准度连射下信鸽的安广都无法企及。

“少主，”安广此时捡起了那支箭，箭身修长，白羽之上还悬了一条红丝带，这也是为何那箭会在黑暗中发出红光，“卑职记得，二公子身边的暗……”

“行了！”安盛平抬手，打住了安广要说出口的话，他看看周围，低声道，“今日之事，绝不可让第三人知道！尤其是宋慈……至于福顺的尸体，你立即处理掉，就说他请了辞，离开了长乐乡。”

安广微微蹙眉，但仍是顺从地低下头，“是。”

关于福顺已死之事，就这样被安盛平压了下来。尽管宋慈也有所怀疑，认为福顺极有可能就是那一再给他们使绊子的“奸细”，可当他问及时，安盛平执意让他不用再过问了。

宋慈从安盛平的反应看出了端倪，猜测福顺已遇了害，不过并未料及他是被人灭口的，且无论宋慈如何旁敲侧击，安盛平都咬紧牙关不肯松口，此事也只能就此作罢。

不过，解决了这潜伏在身边的细作，他们的心里多少也轻松了些。正好可以将注意力都放回女鬼挖心的案子上。

现如今可能被那女鬼盯上的人，就只剩下了那个叫柴峻的画师，他们只要守株待兔，就有机会将那女鬼绳之以法。可谁料到，女鬼那边还没动静，柴峻却和翟金玉一样，出事了。

那画师平日里就四处留情，总是以为人画像或是笔会为名，结交了不少富家千金。往常从没出过事，可谁知这一次，一位林家小姐竟已有了他的孩子！

那林小姐的家人自是不肯善罢甘休，派了十几个人来柴家评理，把他家能砸的砸，能毁的毁，柴峻自己也被打得面目全非，断了好几根骨头。若不是因为安盛平早就派了人在他家附近盯着，适时出手救了一把，他恐怕早就没了性命。

为了不打乱原计划，只好由徐延朔亲自出马，去林家把此事压下来，并找人暗中叮嘱左邻右舍，切不可将柴峻被打一事说出去，如果走漏半点风声，就唯他们是问。

但是纸终究包不住火，虽没人知道那柴峻究竟伤势如何，可他与林家的事，还是成了街头巷尾的饭后谈资，短短几日的工夫，就传得人尽皆知了。

就在安盛平他们急得宛如热锅上的蚂蚁，根本不知该如何是好时，柴家却收到了那女鬼送来的婚书。

那一日，柴峻已在床上躺了五日，他虽接了骨，但短期之内，根本不能下地。而且他那原本比女子还要细嫩娇俏的脸也肿得似猪头一般。

拿着好不容易收到的婚书，看着躺在床上比妖怪还丑的柴峻，安盛平觉得自己的头简直比他的还要大。

他们几经商议，最后想出的法子，竟是让宋慈去假扮柴峻，引那女鬼上钩。而那早就联系好的黄三川也会以家丁的身份去做内应，以便保护宋慈。

只要那女鬼一出现，事情就算成功了一大半。

日子过得很快，转眼，便到了三日后。

宋慈和黄三川早就搬进了柴府，替换了柴峻和那柴家原本的家丁邱刚。

至于那书童青时倒是没找人替换，一来，柴峻平日的琐事都是那书童料理，左右街坊都认得他。二来，柴峻被打，又被女鬼下了婚书，定是窝在家中不敢出门的，要是那青时再不出来见见人，就该惹人怀疑了。

为了不打草惊蛇，安盛平和徐延朔不敢明目张胆地留在柴家，只能加派了人手，乔装打扮成小商贩或是路人，不停地在柴家巡查待命。

不过因为那女鬼总是半夜才来，所以即便现在已经到了傍晚，宋慈也丝毫不见紧张。他百无聊赖，随手翻着柴峻书房里的书架，想找本书来打发打发时间。

因那柴峻是画师出身，所以家中虽藏书不多，名家画作却是不少。当然，这其中有多少是他自己掏钱买来的，又有多少是那些闺秀夫人们赠与的，就不得而知了。

宋慈找不到心仪的书，随手掏出个画轴来。

别的画只简单卷了堆积在架子上，唯独这幅放在一个锦盒里，又工工整整地用绢布做了个套子套好，想来定是十分珍贵。

宋慈将那画轴铺在案上，慢慢推开，看得出那画已经有些年头了，绢本设色，画布已微微泛了黄，但笔墨看起来又很新，似乎近日才修复过。至于那画上的内容，乃是一幅栩栩如生的美人图。

画中女子穿着件藕粉色的罗裙，斜倚在一处水边的栏杆前，一头黑瀑般的秀发，只简单地挽了个发髻，头上什么装饰也没有，只在耳畔别上了一朵鲜花。她侧着苗条的身子，手上拿着把绢粉的扇子，手臂轻轻垂下，点在平静的水面上，恰巧有条红色的锦鲤从水中冒出，张着嘴，去啄那扇子的边。女子眉眼低垂，虽看不清眼神，却仿似带着万般风情，一点朱唇轻启，像是要说些什么，却欲言又止，反而更加魅人心魄。

这是一幅相当有意境的画作，女子的妩媚中带着些娇俏，那条红色的锦鲤更是生动得好像活的一般。

可不知为何，宋慈觉得，那画中之人似有些熟悉……

仿佛，曾在哪里见过？

但即便他绞尽了脑汁，也想不起此人究竟是谁。

不过，美人总会有些相似，况且这画中的女子低着头，看不清她的真实面貌。

他继续往下看着那幅画，目光自画纸上扫过，视线定格到画的左下方，那里本该有作画之人的姓名章印，但不知为何，这画上只留了个相当别致的闲章。

宋慈自己也会吟诗作画，家里除了名章外，也有几个随手雕刻的闲章。

有时是为了好看，有时则是为了好玩。

可这样的闲章，他却从未见过……

“少爷，该用晚饭了！”

正想着，突然有人敲了敲大门，宋慈抬头，便看到了刚推开房门，正端着个托盘站在门口的黄三川。

宋慈向前走了两步，压低声音，轻轻道："辛苦三哥了，这几日让你受罪了。"

"受罪？那倒没有，我愿意给……"他说着，故意提高音量，"少爷效劳，要是换了别人，多少银子求我，我还不干呢！"

一番话，把宋慈逗得直笑，虽然黄三川语气夸张，但宋慈知道，他这人很真实，不是那种会溜须拍马的性格，所以从他口中说出来的，都是他的心里话。

宋慈将那幅画作卷起，收回原本的锦盒里，然后随手放在了案上，看着已被黄三川放到桌上的饭菜，微微露出个苦笑。

今晚，大概会是个不眠之夜吧……

子时，柴家大院。

院子里早早地掌了灯，只是这原本的新婚之夜，院子里挂着的却不是大红的灯笼，而是一排排白色的，宛如鬼魅般的催命灯。

今晚没有风，那灯笼一动不动地悬在那里，远远望去，在深夜中泛着昏黄的光晕，着实有些瘆人。

屋子里，宋慈穿着件红色的喜服，端坐在床沿，心情很是复杂。

他觉得自己此刻就像等着丈夫来掀盖头的小媳妇，既紧张又兴奋。

那喜服是和婚书一并送来的，正如之前那岳公子身上所穿的，是一件手工精巧、布料上乘的喜服。也不知那女鬼究竟做了多少件，她又想嫁多少次才罢休……

宋慈的脸上蒙着条白色帕子，只露出一双神采奕奕的眼睛和两道修长的眉毛。他的双眼很好看，但又不仅仅是好看。

他没有安盛平那深邃的眼眸，也不像安广长了一对勾人的狐狸眼，但他的眼神叫人看过之后久久不能遗忘。因为不论何时，那双眼睛里总是带着坚毅和睿智，似写满了千言万语，让人生出想去解读的冲动。

“少……少爷……”

那名叫青时的书童一直站在屋里，不过随着时间一点点流逝，青时知道，那女鬼随时可能出现。

“小……小的能出去吗？”青时觉得自己的双腿开始打战了，不知是因为夜里冷还是因为胆怯，整个人像刚从水里捞出来的一样，后背上湿了一大片，“您胆子大不怕，可是我……”

“你出去吧，”宋慈戴着面罩，说话时，声音有些闷，“不管发生什么，记住我之前交代过的话。”

“是，那您自己保重……”

从屋里退出来，青时战战兢兢地关了门，转身欲走。可刚一回头，就被满院子的白灯笼瘆出了一层白毛汗。

而且，比起那黑漆漆的夜色和惨白的灯笼，院子里还有个更吓人的人影——黄三川，不过现在应该叫他邱刚。此刻他正穿着一身黑衣，举着一把明晃晃的菜刀，瞪着一双大眼睛，在院子里走来走去地巡视。

这黄三川本就长得凶神恶煞的，再加上常年收人保护费，更是练就了一副让人望而生畏的嘴脸，他就算不说话，只瞪瞪眼、撇撇嘴，就能把人吓得够呛，何况他现在还拿着把菜刀，再配上这样的氛围，着实有些吓人。

青时打了个冷战，皱着眉，走也不是，不走也不是，只得低低地叫了一声："邱……邱……哥。"

黄三川回过头，一双眼睛在黑夜中闪着凶光，竟比那菜刀还要亮上几分，"何事？"

他声音很是洪亮，尤其是此刻周围静得几乎能听到一根针掉落的声音，他突然来这么一句，吓得青时缩了缩脖子，心道他哪是在等鬼，他自己就是个吓人的厉鬼啊！

"没事，只是打个招呼，邱哥您继续，我……我先回屋了。"

"嗯。"黄三川应了一声，转过身去，不再与他废话。

青时低着头，仿如大赦一般，加快了脚步，朝自己住处跑去。也许是他太过着急，又许是因为天太黑没看清路，他不小心踢到了草坪边的一块石头，脚下一绊，脸朝下摔了出去。

青时跌得够重，人也不够机灵，摔倒时忘了以手撑地，结果脸狠狠地砸在了花园的麻石小径上，只听到"咔吧"一声，鼻子着地，怕是直接跌断了鼻梁骨。待到再抬起头时，已是血流满面。

黄三川皱着眉，远远地看着他，满脸都是嫌弃。

"唉，够乱的了，你还……"他恨铁不成钢地摇摇头，又觉得人家都摔出血了，自己还落井下石有些不厚道，于是话说了一半便打住了，"真是的，怎么这么马虎！"

青时跪在地上，摸着淌血的鼻梁，只觉得一阵钻心的疼，鼻子又痛又酸，眼泪也跟着涌了出来，他那张脸扭曲着，又是血又是泪的，糊了一脸。

"呜呜……邱哥……我……"

待到他撑着地面坐好，这才腾出一只手摸了摸受伤的鼻梁子，看到自己那一手鲜血后，更是吓得连一句整话都说不出了。

“你什么你？赶紧的，回自己屋里擦擦去！”

“疼……”

黄三川拿着菜刀，往前走了几步，低头俯视着他那张惨兮兮的脸，“行了，别哭了，男子汉大丈夫摔一跤哭成这样，你至于嘛！”

青时不像黄三川，是个手腕子被人掰脱臼都能忍半日不吭声的狠主，被黄三川这么一说，反而更委屈，哭得也更厉害了。

黄三川见他变本加厉，也由一开始的嫌弃变成了不耐烦，有些动怒起来。他举起握着菜刀的那只手，朝他挥了挥，做出一个凶狠的表情，“有完没完啊！越说越来劲是吧！”

“邱哥，我……我……”

青时被黄三川举着菜刀的架势吓到了，咬着嘴唇，尽力忍着不哭，却不停地抖动着肩膀，似乎在无声地抽泣。他看着黄三川的眼神充满了恐惧，渐渐地那恐惧变成了震惊，他的双眼越睁越大，而且半张着嘴，完全忘了哭……

对于青时的这种反应，黄三川很是满意，他点着头，夸赞了一句：“这才差不多！”

青时颤颤巍巍地举起一只手，指着他身后的方向，连一个字都吐不出。

院子里白色的灯笼突然轻轻晃动起来，而本就很微弱的火苗则因为摇摆忽明忽暗，使得这诡异的夜色又添上了几分令人不寒而栗的气息。

黄三川顺着他所指的方向，转过了头。他只看了一眼，而这一眼，就令他全身的汗毛都竖了起来。

四个穿着红衣红裤，戴着红色高帽的人从天而降，像是四个披着夜色和月光的鬼魅，几乎不带一丝声响。

那四人的脸上都戴着面具，俱是由木头雕刻的，宛若厉鬼一样的面具。面具色彩艳丽，栩栩如生，别说那已经吓得说不出话的青时了，就连见过大场面的黄三川看了，也是瘆出了一身冷汗。

更恐怖的是，这四人每人的肩上都抬着一根粗重的圆木，而被那圆木所挑着的，正是他们一直在等的那口棺材。

那四人足尖微微点地，悄无声息地落在了院子的正中央。

他们落下的位置距离黄三川不过几步之遥。

"呜……"

就在黄三川僵愣在那里，惊讶得不知如何是好之际，为首的一个面具上点着红色朱砂的人突然自喉咙里发出呜呜的声响，那声音浑厚异常，低低哼出一个诡异的调子。

接着，他甩了甩袖子，手中凭空多了个黄铜摇铃，摇铃随着他的曲调轻轻摆弄，像是在给这来自地狱的歌谣伴奏一般，发出可怕的悲鸣……

足尖轻抬，四人开始哼着奇怪的调子一步步向前。而黄三川在这时留意到，他们走过之处，花草几乎在一瞬间就倒了下去。虽谈不上枯萎腐败，但蔫了倒是真的，总之……宋慈的推断定是没错，这四人的身上必是涂着什么有毒的药粉。

"哼，来得好！爷爷我正等着你们呢！"

他怒喝一声，举起菜刀，朝那四个抬着棺材的人直冲过去。

黄三川自认为武功底子不弱，再加上手持菜刀，起码在声势上是不输给他们的，可对方根本不屑与他混战，眼看他们朝着自己逼近，为首那两人中，一个手举摇铃哼着调子，另一个则突然伸出一直藏在袖口下的左手，朝他挥手一扬。

此时，黄三川注意到，朝他一挥手的人在这四人中算最高的，他不仅身形高大，还生得一副宽肩，十分精壮，足下一双赤红色的长靴，走起路来有些外八。

宋慈之前特意叮嘱过，叫他留意那抬棺的人当中，有没有一个这样的人，想不到他料事如神，竟真的有……

那人挥手的动作并不快，黄三川只见一团黑烟朝着自己面上扑来。和黄三川不同，那匍匐在他身后的青时本不知情，再加上害怕得张着大嘴，一副欲哭无泪的样子，自然是被那毒粉弄了一脸。

也不知那粉末究竟是用什么制成的，药效极强，青时都没来得及吭一声，就直接倒了地。

黄三川早在对方抬手的一刹那就屏住了呼吸，他从小生活在湖边，水性极好，闭气的功夫更是了得。他一边闭着气，一边又不甘心地朝那为首的两人胡乱挥了几刀，那朝他撒毒粉的面具人看起来没有一丝慌乱，镇定自若地站在那里，面具之下的眼睛不带任何表情，似乎根本不把他这个鲁夫放在眼里。

那拿着摇铃并哼着调子的面具人则明显有些紧张起来。为了躲避菜刀，他踉跄了几步，致使扛着的棺材左右晃动，险些连带着后面两人也站不稳。若不是撒毒粉那人坚定地扶住了棺材，说不定他们已直接在这院子里把棺材摔了，然后把那鬼新娘给摔出来……

黄三川微微蹙眉，心道这几人难道都不会武功?

只是，黄三川来不及进一步试探，想起宋慈交代过，他们今晚是以生擒活捉为目的，而他的任务则是暗中保护，切不可打草惊蛇。

于是，仅仅一瞬间的犹疑后，黄三川便马上佯装中了招，先是双膝跪地，而后闭了眼，倒了下去。他憋着气，闻不到气味，自然是清醒的。

突然他听到了开门声，料想是那四人将装着方玉婷的棺材抬进了宋慈的屋里。

接着，那四人又从里屋退了出来，踩着草坪，顺着方才来时的路返回去。

黄三川眯着眼偷偷打量着，他清晰地看到，那四人手中拿着抬棺用的木棍和绳索，一路小跑，接着将那绳索朝着院墙抛过去，许是那绳索的顶端有个钩子，那绳子牢牢地勾在了院墙上，四人拽着绳子，仿佛飞檐走壁一般，轻松地越过墙，消失在了夜色中……

屋里没有任何动静，黄三川仍趴在原地，一动也不敢动。他在等待最好的时机，等着可以爬起来的那一刻。

虽然他没有动，但屋子里的棺材动了。

宋慈安静地坐着，直直地盯着那口放在自己面前的棺材。

漆黑的棺木，伴着摇曳的烛火，一切都显得诡异且神秘。

他感觉自己的心像是在打鼓一般，几乎要从嗓子眼里跳了出来！

那棺材里躺着的，就是那假冒方玉婷的“女鬼”，她很快就会从棺材里爬出来，要了他的命，挖了他的心……

抑制住想去掀开棺材盖的冲动，宋慈抓着自己的双膝，双腿竟有些颤抖。

好在那“女鬼”没让他多等，就自己从那棺材里爬了出来。

宋慈坐在那里，只听到几声用指甲挠着木头的声音，那声音本不算可怕，但在这种氛围下听起来，着实刺耳。接着，那棺盖被人从里面推开，轻轻地打开了一道缝。

同样大小的棺材，宋慈之前也见过，当时他还试着搬动了一下那棺盖，可即便他是个男子，也觉得一人搬起那棺盖有些费力，更何况现在那棺材里躺着的，只是个年轻貌美的女子。

不过，这女子要是一点功夫底子都没有，又怎能连杀四人，还把他们的心活生生挖了出来?

随着那棺盖被打开，一股阴风适时地吹来，几乎吹熄了案上的蜡烛。火苗闪了几下，即便隔着那罩在脸上的白布，宋慈依旧可以闻到一阵扑鼻的花香。

那是栀子花的气味。

安盛平说过，那方玉婷生前最喜爱的就是栀子花。

而且那日在法源寺，他看到释空院子里种的花也是栀子花。

接下来，从那棺材打开的缝隙里探出一只手。

那只手很白，在这昏暗的室内显得尤为突出，就像打了光一样，白得不像个活人。纤长柔美的指尖上，描摹着鲜红色的丹蔻，更衬得那只手有种说不出的凄美神秘。

这只看似柔弱无骨的小手竟毫不费力地推开了那沉重的棺盖……

宋慈觉得，自己的血像烧起来一样炽热，方才那颗几乎要跳出喉咙的心，更是已激动得无法用语言来形容。

接着，那假方玉婷用双手撑住棺材两侧的木料，优雅地站起了身。

她的头上盖着顶大红色的盖头，上面绣着金色的凤凰。

那凤凰栩栩如生，每一根羽毛都像有生命力一般，在昏黄烛光的映衬下，仿佛要展翅高飞，飞上枝头。

宋慈站起了身，却连一步也迈不出……

他很想走过去，揭开那火红的盖头，看看那盖头下，究竟是一张什么样的脸！

盖头下的人，似乎是觉出了他的窘迫，痴痴地笑了，不等他过来，就优雅地伸出那白皙纤细的右手，自己将盖头掀了起来。

那是一整套的凤冠霞帔，大红流苏镶嵌着宝石的金饰……而这些华美的装饰丝毫没有夺去她本身的光彩，她是个极美的女子，美到仿佛有那么一刹那，宋慈觉得自己根本不是见了“鬼”，而是遇到了仙女。

除了那下落凡尘的仙女，世间又有哪个女子会有这般姿色！

那“女鬼”轻轻抬起一只手，用藏在红袖下的玉指微微掩住嘴角，柔柔地一笑。

宋慈的眼中，突然闪过一丝惊讶。因为直到此刻，他才突然发现，这女子的面容竟有些熟悉，她赫然就是白日里在柴峻书房中见过的，那画像上的女子。

如果说，那画上之人就是她，便只有两种解释说得通了。

第一种，柴峻之前就见过她，所以才把她画在了画上，以解相思之苦。可若是这样的话，这女子岂不是早就和柴峻相识？她若是见过柴峻，那不就识破了他这假冒的身份？

至于第二种可能，那就是画上之人真的就是方玉婷，而这女子是刻意装扮成她的样子来迷惑受害人。但是这不可能！若那画上真是方玉婷本人，这画起码得是十年前的，那时候的柴峻才多大，他可能见过方玉婷吗？况且，眼前这女子若是方玉婷，十年过后，怎会容颜未老，仍是如此国色天香？

而那女子接下来的反应，则直接否定了第一种可能。

她看着他，轻轻举起一只手，似乎是在邀请，轻柔而又妩媚道：“官人。”

宋慈一个激灵，只觉得手臂上的汗毛都竖了起来。

他苦笑着蹙起眉头，“姑……姑娘……”

那女子也不羞涩，款款扭动腰肢，朝他走近，却在看到他脸上蒙的那块白布时，微微皱起了眉，那样子看起来叫人忍不住心生怜惜，“官人这是何意？今日你我大婚，为何要在脸上蒙一块白布呢？”

“这……”宋慈摸摸自己的脸，故意支支吾吾地解释道，“还请姑娘见谅，小生前几日不小心跌了一跤，把脸磕破了，我怕吓着姑娘，所以才……”

她眼珠一转，方才还带着些许愠怒的唇边突然挂上一抹笑意，虽然她确实够漂亮，那笑也掩饰得极好，可宋慈还是从她眼中看到了不屑。

显然，她也听闻了那柴峻挨打的事，因此很清楚他脸上的伤是被人打的，而不是摔倒弄的。

“这可如何是好，你我洞房花烛，却要遮上这么一块破布，实在是太煞风景了！”

说着，她极其自然地走过去，在他面前微微俯身，装作关心地伸出手，轻抚上他的面颊，“疼吗？”

宋慈摇了摇头，痴痴地看着她，“不……不碍的。”

那“方小姐”见他这副表情，以为他和那些登徒子一样垂涎自己的美色，已经上了钩，似是得意地笑了笑，然后以自己的右手牵起了宋慈的手。

她的手比想象中还要柔软，一点也不冰凉。

而且宋慈注意到，从刚才起，她便一直只使右手，不管是推开那棺盖，还是掀起盖头。她的左手似乎羞于见人，一直偷偷地藏在袖子里。

“来，官人坐！”

她牵起他的衣袖，扯着他，一起坐到桌边，随手拿起早就放在那里的茶壶，倒了两杯茶水，一杯放在宋慈的面前，一杯自己举了起来。

“今晚虽没有酒菜，但我们以茶代酒也是一样的，还望官人不要嫌弃我这身死之人，以后可要好好待我。”

说完，也不等他回应，就直接一仰头，将那杯早就冷了的凉茶一饮而尽。

“官人！”见宋慈不肯喝茶，她索性将那茶杯举起来，轻轻递到了他的嘴边，“官人，你就喝一口吧。你不喝，莫不是嫌弃我……”

宋慈本不想喝，因为怕她在水中下了什么药，到时候就算不死，人迷糊起来，也会影响他的判断力和临时反应。

“我若是饮了此茶，会怎样呢？”

既然不能拒绝，那不如以退为进，宋慈干脆也不再隐瞒，说出了自己内心的担忧。

“方玉婷”嫣然一笑，又距离他更近了些，那双如秋水般的眼眸紧紧盯着他，“官人何出此言？喝了这杯茶，就表示我们是夫妻了！

难道，官人嫌弃奴家？”

“姑娘，不是我嫌弃你，实在是小生高攀不起！恕我直言，你已经嫁了四人了，而据我所知，这四人的结局，似乎都不太……”

“方玉婷”眼珠一转，嘴角微微上扬，旋即化作一个哀伤的笑容，“官人有所不知，我与那四人无缘，他们都不是我命定之人，所以才会被厉鬼所害……但是官人你不同，我相信，这一次不会错了，你一定就是我那命定的夫婿！”

“厉鬼？”

“正是，我虽故去多年，却从未害过人，那杀了四位公子，又将他们的心挖了去的并不是我。但此事确实因我而起，所以对于那四位公子的死……奴家也……”

她说着，竟掉下了泪，不知何时，从袖口扯出一条淡粉的绢帕，轻轻擦拭着眼角的泪痕。

那帕子带着一股异香，宋慈嗅了之后，身心恍惚起来。于是他赶紧将那茶杯端起，一饮而尽。一杯凉茶下肚，人也稍稍清醒了些。

“可姑娘又怎能确定，我就是你那命定之人呢？”他尽量让自己的声音听起来有些胆怯，毕竟此事关系着身家性命，不论是谁，都不会轻易相信。

“方玉婷”脸上还挂着泪，听他这么一问，反而痴痴地笑了。

“官人有所不知，我有一宝物，可验出你我二人是否相配，若是官人愿意，我便给你演示一番。”

“哦？”这一次，是真的勾起了宋慈的好奇心，“是什么样的宝物？”

“就是它！”

“方玉婷”说着，自发间取下一枚金簪，那簪子乃是纯金打造的，垂着细细的流苏，钗头处镶着一颗红色的珠钿，宛如凤凰泣血，凄美而华贵。

这金簪虽华美，但并没什么特殊之处。

可宋慈见了，顿时眼睛一亮。因为，他想起了那几位受害人手上的伤口。他当时猜测，那几人都被簪子扎破了手指，而现在，这“方玉婷”将此物拿出，自然也是想来扎破他的手指了。

“这无非就是根金簪罢了，怎会是宝物？”宋慈努力掩饰住内心的兴奋，佯装不解道。

“官人可不要小看这簪子，有了它，便知你我是否契合，有没有缘分做一对跨越阴阳的夫妻。”

“哦？”

“官人不信？”

“还请姑娘原谅，只是单凭一根金簪……小生实在是……”

“不妨，那就让奴家给官人演示一下，你便知晓了！”

她说着，看看那桌上方才饮过茶的茶杯，“官人此处可有清水？”

宋慈虽没有备酒，但清水还是有的。

“有，我夜里不喜饮浓茶，所以总是命人备上一壶清水，就放在床头那矮凳上，方便夜里拿取。”

“既然如此，还请官人借这清水一用。”

她说着，等宋慈将那清水取回，而后用那清水将茶杯轻轻冲了一遍，这才将清水注入杯中，放在了二人面前。

“姑娘用这清水作甚？”

“官人你看……”她说着，将那金簪举到眼前，不知按下了什么机关，只听“啪”的一声，那簪子上的赤红珠钿打了开来。

那珠钿内部有个小小的凹槽，里面盛着的，竟是鲜血。

她手腕一翻，那血便滴入了清水之中。血遇水微微散开，在那杯中绽放开来，那纷飞的血丝，晕染出一片鲜红，丝丝绕绕，美不胜收。

宋慈似乎明白了她要做什么，却不明白她这么做的目的是什么，因此拧紧了眉，思绪纷飞起来。

“官人，这乃是奴家的心头血，现在滴落在了这杯中，若是官人的血能与奴家的血相融合，那便说明，你我二人是命中注定的一对！”

“心头血……”

宋慈喃喃地低吟，看似是在询问，实则是在自言自语。

这簪子里的绝不会是她的血，若真是，那何须多此一举提前备好，只需临时扎破手指不就可以取得了？还说什么心头血……若真是女鬼，哪来的鲜血！

所以，她只是一个饵，就像传说中的海妖，它们会吃掉美人，然后把美人的头颅绑在自己身上，用漂亮的人脸来诱惑他人上钩，而真正的妖怪就潜伏在水下，等着把潜入海中的人吃进肚里，撕成碎片……

“官人……官人……”

正想着，那“方玉婷”一声声的呼喊越来越近，他猛地抬起头，发现她几乎已经贴到了自己身上。她那透着花香的气息扑面而来，带着一股浓烈的诱惑味道。

“姑娘，你该不会，要用这簪子扎了我的心吧……”

说着，顺势执起她的双手，并暗暗捏了一下她藏在袖口里的左手。

和右手的柔软纤细不同，那左手却是说不出的冰冷与坚硬……

她这袖子里果然藏着东西，而且就是杀了那四人并将他们开膛破肚的凶器！

“官人，你说到哪里去了！”

“方玉婷”面露娇嗔，轻轻捶了捶他的胸口，借机抽回自己的左手，默默藏在了身后。

两人的面上虽都带着笑容，却各藏心事，全都在演戏，只看谁能骗过谁。

“哦？那姑娘此话是何意？”

她凤眉轻挑，睨眼看了看他的手。那手十指修长，干净之中又透着书卷气。平心而论，她虽还没见到这“柴峻”的脸，可他只凭这双手还有他那副眉眼，便在过去那几人中拔了头筹。

虽早就听闻这姓柴的细皮嫩肉，比一般女子还要娇美几分。但如今见了本尊，反倒不觉得有什么阴柔之气，只是文人气息颇重，又有些胆小怕事。

可偏偏，他这双眼又生得太过好看……那眼神仿似四月里的春风，带着温暖和阳光，直看到了她的心里，让她有了久违的心动。

这感觉，已经许久不曾有过了。

想到这里，她突然觉得有些脸颊发烫，不禁面红耳赤起来。想不到自己竟会对一个陌生男子有感觉，这要是传到那人的耳朵里，岂不是坏了？

可一想到那人，她的心不禁又凉了一半。

纵使她真的夜宿在这“柴峻”的床上，他怕是也不会为此生出一丝妒忌。

因此，她不再犹豫，伸手执起宋慈的一只手，将那金簪的簪头对准他的无名指指腹，轻轻按了下去。

“奴家怎么舍得让官人受伤，所以只要在这指头上一扎，有几滴血便够了。”

“既然如此，那就全听姑娘的。”

簪头扎进皮肤，那痛楚随即遍布了宋慈的全身，从指腹传到了手臂，又从手臂攀上了心头。血液堆积成珠，随着她拔走金簪的动作，从那指尖滑落，滴进了杯中。

杯中之水清澈无暇，那杯中还散着“方玉婷”的“心头血”，宋慈指尖的血滴落进来，在水杯中打了几个转，然后悄无声息地沉了下去，与四周那“心头血”并没有融合到一起。

“方玉婷”似乎没想到会是这样的结果，她有些不敢相信自己的眼睛，复又举起那杯子，轻轻晃动了几下。

但即便如此，两人的鲜血仍始终无法融于水中，化为一体。

那“方玉婷”瞪大双眼，完全不相信自己所看到的，她甚至有些失神，全然忘了要装装样子。

宋慈觉得她的反应有些耐人寻味，为何她就如此笃定自己的血会与她带来的那几滴血融合？按理说，她并没见过这柴峻本人，却似乎对他的血早就有了了解。

“不对！这不可能！”

正想着，便见那假扮的方玉婷气急败坏地站起了身，她红袖一扫，将那桌上的茶杯、茶壶一起扫了下去，那盛着两人鲜血的杯子掉落在地，血水洒了一片。

宋慈没料到她会有如此大的反应，抬头再看她时，方才还温柔如水的脸此刻却写满了戾气，那双微微挑起的凤眼里满是杀机，似恨不得将他生吞活剥了一般！

“说！”她冷冷道，“你究竟是谁？”

宋慈蹙眉苦笑，“我还能是谁，我便是柴峻。”

“胡说！”

没了伪装，那“方玉婷”不再温柔妩媚，她藏在袖口中的左手猛地挥起，直接朝着宋慈刺过去。

恍惚间，宋慈就见那火红的身影一跃到了自己跟前，那袖口中似有银光一闪，接着一股带着杀意的冷风直接扑面而来。

那“方玉婷”身形诡异，当真犹如鬼魅一般，速度极快。就在她出手的一刹那，一道人影突地从窗外飞身进来，伴随着一声长鸣和一道闪电般的光辉，令人刹那间被震慑得失了神。

那人身着一袭黑衣，相当魁梧，面容乍看起来，竟有些狰狞，反倒比她这假扮的女鬼还要骇人几分。

可笑的是，他右手持了把菜刀，看起来并不像是个会武功的人，反而更像是一个市井流氓，随意寻了件武器要与人拼命。

“哼，想不到你还有帮手！”那假方玉婷的脸上露出鄙夷的笑容，似乎全然没把他们放在眼里，“正好，好歹夫妻一场，你一人下去还有些孤单，有个人陪你，我也放心了。”

话音刚落，人已闪电般出手，这一次，她再不会给对方机会，几乎一上来就破了黄三川所有的招数，差点令他招架不得。

黄三川本想着怜香惜玉，尽力不去伤她，可几招过后，发现这女子的武功竟不凡。她身法诡异，而且那藏在袖子里的左手也有些奇怪，因此免不得加倍小心起来。

又是几个回合过后，那女子的体力渐渐有些不支，开始节节退败，几乎被逼到了墙角，与那停在屋里的棺材越靠越近，黄三川心道不好，万一她只是佯装招架不住，实则是想从那棺材里取出什么凶器就糟了！

所以，黄三川不再犹豫，使出全力举起手中的菜刀，照着那女子的门面砍去。

他知道，女子都是爱美的，尤其是像她这种美人，自然更在意自己的容貌。她也许不怕死，但必定怕有人毁了她这倾世的容颜。

果不其然，那女子见他一刀接一刀只砍向自己的脸，连忙后退。

见她恼羞成怒，黄三川趁着她分心，腕子一翻，原本看起来是对着那头上而去的菜刀，竟虚晃一下，直奔了她左侧的手臂……

方才过招时，黄三川偶尔不小心碰到了她左侧的手臂，但全都被她巧妙地避开了。不过他早就看到了似乎有些微微反光的袖口。

那描摹着金丝花边的红色嫁衣下，必定藏着什么绝杀的武器，那是她最后的杀手锏，所以不到万不得已，定然不会轻易亮出来。

现在，就是那万不得已的时刻。

只听“哐当”一声，当那菜刀几乎毫无偏差地砍在她左臂时，她终于亮出了最后一招。

黄三川自认力气不算小，而且方才那一击，他是卯足了全力的，谁知那菜刀砍到她左臂上，竟被硬生生地弹了开来。那冲击力，震得他拿着菜刀的右手一阵酸麻，险些失手将那菜刀扔了出去。

“什么鬼东西！”

黄三川大叫一声，后退两步，定住身形，死死地盯着她那毫发无伤的左臂。

令人惊奇的是，从那红色嫁衣中显露出来的，不是白皙如玉的肌肤，更不是流血的伤口，而是一件似铁器之类的……他不知该如何形容，因为那似乎并不像是他想象的那样，那不是什么武器，而是……

她身体的一部分。

身后的宋慈原本一直关注着这两人的交战，此时，也被那“女鬼”袖口里的东西吸引了注意力。他直勾勾地盯着她那手臂，她的左手自指尖开始，一直延伸到肘部，竟都包着一层铁皮。

难怪那袖子下的左手摸起来既冰冷又坚硬，原来，那根本就不是她的手，而是一只铁手套。那手套紧紧地包裹着她的左侧手臂，完美地贴合着她的肌肤。

“哼……”

“方玉婷”嘴角勾起了笑，这一次，她的笑容是那么阴森恐怖，倒是真的符合她那女鬼的身份，看起来可怕至极。

“你看到了？”

她笑着，一把撕裂了那已经破口的衣袖，将自己的左臂大大方方地呈现在他们面前。

黄三川皱了皱眉，回头看了一眼宋慈，“公子……”

宋慈举手，示意他少安毋躁，因为比起继续缠斗，他更想当面向这位“方小姐”询问几个问题。

“你就是用这只手，挖了那几人的心？”

“若不是它，你以为单凭一双手，我就能把人开膛破肚不成？”

虽然宋慈的脸上蒙着白布，但从那双眼睛，可以看出他现在正挂着笑容，“这么说，你承认自己不是鬼了。”

“我是不是鬼不要紧，”她也笑了，那笑刺骨冰冷，不带一丝一毫的感情，“我只知道，你定不是那柴峻！”

她没有正面回答宋慈的问题，但也没有否定。

“哦？你怎知我不是，难道……你识得柴峻？”

“你这么说，就是承认你不是那柴峻了？”

她倒是机灵，把方才宋慈回答自己的话，又原封不动地回敬了过来。

宋慈当然也没回答，不过此时此刻，已经是心照不宣了。

三个人俱都沉默不语，安静得甚至可以听见从窗棂吹进屋内的微风，桌上的红烛摇曳，火苗微微闪动，所有的情绪都如飞箭在弦，蓄势待发。

安盛平他们自然不会放心黄三川一人来保护宋慈，只是若他们太接近，怕是会打草惊蛇。不过宋慈和黄三川都清楚，援军很快便会出现，要是徐延朔在，那“女鬼”马上就会束手就擒。

那“女鬼”自然也明白这个道理，这人既然不是柴峻，那今晚必定是个设好的局。况且，方才那抹强光与声响，无疑便是他们放出的信号，为的就是呼叫援兵。

所以，她必须速战速决。

不等对方动手，她举起左手，做出个黑虎掏心的架势，脚下用力一蹬，跃起身形，直奔那黄三川而去。

黄三川则窥准机会，再一次变被动为主动，在那女子错身后退之时，一把抓住了她那铁腕，然后使出全身力气，将她猛然拉向自己，想以一记过肩摔彻底将她撂倒在地。

那女子的身材虽玲珑有致，但重量很轻，黄三川将她举过头顶时，只觉得自己像是举起了三两棉花，还不如一袋米的分量重。

他心中大喜，认定这次便可生擒活捉了她，但他却忘了一件事——她是“鬼”，而鬼都是飘于无形的。

她飞身越过黄三川的头顶，却没有像他想象中那样颓然倒地，而是脚尖轻轻一点，嫁衣的裙摆飞扬出一个优美的弧度，稳稳当当地落在了地上，并恰巧抓住了他背对着自己的这个瞬间，身子一扭，反手对着他的后背便是一掌。

幸好黄三川抓住的就是她那戴着铁手套的左手，倘若他身后那掌是那左手打的，说不定那铁手已穿过身体，刺破了他的胸膛……

饶是如此，他仍是被这奋力一击震得一阵锥心的痛，紧接着便吐了一口鲜血，踉跄着往前摔了下去。不过他在倒地的刹那反手一扬，将那菜刀朝着对方掷了过去。

那女子躲闪不及，菜刀紧贴着手臂飞过，撕破了嫁衣，在她雪白的内衬上划开了一道破口，纵使不深，却仍旧渗出了斑斑血迹。

然而出人意料的是，那女子竟没有乘胜追击，更没有在黄三川倒地之时乘人之危，反而在被一击击中后，一个跨步跃身到了宋慈面前。

生死一息间，宋慈心道，若那女子要杀了他，他根本就没有招架的能力。

她原本凤冠霞帔，穿戴整齐，却因几番打斗乱了发丝，就连那涂着胭脂的脸颊，也挂上了盛怒和疲惫。此时的她，面色狰狞恐怖，宛如一头猎捕的母狮，眼中尽显杀机。

宋慈不会武功，更不敢以硬碰硬，见她扬着利爪猛扑过来，只得向后倒去……

他的颈间掠过一股阴冷的寒风，若是他反应再慢上一瞬，怕是此刻已被她划破脖颈，人头不保！

不过即便如此，宋慈的喉头上还是被那锋利的铁爪挠出了一道血痕，而随着她的不断进攻，脸上那块白布也不慎碎成了几块布条，分散落地。

“是你！”

就在他倒地的一刹那，那女子终于看清了他的脸。

她只看了一眼，孰料这一眼，却仿似见了鬼一般，令那女子忍不住喊了出来。

窗外风声骤起，强劲中带着戾气，那女子是练家子出身，自然明白已有高人正往此处赶来。于是她不再犹疑，又回头看了宋慈一眼，从方才被黄三川撞破的窗棂处飞身一跃而出，消失在茫茫夜色中。

只是片刻的工夫，两道黑影已跃入院中，直接进了屋。

那两人全都穿着黑色的劲装，为首一人宽肩雄伟，散发着阳刚之气，正是那徐延朔。而紧随其后的，却不是安广，而是难得一脸严肃的安盛平。

“惠父兄！”

此时宋慈正要从地上爬起身，安盛平赶忙过去将他一把拉了起来，眼神里写满了关切，“可有受伤？”

宋慈苦笑着点了点头，直到此刻，他才发现自己的脖子上挂了彩，被风一刮，竟有些刺痛。好在用手摸了摸，不算严重，只是轻微的皮外伤罢了。

“三哥没事吧？”

比起自己，他还是更关心那吐了血的黄三川。那女子被他逼急了，想必是用了全力给了他一掌，也不知他能不能挺住。

黄三川此时已被徐延朔搀扶了起来，脸色虽有些苍白，但行动还算自如，应该是没有大碍。

“徐大人！”宋慈这才放了心，朝着徐延朔使了个眼色。

徐延朔知晓他的意思，点了点头，飞身追了出去。

“你是否套出了什么线索？”

安盛平搀扶着宋慈坐在床沿，本想尽快询问他有什么发现，可看到他那不断渗出小血珠的脖子，便叹了口气，四下望了望，看到那床上的锦被，二话不说地摊开来，扯了块里面的内衬下来。他也不等宋慈招呼，自己上前几步，俯下身，帮他稍微处理了一下那脖子上的伤口。

“好了，现在可以说了，”安盛平这才提了把椅子，坐在了他的面前，“有什么线索吗？”

“先不说这个，我想去看看那棺材。”宋慈心里一直对那放在棺材中的箱子耿耿于怀。这次那“女鬼”是只身逃走的，所以那箱子想必还在棺材里。

“好，我扶你过去。”安盛平伸出一只手，搭起他的手臂。

“唉，不用，我不碍事。”

“说的什么话！再有一寸，您这脑袋就掉了！”

见他眼中带着微微的愠怒，宋慈苦笑着摇了摇头，不好再与他辩驳，于是便被安盛平搀扶着，走到了那棺材的跟前。

棺盖敞开，斜倚在一旁，那棺材里赫然摆放着一只木匣，不知为何，那木匣的周身还散发出微微的白烟。

“奇怪……”

宋慈刚要伸手去拿，却被安盛平挡了一下。因为做好了要与那“女鬼”搏斗的准备，所以他今夜也没有空手前来，而是提着把青龙宝剑，那是他家的祖传之物，价值连城，锋利无比。如今被他这么个一身劲装的侠士握在手中，更是散发出一股势不可挡的英气。

此时，他拦住要以双手去探物的宋慈，生怕那惯用毒烟毒药的“女鬼”在那木匣子上做了什么手脚。拦住宋慈之后，他便掩着口鼻，以自己手中的宝剑远远地将那匣子的盖子猛地掀了开来。

出人意料的是，那木匣中并无暗器和毒物，只有几块冒着冷气的寒冰。

这个时节，竟能弄到冰，安盛平倒抽了一口气，不禁又对那幕后之人的身份产生了好奇。

“原来是冰。”宋慈看着那冰块，终于明白了那些棺材中留下痕迹和水渍的原因，同时，也联想到了一个他一直刻意回避的问题，“这冰该不会是……”

安盛平当然明白他所指的是董兴邦家的那口冰窖，也明白自己一直压着福顺的死，宋慈早有怀疑。

“他们往棺材里放冰干什么？”

宋慈苦笑，明白安盛平是不打算作出任何解释了，“看来，他们是以这木匣来保存那挖出来的心……”他这么说着，突然意识到了什么，连瞳孔也因为激动而瞬间放大，放出奇异的光芒。一直无法弄明白的事，顷刻间都明朗了。

“我怎么早没想到！”宋慈激动得推开安盛平，径直朝着院子跑了出去。

安盛平和黄三川不知他要干什么，惊得赶紧追了出去。

那青时还躺在院子里，趴在草坪之上，睡得正香。宋慈绕过他的身子，转身进了旁边的书房。

“你这是何意？做什么事之前能不能先吱一声！”

安盛平紧随其后，追了进来，见那宋慈手上多了个画轴。

宋慈的脸上带着抹灿烂的笑，像个找到了宝藏的孩子。那一刻，安盛平竟在恍惚间又看到了多年前那个年少的他，仍旧是那么意气风发，那么自信睿智……

安盛平的心，好似在平静的湖面，投下了一颗小小的石子。虽然看起来微不足道，但那湖面上泛起的阵阵涟漪扩散出了巨大的波纹，令他久久不能释怀。

抛开宋慈的发现不谈，且说那假扮的方玉婷趁机从窗棂跃出，几步便来到了那院落边缘，踩着院子里的一个石凳，直接一跃而上，轻轻松松地攀附到了墙边的一棵矮桃树上，然后用那铁手往墙头一扒，手指抠进墙壁内，竟将那石墙生生挖出四个洞来。接着下半身用力一跃，便攀附着墙头，飞身上了屋顶。

此时方才打过更，乃是子时。夜风袭来，即便是盛夏时节，也仍让人觉得有些阴冷。

她一袭大红的嫁衣，如同鬼魅般施展身形，在那屋顶轻松跳跃，如履平地一般。她脚下迈开步伐，又是一跃，从一处高楼落至远处的一处矮宅。因为落差略大，免不得发出了一些轻微的声响。

恰在这时，一打更人自那矮屋前的小巷走过，一抬眼，便瞧见个红衣红唇的艳丽女子从屋顶上站立起来，带着股高高在上的姿态，傲视着脚下的一切。

今晚月圆，月光打在她鲜红的嫁衣上，仿似为她勾勒出了一道美丽的光晕，她的周身散发出皎洁的光芒。

她低头看着那打更人，脸上不带丝毫的表情，眼中却是不屑一顾的冰冷。只一瞥，便又匆匆展身，消失在了茫茫夜色。只留下那打更的人发愣地站在原地，也不知自己是见了鬼，还是遇到了下凡的仙女。

风声呼啸而过，吹拂着她的发丝和她那嫁衣上的流苏，才用了不到一炷香的时辰，她就接连穿过了几条街，来到了离那柴家足有几里地远的城西。

与那富贵人家聚集的城北，以及繁华的城南不同，城西不仅人烟稀少，而且贫穷落后，住在这里的也都是些贩夫走卒，处在社会的最底层。

这里都是些破烂的茅草屋，屋顶也都是随意搭建的，实在不允许她继续像方才那样飞檐走壁，于是她落回了地面，只是速度仍未减缓。

她似乎很是熟悉这里的地形，穿街道，绕小巷，又兜了几个圈子，在确认了身后无人跟踪，这才神色匆匆地拐进了一条极其偏僻的街道，径直走到了街角最深处的一间破瓦屋门口。

那屋子虽然破旧，但放眼望去，在城西这种地段已算好的了。只是，那屋里连一盏灯都没有，即便推了门进去，里面也仍旧是黑漆漆的，连鬼影都没有半个。

她用那右手扶着墙壁，缓缓地迈进屋内，借着从残破的屋顶照进来的几缕月光，小心翼翼地朝着里屋走去。

突然，一只手从黑暗中探出，猛地从后面一把将她拉住，那“方玉婷”倒抽了一口气，却没有反抗。

紧接着，她便跌进了一个冰冷的怀抱。

那抱着她的人咬着她的耳朵，在她耳畔传来呼呼热气，手上的动作也娴熟老练。那人的胸膛坚实如铁，长衫下的肌肤犹如丝绸一般光滑紧实，但他完全不带丝毫感情。她趴在他的胸口上，用脸颊紧贴着，能听到他胸腔中如鼓点般的心跳声。

可她却听不到那颗心在说些什么。

他既没有温度，也没有爱。

她于他来说，只是一个替身，一个随他操控的玩偶。

可即便是这样，她仍旧舍不得离开他。他是她的主人、她的神明、她的一切……

他的手指仿佛带着一股神奇的魔力，牵引出了她灵魂深处最深切的渴求。然后，他用那双强壮有力的手臂提起她那几乎瘫软在他怀里的身躯，俯下身，含住她微微张开的朱唇。

红色的嫁衣被粗暴地拉下，即便是在黑暗中，那手仍是熟练地找到了她铁臂上的机关，只轻轻一按，便听得“啪”的一声，那包裹在她左臂上的铁手便从侧面裂了开来，分成了两半。

她迫不及待地将那铁手脱下，扔到地上，然后一把抱住他的脖子，踮起脚，迎合着他的亲吻，与之纠缠到了一处。

然而不管她多么热情似火，都无法动摇那早已冰冷的心。他的手是温的，唇是热的，身体是滚烫的……可他低着头俯视着她的那双眼睛，却空洞得仿佛正透过她的脸，看着另一个灵魂。

一番云雨之欢过后，他平静地站起身，整理好散乱的衣衫和发丝。而躺在地上的她，瘫软如泥，像是一只柔若无骨的猫，蜷缩着身子，仍在回味那蚀骨的销魂。

“东西呢？”

月光下，看不清他的容貌，即便只是听他的声音，也能感觉到一种傲视一切的威严。

她爬起身，匍匐到他的脚边，轻轻地环住他的一条腿，用自己的脸颊磨蹭着，“失手了。”

“你说什么！”

那不带感情的声音，提高了几个分贝。

“有人使乱，”她见他没有当场翻脸，心里偷偷生出了几分喜悦，“是那姓安的小子！他安排了人假冒柴峻，不过被我识破了。且不知为何，明明撒了药，却有个人没晕，还提了刀进来与我拼命，那人功夫极好，我险些……”

她见他没有阻挠自己，以为他虽然生气，却并未责怪她。于是便开始喋喋不休地想将今晚的事情悉数告诉他，让他知道自己尽了力。

可谁曾想，不等她说完，他就俯下身，猛地一把掐住了她的脖子。

惊愕间，她甚至忘了反抗，又或者说，在他面前她根本无力反抗。

总之，不知这样掐了多久，久到她几乎断了气，直到她将要瘫倒在地之时他才松了手。

她猛烈地咳嗽了一阵，待到抬起眼，便见那月光下的脸露出了前所未有的杀气。

方才，他是真的想杀了自己……

想到这里，她原本说过不在意的心又心痛起来，仿佛这一掐，掐碎了她最后仅存的一点自尊和希望。

“你有没有漏了底？说了些不该说的话！”

“没……没有……”她捂着脖子，眼圈有些发红，却又坚强地忍着，不肯掉泪，“他们是想套我的话，问我到底是不是鬼，我没答，因为我也看出了那小子不是柴峻！”

他皱起眉，英俊的脸上仿佛遮上了一道阴影，“你是如何知道他是假冒的？”

“血不溶。”她说道，“我用簪子扎了他的手指，他的血和那血丝毫没有融合，所以我便知道，他肯定是个假的！”

她自认为聪明，想以此邀功，让他知道自己并没有露出马脚，可偏偏，这便是最大的破绽。

他负气冷笑一声，嘴角勾起一个冰冷却好看的弧度。

他的唇透着薄凉，眼神锐利得仿似一只鹰。一只翱翔在高空，俯视着一切的鹰。

“你回去吧，近期不要有任何动作，挖心这件事，暂时先搁置一段日子。”

直到此时，那女子才意识到事态的严重，原本讨好的媚态也化作了着急和担忧，“怎么回事？为什么要等？我不过就是失手一次罢了，那柴峻不行，不是还有别人！你不是有那些人的名册，只要血能融……”

“够了。”

他抬手，示意她不用再说，然后转了身，跨步朝着屋外走去。

“你别走！”她不顾自己衣衫不整，狼狈地从地上爬了起来，一个箭步跑过去，从后面扯住了他的衣袖，“别……求求你，再给我一次机会！”

那声音里满是哀求，她急得几乎要哭了出来。

原本他的一只脚已经迈出了大门，但不知为何，又突然扭转了回来。

他看着那怔怔望着自己的女子，只要他一句话，就算让她杀了自己最亲的人，她怕是也不敢有一句怨言。

这样的人，他留着有用。更何况，她确实和她有七八成的相似，尤其是在这样的夜晚，迷乱的激情……

“不是说就此罢手，只是要再等上些时日。最近那安盛平小动作不少，而且他那位朋友虽然来历不明，有些神秘，但看安盛平和徐延朔对他的态度，很明显是对他相当看重。等过了这段时期，我们再另寻办法。”

她没想到他能返回来安慰自己，甚至没想过他会为了她停下脚步，一时间她不知该如何是好，那含在眼眶的热泪也终于忍不住掉了下来。她觉得，自己在他心里，说不定也有了些分量。

“可我们能等，那人却……”

他用手指轻轻按住她的唇，生怕隔墙有耳，示意她不要再说。随即，又冷哼了一声：“他能等便等，不能等，那便是他自己没这个福分。”

说完，他又觉得自己这番话可能有失身份，便蹙着眉，摇了摇头，声音中略带了些无奈，“反正他这么多年都等了，也不在乎这几日，等那姓安的对这案子失去了兴趣，自然会回顺天府去，到那时，我们再出手也不迟。”

“可是，他真的会回去吗？”

“哼……”他转头，望望屋外那夜空，夏风吹不散他脸上的无奈，“像他们这种纨绔子弟，能坚持多久？”

曾几何时，他也是个纨绔子弟，但那安盛平又怎可和自己相提并论。姓安的无非是想得到圣上的肯定，然后为自己谋个好仕途。可他，丧尽了天良，却只为博她一笑而已。

“回去时小心些，不要私自行动，免得被人察觉。”这样叮嘱了一句后，他便头也不回地走了出去。

微风吹散浮云，月光洒在他的肩头，直到此时，他的容颜才映入了那躲在远处一道屋檐下的徐延朔眼中。

天下的捕快那么多，徐延朔并不是武功最好的，也不见得是查案本事最好的，但为何偏偏独他一个能被圣上看中，亲封了他这“金刀名捕”的封号？只因他有一项异于常人的本领——记忆极好，不论是什么样的脸，只要见过一次，不管对方如何变装，或是经过多少岁月的侵蚀，他都能认出来。

月下的那张脸无疑是俊美而潇洒的，他的额头饱满圆润，鼻梁高挺，棱角分明，月色打在他的肩头，并不能夺走他的光彩，只是使他整个人看起来柔和了不少。他穿着质朴的藏蓝色长衫，一头乌发随意地在脑后盘了个发髻，用一根木簪别着，整个人挺拔得像棵青松，带着傲视一切的风雅。

然而，也就是这么一张脸，就是这么匆匆瞥了一眼，就令徐延朔整个人愣在了原地。他认得这张脸！

但以他的身份，又怎会在那破屋内，与那女子……

有生之年，徐延朔头一回怀疑了自己的眼睛。

见那男子撩开前襟，迈步跨出门槛，走出这阴暗的窄巷，徐延朔这才从那阴影里闪出了身。

# 第六章　谜底揭开

一大早，柴府门前便聚满了人，虽没有消息传出，但百姓们也不是瞎子，毕竟那么大一口棺材从柴家大门抬出来。而且，那棺材上还挂着红绫，一看就是那传闻中的方玉婷又来结阴亲了。

安盛平端坐在马上，看着渐渐升起的朝阳，疲惫之中又带着一丝欣慰。

昨晚的行动虽然不算成功，但也不是毫无收获。至少，宋慈已大致推测出那“女鬼”杀人挖心的缘由，也了解到了这几起连环命案中的细节。而且天还未亮，他便先行了一步，说是要去打探一些事情。安盛平相信，宋慈一定是已经有了头绪，大致推断出了那幕后主使的身份。

至于徐大人，他去追那“女鬼”，至今未返。但是以他的身手，应该不会有什么差池，可能是发现了什么线索，所以才耽误了时辰。

总之，无论对谁来说，昨晚都是个不眠之夜。

尤其是安广……

安盛平这么想着，转头看了看身侧。

安广昨夜去跟踪那几个抬棺材的人。安盛平、安广、徐延朔三人，尤以安广的轻功最好，而那四人竟能抬着如此沉的棺材从墙外飞进来，那便证明这几人的轻功一定很是了得。

之前，按照宋慈给出的线索，他们也曾追查过。

原来在某些地方有一种葬式叫“悬棺”，即人死后，将棺材放入悬崖峭壁上天然的或是人造的石洞之内。这种独特的葬式对抬棺人的要求极高，不仅要力大无穷，还要有敏捷的身手。

再说那棺材本身，用的是上好的乌木，而且花纹和那方玉婷的棺材所用的花纹是一致的。

这种花纹虽在十年前风靡一时，但时过境迁，如今早就无人沿用，所以想要找到雕刻这种花纹的工匠并不是难事。

想那幕后主使即便胆子再大，也不会在长乐乡本地找人来做这手艺。于是他们安排了大批人手去附近的几个村寻找，近日，他们终于找到了那棺材的来源……

在离长乐乡足足有七十多里地远的一个小镇上，有人订了七口一模一样的棺材。只是后来那工匠不小心雕坏了一块板子，最后只给了对方六口这样的棺材。对方出手阔绰，也没有表明身份，所以这条线索算是断了。

至于那六口棺材是何时，又是如何进了长乐乡，安盛平翻遍了几个城门的出入记载，觉得有几人可疑，但因为时隔久远，那几个可疑之人彼此之间也没什么联系，所以落了个无从查证的结果。

“少主……”安广垂着眼帘，神情之中带着几分自责，“属下办事不周，还请少主责罚！”

昨晚，他负责去追踪那几个抬棺人，跟着他们去看看有没有接头人，可谁曾想走到半路，竟被那为首之人发现了。

安广的功夫着实要比那人好上许多，而除他之外，其余三人只敢在旁远远看着。

原本安广见已经暴露了身份，倒不如直接将这几人拿下，一并带回去审问。可没料到那为首之人竟如此狠绝，见打不过他便反手一掌，拍了其中一个抬棺人的天灵盖，生生将那人拍死了。

安广愣神的一瞬间，另外两人也遭了毒手，甚至连反抗的能力都没有。一人被刺中了喉部，当场身亡，另一人被他斩断了一只手臂，躺在地上不住地抽搐。

安广原以为他杀了三人，会拼了命地脱逃，可那人不等安广上来拿他，便颓然倒地，像是中了毒。那掀起的面具下，一张狰狞的国字脸上带着得意的笑容，不一会儿便断了气，一股黑血顺着他的嘴角流出。安广猜测，他是咬碎了藏在口中的毒药。

江湖中，有不少杀手、死士都会在接受任务前在牙齿中藏下裹着毒液的药丸。好比那靠杀人为营生的迎风阁，组织里的人一旦被擒，便会咬碎那药丸，自行了断。

“这也不是你的过失，不必自责。”安盛平非但没有怪罪，反而安慰道，“再说，不是还抓回了一个嫌犯嘛，待到他伤势好些，兴许能问出点什么。”

那被斩断手臂之人倒是没死，不过因为失血过多，已经丧失了意识。安广抬着鲜血淋漓的他赶回了董府，找了长乐乡最好的大夫来医治。

目前那人没了生命安危，只是太过虚弱，要暂时修养一段日子才能有所好转。

不过，兴许是怕那几个抬棺人会泄露消息，那幕后主使早已割断了他们的舌头，所以能问出消息的希望也很渺茫。

安盛平叹了口气，愈发觉得那幕后主使是个心狠手辣且善于笼络人心的家伙。

正想着，突然一道黑影凌空而来，落在了他的面前。

安盛平胯下的黑马一惊，吓得连退几步，若不是他双腿用力夹住，怕是已被它甩落在地。

待到那黑衣人站起了身，他们这才看清了他的脸。

那人一脸凝重，正是徐延朔。

“公子……”他双手抱拳，微微一揖，原本有话想说，但此时此地，并不适合开口，只得摇了摇头。

安盛平自然明白他的顾虑，也没追问，只随口道了一句：“徐大人辛苦了。”

赵东林原本就跟在一旁，见状连忙牵了马迎上来，将缰绳递到了徐延朔手中。

徐延朔接过马缰，微微颔首，然后翻身上了马背。

三人心中各怀心事，一路上，倒是出奇地安静。此时正是清晨时分，路上行人不多，但也无需赶时间，因此他们三人都未着急赶路。又拐过一个巷口，马匹行至一高楼处，远远地，便传来一阵浓浓的脂粉味和酒香。

安盛平不经意间抬起头，这才发现，不知不觉间，他们已走到了芙蓉阁的大门外。

此时天色已亮，那夜间璀璨如星的灯火已尽数熄灭。门前拉客的姑娘们也都没了踪影，只剩几个粗使的小丫鬟在打扫昨夜狂欢后的狼藉。

芙蓉阁的大门敞开，陆陆续续有几位公子和老爷走出，他们或是被姑娘搀扶着，或是独自踉跄着，但都喝得醉醺醺，带着一身酒气。不过从他们脸上带着的表情来看，显然昨夜都玩得十分尽兴。

安盛平勒住缰绳，险些撞倒一个一脸疲惫的醉汉，他端坐于马上，苦笑着摇了摇头。

“宋公子？”

身侧的安广一声低呼，他顺着安广的视线望去，便瞧见那芙蓉阁中走出一人。

和那些疲累的客人们不同，宋慈穿着件赭红色的长衫，正是那喜服的内衬，只是脱了那大红的外套，免得太过招摇。他虽也是一夜未眠，却神采奕奕，脸上带着和煦的笑容，挺拔的身形立于晨光之中，竟叫人有些挪不开眼。

宋慈同样看到了马上的那三人，他朝着安盛平轻轻一笑，而后像是告辞，转过身冲着芙蓉阁的二楼行了个礼。

徐延朔眼尖，注意到那二层的阁楼里闪过一个火红的身影。

虽然只是匆匆一瞥，但却令他心头微微一震。

那身影，无疑便是柳仙仙。

只是，宋慈为何会提前从那柴家出来，又为何会来这芙蓉阁找这位柳姑娘?

难道，他想要向她打探什么消息?

不过，此处不便商议，所有的一切，还需回到董府再做定论。

想到这里，徐延朔的脸上又挂上了几分凝重。他们得到的消息应该都没有自己昨晚看到的令人震惊吧……虽然徐延朔一时间还搞不清楚这之间的联系，但只要有宋慈在，他一定会找出这其中的关系，给大家一个真相。

阳光洒在池塘的白莲上，蝉声阵阵，一片和谐。

院落里，每一处都布置得清雅别致，彰显出主人高雅的品味和与世无争的态度。

这本是个安静惬意的午后，但那紧闭的房门中，传来一阵剧烈的咳嗽声，仿佛是个濒死之人在做最后的挣扎。

那人不知咳了多久，连呼吸都开始变得困难，几度发出了痛苦的呻吟，像是被人掐住了喉咙，只靠一口气吊着，才勉强保住了性命。

而伴随着那咳嗽声的，还有一个女子声声的哭泣。

许是怕那病危之人担忧，女子的哭声虽痛彻心扉，但声音不大，显然是正在极力掩饰着自己的绝望。

不知过了多久，当那咳嗽声终于慢慢平缓后，屋内传来一声轻轻的叹息。

“如此下去也不是办法，您可得赶紧做个打算，若是耽误了，就是大罗神仙也救不活了！”

说话的是个女子，听起来年纪不大，声音倒还算得上动听。

这话问完，并无人应答，显然那被问话的人也陷入了深深的思考。

良久，才有个女声柔柔道：“罢了，就依你的意思吧。”这话中透着无奈。

夕阳西下，一个穿着烟粉色罗裙的少女正坐在一处矮篱笆墙外，她看起来十六七岁，正是花一般的年纪。

她的样貌虽算不上出众，但那双眼睛不带丝毫的浊世之气，似刚出生的婴儿那般明亮清澈。

此时路上的行人纷纷赶往家中，因此人来人往，倒也没什么人会驻足注意一个呆坐的少女。而那少女也低着头，仿佛这世上没有什么值得她去关心的人或事。

可偏偏，她这与世无争的神态吸引了一位年轻的公子。

落日余晖，洒在那公子的肩头，在他柔和的面庞上，化作一缕温柔的浅笑。

“小姑娘，就你一个人在家吗？”

他声线清亮，说起话来也是一派斯文。此时正低着头，有些宠爱地看着眼前的少女，那眼神像是在看一个孩子，既和蔼又温暖。

少女头也不抬，完全不打算回应。

那公子蹙了蹙眉，似乎有些哭笑不得，却又并不在意，仍旧挂着淡淡的笑。

这时，那篱笆墙内传来了一声呼唤。

“酒儿，快回来，该用饭了！”

随着那一声喊，院子里走出一个年约五十，长须白眉的老者。

他身形单薄，甚至有些佝偻，衣着也十分朴素。不曾想，一出门却碰上个陌生的公子正在跟自己那痴女儿说话，顿时提高了警觉，谨慎地看着那公子。

“你是……”

“爹！”

那叫酒儿的少女没有丝毫的防备之心，站起身，笑盈盈地朝着她爹爹跑了过去。

“酒儿！”

那老者将女儿拉过来，紧张地上下打量了一番，在看到女儿安然无恙后，这才放了心。

“秦先生。”

令老者感到惊讶的是，那男子竟认识他。

他隐姓埋名多年，在这长乐乡人人都以为他姓关，是个家里有些闲钱，但谈不上富裕的鳏夫。

至于他这本姓，已是多年不曾听人提起过了。

即便是“那人”知道自己的真实身份，但面对他时，也很少会叫到他的名字。而且他也知道，背地里别人都称呼自己为老妖怪。

事实上，他也的确是个妖怪。

他有着人的外貌，但他的内心早就迷失了人的本性，像是一具行尸走肉，活着也只是可悲地苟延残喘。

“你认错人了。”

老者淡淡回了一句，拉着酒儿转身便要进到院子里去。

“认错？”那年轻公子微微一笑，低声道，“鬼手回春秦九，晚生虽然不认得您，但有人认得，况且我这消息来源可靠，相信是不会错的。”

听了这话，秦九原本已经踏出去的步伐，硬生生地停住了。

他不认识这年轻人，也没兴趣和他交谈。但那位公子说得没错，就算他不认得，总有人认得。

秦九在江湖上的名声并不好，尽管他是个大夫，但他救治过的人当中坏人多，好人却没几个。那些坏人作恶多端，自然也会报应到他身上。当年他只认钱财，不认人，所以才会自食恶果，害了妻女，误了一生……

“有事进屋说。”

老者不再阻挠，低低说了一句，便迈步进了院子。

他退隐江湖多年，乃一介平民，若有人找他，无非也就是为了他那一双手罢了。

他秦九如今什么都不剩了，心里唯一记挂的，也就是酒儿这个孩子，所以只要来人不伤害到酒儿，他也没什么可顾虑的。

那公子倒也识趣，没再多说什么，跟着他迈进了院中，一起朝着屋内走去。

随着他们进了屋，一股扑鼻的饭香飘来，那是正当季的稻谷所特有的香气，透着香甜的味道。桌上摆着两副碗筷，两份小菜和一个盛着白饭的木桶。

那秦九做饭的手艺虽一般，但是刀工很是了得，本是道最简单不过的红烧鱼，他却用白萝卜雕出了精美的花朵摆放在盘中。那花瓣薄得几近透明，竟比那真花还要真，让人看了啧啧称奇。

那酒儿的眼中只有桌上冒着热气的饭菜。进了屋之后，也不等人招呼，自己挽起袖子，露出白皙如藕的小臂，洗净了手后便坐到饭桌旁，自顾自地吃起来。

秦九皱着眉，看了看女儿，见那位公子并无促狭之意，也就没说什么。

酒儿的心智不全，自然不会去在意他们的对话，因此两人也没了顾忌，当着酒儿的面聊了起来。

“说吧，你找我有何事？”秦九说话时脸上的表情严肃冷峻，就像与人有仇一般。

那公子双手抱拳，微微一揖，也不急着答复秦九的问题，反而自我介绍道：“在下宋慈，今日冒昧前来打搅，其实是有个疑问想要请教先生。”

秦九微微一笑，表情略带嘲讽，“既然宋公子知道我的身份，这些客套话便省了吧。有什么你尽管问，秦九若是能答，自会告知，若是不能……也望宋公子不要强人所难。”

“好，秦先生痛快！”宋慈极欣赏爽快之人，他今日之所以会来当面与秦九对峙，便是不想绕那么多弯子，浪费彼此的时间，“近日里，这长乐乡发生了几起命案，不知秦先生可知晓？”

秦九不动声色，双手背于身后，“你说的，可是那女鬼挖心的案子？”

“正是。”

“你走吧，”秦九拂袖道，“这不是你该来的地方，我也不是你要找的人，至于你想问的……很抱歉，秦某回答不了。”

宋慈看着他，笑容终于敛成了平静，“我只问您一个问题，您不听听，怎知答不上？”

秦九叹了口气，“好，你问吧。”

“秋去冬来，春暖花开，树枝折断，仍能长出新芽，花草枯萎，来年也能泛出新绿……可要是换了人，心死了，换一颗是不是也能同那万物一般，再次焕发生机，重新活过来？”

这一次，秦九是真的无法回答了。

因为他知道，他根本无需回答，这年轻人显然已经知道了答案。

秦九的双手悄悄握成了拳，他虽是个大夫，擅长用刀用药，但他不会武功，也完全不了解这年轻人的底细，没有十足的把握，他不敢贸然出手。

宋慈见他那眼神不自觉地飘向酒儿，便知这少女在他心中是何等重要。

若不是到了万不得已的地步，宋慈也不想出此下策，但时间紧迫，由不得他不做了。

“秦九，你今年五十有三,二十年前你曾有过一女，但你医治了一个叫萧万力的江湖中人，此人外号银狐，是个十恶不赦的杀人犯、采花贼。后来，那萧万力恩将仇报，将你的妻女杀害了，你女儿被害的时候才不过十三岁……”

“够了！”

秦九握着的拳头渐渐松开，脸上已爬满了热泪，“酒儿的确不是我的亲生女儿……”

宋慈没有说话，等着他继续说下去。

“三年前，临县闹瘟疫和饥荒，乡民无以为生，只能卖儿卖女，酒儿便是那时被卖给了长乐乡的师爷吴晋。”

宋慈微微一愣，倒是没想到这之中还有这层关系。只是……他想起那柳仙仙对吴晋的描述，再看看那正埋头吃饭的酒儿，心中透出丝丝不忍。

“那吴晋表面上是个正派人，但私底下干的却是欺男霸女的下贱事，酒儿的爹娘以为女儿进了师爷府算是过上了好日子，可他们根本不知道，酒儿一进吴家后院就被那禽兽盯上了……那一年，酒儿才十三岁，我家珂儿走的那年也是十三……”

他的话还没说完，但宋慈已经明白了。

也许酒儿是三年前受了刺激，被那吴晋害了，才变成了今日这副模样。

“那吴晋该死，他和萧万力一样，都不配活在这世上！”

“所以，你才和他们商量好，要用这些人的心去换他的？”

秦九没想到这年轻人竟知道这么多，他沉默不语，但这无疑成了默认。

默认了，这一切是个局。

“我知道你无心害人。”

关于这一点，宋慈很是笃定，因为据他所知，这秦九不仅可以救人，他杀人的本事也不小。那些令花草瞬间枯萎，让人闻了会失去意识的药粉，都是出自他之手。

他是个有天分的医者，而好的医者除了要会用药治病，更要会麻醉。

“你若是想害人，那些药粉的剂量只要稍作调整就能杀人于无形。那些睡过去的人，也会在不知不觉中就没了性命……你明明可以这样做，但你没有，所以我相信你本性不坏。”

“不坏？”秦九看着他，似乎有些难以置信，他笑了，笑得很大声，甚至笑出了眼泪，惹得原本埋头吃饭的酒儿也好奇地抬起了头，看着她那相处了三年的“爹爹”。

“我若真的好心，怎会治好那些杀人不眨眼的恶魔！先不说那萧万力，就说那害死不下几百条人命的贪官曾志，还有那臭名远扬的江洋大盗许范，不都是我给医好的！我早就说了，在我秦九眼里，除了钱财，其余什么都不重要！”

“那是以前！”宋慈突地怒喝一声，虽然秦九说自己贪财，为了钱财什么人都可医治，但在宋慈看来，他多少还是有些医者父母心，“我不信在你的妻女遇害后，你还只在乎钱财！若真是那样，你为何要救下酒儿？她无父无母，能给你什么回报！”

良久，老者抬起了头，目光灼灼地看着宋慈，心中有千言万语，到了嘴边却变成了一句话。

“你到底，知道多少实情？”

宋慈也看着他，眼神中带着惋惜，嘴角挂上了一抹苦笑，“该知道的，都知道了。”

什么叫该知道的？而都知道了，又代表什么？

可秦九却因为他这回答笑了，那一刻，他竟有了一种如释重负的感觉。

“既然都知道了，那你为何还站在这里？”

“有些事，我始终想不明白。”宋慈不想隐瞒，虽然他猜到了这件事的起因和过程，但有些细节还需当事人来补充，“那一日，我假扮柴峻，与那假冒的方玉婷入了洞房。我想知道她是靠什么方式给受害人下毒的？为什么那些死去的人，脸上会挂着诡异的笑容？”

宋慈曾怀疑过，那“方玉婷”虽没有给他备好酒水，但极有可能将药粉藏在了指甲里，偷偷趁着敬茶之时将手指浸入水中。但他确实喝了那茶，并未觉得有什么不妥。

难道，是那帕子？当时，她掏出了一条手帕，宋慈闻过之后，倒是觉得有些恍惚，那香粉之中似乎带着什么迷药。

秦九见他一脸疑惑，不由摇了摇头，“看来，你这洞房洞得还不够啊……”

说到这里，宋慈的脑海中又浮现出了那女子的脸。

“那女子极妖艳，仰仗着自己的美貌，从不吝惜去和那些被杀之人调情。”秦九说着，冷冷一笑，“那药粉是特制的，被她混在了口脂之中，她行事之时，将那口脂涂抹在唇上，若是有人与她耳鬓厮磨，唇齿相交，自然会染了那药粉在自己口中。到时候，那人便会神志不清，丧失知觉，忘记了疼痛和反抗，任由她摆布。”

“原来如此。”

宋慈皱起眉，暗暗庆幸自己逃过了这一劫。

“另外，还有一事。有什么你就尽管问吧，趁着我还愿意搭理你，不然我若是改了主意，你就休想再从我嘴里套出一个字来。”

“秦先生，”宋慈知道他没有说谎，也不会说谎，“关于那滴血一事，晚生……”

秦九似乎早就料到了他想问这个，伸出那一直背在身后的右手，示意他不用继续说下去。

“你可知道，人活在世上，只凭了一口气，或者说是凭了一个念想。”

宋慈不知他要说些什么，不由得微微蹙起了眉头。

秦九不等他回答，径自道：“医者不仅要医治人的身体，更重要的是要挽救一个人的心。若有一人将死，你告诉他他已熬不过今晚，那你信不信，他听到这话，不出几个时辰就能死去，更有甚者，当时就会吓破了胆，一命呜呼。可若是换一个方式，你同他说，只要熬过今晚，你便能长命百岁，让他有了希望，就算不能发生奇迹，可总会多活些日子！关于那个人，他伤得太重，这些年调养得也不够好，所以我并没有把握让枯木逢春。我能做的，就是给他一个念想，让他知道自己还有盼头……”

虽然秦九没有点名道姓，但言语间的意思已十分清楚。然而，宋慈听了这话，还是稍显惊异。

“你……你是说……那换心之事，根本就是莫须有？”

秦九笑笑，没有答话。

“可那和尚，他不是……”话未说完，宋慈突然懂了，他看着秦九，突然觉得这一切就像一个天大的笑话，那真相竟是如此可悲。

秦九用自认为的善意撒了一个谎，可这个谎，非但没有救人，反而害死了更多的无辜者。

到底谁才是真正的凶手，谁又是真正的受害人？一时之间，就连宋慈，也说不清了……

---

翌日，法源寺。

今日未逢初一十五，也不是什么特殊的日子，那寺院里却聚满了人。

人群中有老有少，这些人全都衣衫褴褛、蓬头垢面，看起来就算不是乞丐，也都是些穷苦之人。

寺院的大门前摆了一排长桌，桌上摆着几个巨大的笸箩，里面装着的都是些蒸好的馒头和包子，最靠边的地方立着两口大锅，里面装着热气腾腾的绿豆粥。

那桌后站着的是一群衣着朴素的家丁和丫鬟，他们井然有序地分发食物，还会发放些铜钱和衣物。

门廊下，远远地站着一位妇人。她样貌出众，雍容华贵，但不知为何，此刻她的脸上挂着淡淡的哀愁。不知是不是因为可怜这些穷苦百姓，她竟转过身，偷偷拭去了眼角的泪。

“夫人，您这是何必。”她身旁的丫鬟微微蹙眉，安慰道。

那丫鬟的身形与那位贵妇人十分相似，只是比起那位夫人她纤瘦了不少。而且这两人的面貌乍看之下，竟也有几分相似，不过那丫鬟身上全然没有那位贵妇的风华。

这时，一个衣着朴素的仆妇一路小跑朝那华衣妇人而去，待到了她面前，微微行了个揖礼，“夫人，包子就快发完了，可是还有些乡民不肯走，说想带些回去给不方便过来的亲人吃……”

那妇人叹息一声：“如今天气炎热，那些吃食放久了容易坏，包子馒头分发完就不要再添了，你去跟刘管事说，再添上些银钱，若是还有没领到包子馒头的，就让他们拿了钱，自己去买。”

妇人本是好心，可她身侧的丫鬟却道：“夫人心善，可您若是让他们直接拿钱，谁知道他们会用那些钱做什么？这行善积德岂是一朝一夕之事，夫人过两日再来便是了，若是真有那可怜人，不妨记下姓名和住处，回头我们再遣人去送些吃食也是好的啊！”

“嗯，还是你想得周到。”听了这话，那妇人这才点了点头，原本愁眉紧锁的脸上也略微现出了笑容，“这里交给你们了，我不放心老爷，就先回去了。”

她说完，似乎欲言又止地朝着那丫鬟点了点头，转身走了。

“梅姑娘，您这是何苦！”待到夫人走远，那中年仆妇有些不情愿地道，“都是群喂不饱的白眼狼，就算再怎么施舍，也不知道感激，倒是给我们添了麻烦……”

原来，这来法源寺施舍的不是别人，正是那常煜的夫人薛凝霜，而这丫鬟便是那个为了救自己的嫡亲妹妹被大火灼伤的可怜人素梅。

“你懂什么！”不等那婆子把话说完，方才还细声细语为自家主子支招的素梅猛地回过头打断了她。

素梅之前说话时右边的脸颊朝着门廊外，那面容看起来十分秀丽，虽然因为身份的缘故并没有刻意打扮，却仍有种说不出的韵味。但如今她将头转过来，露出那左边脸上的狰狞伤疤，叫人不忍直视。

而比起她那张左脸来，更令人生寒的是她的眼神。

那仆妇虽衣着质朴，不过既然能在主子面前说上话，想必也是有些身份的。但现在她被那素梅的一个眼神就吓得闭了嘴，可见这素梅在府里的地位不一般。

见那仆妇吓得弯了腰，闭了嘴，素梅这才微微收敛起不屑，沉声道："夫人心地善良，这又是为老爷祈福的好事，我们当下人的，就该时刻上心，怎么能因为怕苦怕累就不做事！"

"是！是！"那仆妇赶紧应道，"素梅姑娘教训得是！"

素梅又瞥了那仆妇一眼，而后转了身，施施然离开。

今日素梅穿了件樱草色的衣衫，纵然天气有些热，也还是在外面配了件霜色的短褙。她脸上有伤之事在常府已是众所周知，再加上她跟着常夫人来这法源寺的次数也多，这里又都是些出家人，所以素梅根本不在意，便大大方方地挽了髻，至少从右边看起来，还是十分清爽秀丽的。再加上她的身段本就婀娜，没了主子在面前，也不用卑躬屈膝，眉梢眼角都挂上了喜气。她一闪身，进了旁侧的一个圆拱门，只留下惊鸿一瞥和那被吓得仍站在原地不敢离开的仆妇。

这里明明是寺庙，是和尚聚集的地方，可素梅一个年轻女子却丝毫不避讳。只见她身形宛若一只蝴蝶，七拐八拐的。她走过一条长廊，稍稍停下脚步，左右看了看，然后一个转身进了后院。

她脸上的那抹笑，也终于不再掩饰，欣欣然挂上了嘴角。

角落里，一个蓬头垢面的乞丐正端着一个破碗，蓬乱的头发遮住了他的五官，却掩饰不住那双灿若星辰的眸子。他紧紧地盯着素梅远去的身影，久久不能平静。

释空此时正坐在自己的禅房里休息，想起方才送走常夫人时她脸上那焦急的表情，释空的心里生出一阵担忧。

其实他根本不在乎常煜的死活，他真正关心的，就只有那个人而已。

原本常煜这病早在几年前就已经开始发作了，直到去年才发展到了如此严重的地步，那时他一度以为常煜熬不过年关……可毕竟常煜是个经历过大风大浪的人，就算早就落下了一身伤病，可那惊人的意志不是一般人可以比的。

不过再这么撑下去也不是办法，若是不能及时根治，常煜早晚都有离去的一日。

常夫人也因为担忧自己的夫君而愈发憔悴，那双曾经明亮纯真的眼睛也渐渐失去了往昔的光彩，就连鬓角也染上了一些霜白。

其实，她也只比释空小两岁而已。

自从抛弃了江鸣赫的身份，释空也斩去了那三千烦恼丝，没了头发，好像连时光也离自己远去了一般。每日对着青灯烛影，日子仿似飞快，又好像度日如年。

直到三年前，他在法源寺乞讨的灾民中，看到了那张脸。

她就像是从自己的记忆里走出来的一般，把他带回了那个年少时的梦。

不过梦一醒，等着他的却是比死还残忍的现实。

她终究不是“她”，不会有人能是“她”。

他把对她所有的思念都画在了那幅画上，那是他们初次见面的情景。当时，她正倚着栏杆，伸手去触碰平静的湖面，那水面下的锦鲤纷纷聚拢过来，想要一亲芳泽……

那一幕，直到多年后仍萦绕在他的心头挥之不去，似乎她那涂着丹蔻的手指所撩拨的不是水中的鱼儿，而是自己那原本平静如水的心。

两个月前，他把那幅画交给了柴峻，想让他帮自己补色，可后来柴峻出了事，便也没按约定的日子把那幅画送回。

原想那一夜，“她”能顺道将那画作带回来，可却莫名其妙地生出了这么多事端，不光东西没拿回来，连那幅画也遗落在了柴家……

算了，只要那柴峻还活着，待过了这几日，他差人去把那画索回来便是。

只是，过了这几日后，真的可以风平浪静吗？安盛平、徐延朔，还有那个叫宋慈的……他们究竟知道了些什么？

想到这里，释空原本毫无表情的脸又添上了几分愁容。

接着，他的右手又如常地捻过那串从不离身的佛珠，这是“她”送给自己最后的信物。

这时，原本紧闭的大门传来一阵轻柔的敲门声。那声音不大，却仿似一击击叩触着他的心弦，让他不禁拧紧了眉头。

他站起身，有些犹豫，但终究还是抬步过去，将门打开。

一个年轻女子侧身站在屋外，右半边脸对着他，眉目低垂，脸颊飞红，带着一抹小女子才有的轻浅笑意，用余光偷偷地打量他，既羞涩又可爱。

释空在她敲门前就已猜到了来人，因为他早就嗅到了那股浓浓的花香。

那是栀子花的气味。

栀子花，曾是方玉婷的最爱。在她离去的这十年里，栀子花香也成了释空心头挥散不去的一抹芳香，幽远而难忘……

释空没说话，转身回到了屋内。

素梅也没说话，抬起一只脚，跨进了门槛，然后轻轻关上了门。

这本是一道普普通通的木门，然而这门在关上的一刹那，像是关上了外面的大千世界，关上了所有人的眼耳口鼻，开启了另一个让世人意想不到的新境界……

看着释空那被僧袍衬得无比宽厚的肩膀，素梅向前几步，张开怀抱，从后面紧紧地揽住了他的腰身。

释空穿了一件夏日的浅灰色僧袍，宽大的衣襟和袖口更衬得他长身玉立，宽肩细腰。素梅想起自己初见他时，她牵着妹妹，遍体鳞伤地匍匐在他脚下，他宛如谪仙，低头俯视着她。那时的她经历了家乡灾荒、亲人过世，被叔伯抢走了家中的银钱和余粮，后来她的祖宅又被人一把火烧了，她拼了性命将嫡亲的妹妹从大火中救出，可额上却被那断垣砸出了一片惨重的伤……

素梅放下手，绕到他的跟前。释空却微微闭目，似乎不愿直视她。

“你是不是嫌弃我脸上的伤疤？”她说着，用手指轻轻扫过那似被一条条红色蚯蚓爬过的疤痕，“要不然，我把它取下来？”

原来，她这脸虽在三年前被大火灼伤了，可因为救治得当，后来又从秦九那里得了不少去疤散瘀的药膏，恢复了八九成，若不细看，根本看不出。如若再上个妆，那便是坐在她身边观摩，也难发现她曾受过这么严重的伤。

所以这看起来恐怖骇人的疤痕是她为了掩人耳目，自己添上去的。那是用胭脂和各种涂料制成的，每日醒来后，素梅都会小心翼翼地贴到脸上，遮住她原来的那块疤痕，这样一来既可以掩饰自己真正的容貌，也会令一般人望而生畏，从而不去细看她的脸，察觉到她原本的姿色。

释空叹了口气，对付这样的女子，比起甜言蜜语倒不如从了她的念想，只有这样才能最快让她心甘情愿地离开。

于是，当他再次将目光投向素梅时，眼中的冷漠多了分柔情。突然，他猛地伸出一只修长的手臂，用大手罩住她的后脑，迫使她更靠近自己，然后俯身用那薄凉的唇吻住了她喋喋不休的嘴。

素梅的双目闪动，踮起脚，勾住了他的脖子。

那是一场犹如暴风雨般狂热的吻，待到两人再分开时，素梅有些喘不过气，微红着脸颊，瘫软在他的怀抱里。

释空目视前方，眼神又恢复了以往的冷漠，好似他什么都没做过，方才发生的一切都只是怀中那女子做的一场春梦罢了。

素梅原名苏梅，家中三代都是开镖局的，莫说她的父亲，就连她的母亲也是身手不凡。听说除了她的妹妹苏柳因为年纪尚小又是姨娘所生，所以没有习武之外，她家中上上下下，包括丫鬟在内都会些功夫。

而素梅得了父母的真传，也是自小便开始习武，虽然看起来颇为纤弱，但她擅长近身攻击，且力大无穷。又因为三年前尝尽了人间疾苦，心底里连最后那一点人性也被磨灭了，她便有了今日这心狠手辣的性格。

纵然受过苦，如今在常府也是做个伺候人的丫鬟，但素梅并不曾干过什么粗活、累活，所以她的十指纤纤，涂着淡粉的凤仙花汁，柔软得能要人命……

而事实上，她也确实擅要人命。只不过，却是以另一种形式。

“最近风头紧，你该听话些，”释空叹了口气，故作温柔道，“待事成了，好日子还长呢。”

素梅眼神微动，流露出了一丝埋怨，“反正常煜是等不了了，夫人也等不了。今日也是，这才来了多久，布施还没完，夫人就又赶回去了。今日寺里的乞丐那么多，就没有一个合适的吗？”

释空此时背对着她，连装也不想再装了，声音极冰冷道：“秦九不是说过只有血液相容之人才能更好融合，若是操之过急，最后只能害人害己！”

“那就用那疯和尚的！他和常煜的血能相容，况且他已换过一次了，这说明他的那颗心没问题！”

“那心不过是个残次品，经不起第二次更换了。”

“这也不行那也不行！方玉婷那招以后也不能再使了，孙淮他们没回来，怕是已经死了！没了人抬棺材，你叫我以后怎么去杀人！”素梅跺跺脚，又追了过去，一把扯住释空的袖口，“你不是一心想等常煜死了，好取而代之。现在时机来了，你怎又……”

这是她情急之下说的气话，虽然一想到那常煜若是死了，释空便可能会与“那人”再续前缘，因此心里也不觉得痛快，可当她看到释空那冷若冰霜的脸时，心头还是猛地一紧，毕竟方才这番话无情地撕破了释空那虚伪的装扮，不仅令他失了颜面，也让他迁怒于自己，实在得不偿失。

释空果然被她激怒了，一把掐住她的脖颈。

素梅虽然会功夫，可她在释空面前从不知反抗，况且两人身量悬殊，释空那硕大的手掌卡在她的脖子上，几乎圈住了她半个脖颈，稍一用力，就会令她呼吸困难，甚至快要把她凌空提起来了。

“我提醒你，不要因为长了张和她相似的脸，就以为自己就是她！我的忍耐是有限的，别做些让你自己后悔的事！”

素梅的眼泪从眼眶中滑落，她仿佛用尽了所有的力气，微微点了点头。

从一开始，她就知道自己只是一个活在那人光芒下的影子。

若她连个影子都做不好，那就只能彻底从他的视线里消失……

而就在她双脚离地，几乎要晕厥过去时，那原本紧闭的屋门被人一把推开了。

释空惊诧得放开了手，素梅捂着脖子摔倒在地，她不住地咳嗽，双颊憋得通红，抬起一双充血的眼睛愤怒而警觉地注视着大门外的三人。

那三人中，为首的是一身绛衣的徐延朔，很显然，方才那震开大门之人便是他。在他身后两侧，一个是白衣飘飘的年轻人，正是那安盛平，另一个穿了身紫色劲装，乃是安盛平身边的那个贴身侍卫。

素梅当下慌了，她刚要站起身，却被那释空抢先一步，挡在了自己身前。

“阿弥陀佛，三位施主突然闯入贫僧的卧房，究竟是何意？”

“突然闯入？”安盛平笑道，“大师，我们也是一时情急，为了救下这位姑娘才出此下策！若是我们再晚来一步，您是不是要把素梅姑娘给掐死啊？”

释空一向冷漠，此时被人当面质问也仍旧面不改色，“这是误会，想必是几位看错了。”

“误会？”安盛平一手抱肩，一手托腮，边说边用手捂住自己的嘴角，似乎正极力掩饰住浓浓的笑意，“今日可真是好戏连连啊，先是香艳似火，后是冷酷绝情，大师这变脸的速度简直比变天还快，我倒是真没想到，堂堂法源寺高僧，竟会在自己房里跟一个女子行如此风流之事，还真是令人难以置信啊！”

释空知道再辩驳下去也只是徒增难堪，便冷冷地一笑，“既然你都看见了，那贫僧也没必要隐瞒了。”

“好！痛快！”安盛平抚掌道，“我很欣赏释空大师这敢作敢当的性子！不过……”

安盛平话锋一转，“都说您为了方家小姐抛弃荣华富贵，遁入空门，就连当今圣上也被您这一行为所触动，特准您辞了官。却不想，原来专情只是表面，私下里，大师不仅忘却了自己出家人的身份，也忘了那埋在地下的未婚妻，和其他女子恩爱得很啊！”

安盛平这话里满是嘲讽，但释空连一句反驳的话都没有。反而是素梅，被安盛平的话气得瑟瑟发抖，强忍住内心想要与他拼命的冲动，隐忍地站在释空身后。

这时，门外传来一阵脚步声，紧接着，一个熟悉的声音带着调侃在屋外响了起来。

"娘子，几日不见，别来无恙啊！"

素梅心头一紧，怒上眉梢，纵使不情愿，也下意识地朝门外看了过去。

那是个衣衫褴褛，头上还戴着顶破毡帽的乞丐，他虽然形容落魄，但走路的样子带着几许不凡的气质。纵然一身脏，却难掩那乱发下的星眸，还有举手投足间让人无法忽视的风骨。

待到两人相视，素梅这才忍不住在释空的背后紧紧攥住了他的袍子。

倒是那乞丐面不改色的，带着几分儒雅朝她屈身行了个礼，"在下宋慈，见过方娘子。"

"什么娘子，你这登徒子，莫要说些羞人的话！"

"羞人？"宋慈直起身，脸上的戏谑也恢复成了往日的斯文儒雅，只是这说出的话，依然那么刺耳，"就算此刻你我的身份变了，我不再是那柴峻，你也不再是那方玉婷，可毕竟是入过洞房的，小生怎么可能认错！"

此时莫说素梅，就连释空的眉头也紧到了一处。但他毕竟是上过金銮殿，可以舌战群臣面不改色的天之骄子，纵使大敌当前，山崩地裂，也不能动他分毫。

"宋公子是读书人，怎可出言侮辱一位姑娘，贫僧确实与素梅两情相悦，这是我的劫，我定当偿还，可素梅姑娘是清白之身，怎能任人污蔑，辱了芳名！更何况，您还要牵扯上我的亡妻，这未免太过下作了些吧！"

他的那句"两情相悦"传到了素梅耳中，有了这话，纵然此刻要粉身碎骨，为他赴汤蹈火，素梅也认了！如他所言，释空又何尝不是自己的“劫”，她愿为他抛弃一切！想到这里，她握紧了拳头，做好了随时冲出去拼个你死我活的准备。

宋慈却笑了。

“都已经到了这般地步，大师还要为了故人而牺牲吗？”

这话中的“故人”虽没有点名，但很明显，正是那常煜的夫人薛凝霜。

“宋公子与贫僧说这些是何意？你们不是早就开棺验尸，还方小姐清白了。试问一个已故去了十年的人，早就化作了白骨，又怎么可能去杀人挖心？事到如今还说这些，究竟是何用意?！”

宋慈本想将那几位受害人都一一细数了，但见释空这个反应，便知自己开门见山便是了。

“没错，方小姐当然不可能自己杀人挖心。宋某想说的是，关于那几位受害者，包括柴峻在内，都是些道貌岸然，人面兽心之辈。原来，我以为仅仅是因为这个，他们才成了被挖心的对象，但后来，通过棺材里的物件我联想到了董兴邦，又因为董兴邦和一位叫酒儿的姑娘，让我想起了三年前的那场瘟疫……”

释空微微色变，沉声道：“贫僧愚昧，不知宋公子要说些什么？”

宋慈笑了，“迄今为止，方玉婷已害了四人：一位是姓聂的秀才，一位是姓张的买办，一位是长乐乡的原师爷吴晋，还有一位姓岳的富家公子。再连同那被下了婚书却受害未果的画师柴峻，应该是五人才对。”

他见释空没有回应，又继续道：“我们得到消息，说那棺材本要打造七口，最后有一口棺材出了差错没能按时做成，但这是不是说明凶手一开始就已谋划好了要杀七人才善罢甘休？而这几位收到婚书的，虽看起来除了心术不正、暴虐荒淫之外，好像没有别的交集，可我却听说董大人三年前曾回到长乐乡主持了一场祭祀大典，当时为了给荆河镇因为瘟疫而死伤的百姓祈福，周边几个乡镇的乡绅学士都有参加，其中有一个仪式是歃血为誓，以表虔诚。而遇害的这几人中，那买办因为三年前的瘟疫赚了不少黑心钱，吴晋就更不用说了，虽是朝廷官员，却做尽了坏事，也因为瘟疫发了横财。岳家公子，聂秀才，乃至柴峻，也都从那场瘟疫得了好处，他们几人为了撇清关系也好，假装圣贤也罢，全都参与了祭典，也都参与过歃血为誓。如此说来，岂不是太巧了？”

听到这里，释空面无表情的脸终于有了些动容，他转头看向宋慈，同时握紧了手中的佛珠，“那又如何？”

宋慈虽然挑起了这个话头，却又偏偏不肯接着说下去，而是话锋一转，沉声道：“其实关于女鬼挖心一案，有一点我一直想不明白，那就是借了方小姐之名的凶手，为何会在杀死他们的同时，还挖去了他们的心？这挖了的心是用来干什么的？带着这样的困惑，于前几日，我假扮柴峻与方小姐入了洞房，直到看到了那棺材里的木匣子，这才明白了其中的用意。”

不等释空回应，他身后的素梅姑娘忍不住好奇地探出了半个头，“你是说那冰？”

“没错，那棺材里放了一口木匣子，里面铺满寒冰。只是，素梅姑娘不是声称自己是无辜的吗？既然你和那杀人的女鬼没关系，又怎知棺材里有冰？”

素梅顿时语塞，半晌才喃喃解释，“不是你自己方才说的！因为棺材里的冰想起了董兴邦那老贼……”

一旁的安盛平笑了，“怪了！我们这么多人在这里，都没听到提过一个冰字，怎么就素梅姑娘一人听到了？而且只因为这个，就能联想到那家里有冰窖的董兴邦，看来素梅姑娘当丫鬟是屈才了，查案的本事也不小，还不如跟我们回衙门去做个捕快！”

说完，还看看左右，那眼神玩味，好似在询问他人有没有听到过冰字。

以徐延朔为首的几人俱都摇了摇头，表示没有。

素梅这才噤了声，但看向宋慈的目光也愈发恶毒起来。

宋慈并不理会，径自道：“棺材里那木匣子的大小刚好可以盛下一人的心，于是当时我便问自己，难道这凶手杀人只是想要死者的那颗心不成？而在这长乐乡内，又有什么人会迫切地需要一颗心呢？”

宋慈说到这里，答案已经很明显了。

“这时，我便想起了那位昔日迎风阁的第一杀手，曾救下方小姐，使她免受银狐侮辱，又娶了方小姐贴身侍女的常煜。几年前，常煜被敌人暗算，伤及心脉，如今常年卧床，想必已到了迫在眉睫之势，如果这个时候能寻得一颗玲珑心，将他那心换下来……”

“哈哈哈哈！”不等宋慈说完，释空突然仰起头，大笑起来，而笑声过后，则是冰冷和鄙夷的注视，“宋公子，贫僧不知您从哪里来，也不知您是什么来头，只不过一个人的心脉被震断，竟可以靠换心续命，这种事未免太过离奇了吧！”

“离奇吗？我可不这么认为，”宋慈边说边脱下一直披在身上的那件破衣裳，从袖子里掏出块帕子，轻轻擦拭着脸上的污秽，“若是换了别人，我也不信，可偏偏这长乐乡中还有一位昔日闻名江湖的名医，此人名为秦九，素有鬼手之称，饶是在鬼门关转了一圈的人，经了他的手也能回魂重生！而就在几日前，我便找到了他，他说这换心之术他曾经做过，而且还成了。”

当秦九的名字从他嘴中说出时，释空与素梅便知大事不妙，这宋慈到底是何许人，竟能靠一个破木匣子就推断出这么多事来！那秦九到底招认了多少？眼前这几人，又知道多少呢？

见无人接话，宋慈便又径自说道：“刚巧，被秦九用过换心术的人，正好也在这法源寺内。”

他说着，故意卖了个关子，略作停顿，这才继续道：“这人就是那日我们遇到的那个癫僧智远！”

“说来也是巧了，方玉婷、智远怎么好像都和这法源寺有关？”安盛平一边说着，一边用眼睛在释空的脸上扫过，“或者说，怎么都和释空大师……”

安盛平的话还没说完，宋慈就已经开始接过话头，继续道：“同样是见到智远的那日，在这法源寺内，我们还遇到了常夫人和素梅、素柳两位姑娘。宋某自小读圣贤书，自然不会盯着一个年轻姑娘的脸细看，而素梅姑娘又有旧伤，试问有几个女子不在意自己的容貌？因此宋某更加不敢多瞧，免得伤了素梅姑娘的心。可不曾想，我假扮柴峻与那假方玉婷洞房时，看到了一张似曾相识的脸。当时我总觉得在哪儿见过那张脸，却怎么也想不起来，但那位“方小姐”见了我的脸时，竟惊呼了一句‘怎么是你！’。”

宋慈此时已擦去了脸上的污痕，露出了那张干净整洁的脸，身上的破衣裳也脱了，里面是一件质朴的鸦青色短衫，看起来清爽了不少。

“宋某来长乐乡的日子不长，结交过的人，除了衙门和将军府的，剩下的也就是些近日几起案件中的牵连的人了，见过我且识得我的着实不多。结合那“女鬼”挖心乃是为了救治常煜的这个事实，我能想起的也就只剩下那日在这法院寺里见到的几位常府女眷了。首先常夫人和常小姐肯定不是，不论是年龄还是外貌都对不上，那剩下的也就是素梅和素柳两位姑娘了。如此这般一推算，我就想起了素梅姑娘，要知道那在我脖子上留下一道划痕，险些取了在下性命的女鬼，用的可是左手，而素梅姑娘偏巧也是个左撇子吧？”

素梅早就恨得牙痒，“你……你血口喷人！说我是女鬼，你有什么证据？”

“证据？不就在素梅姑娘的身上和脸上嘛！”

“你什么意思？”

“素梅姑娘脸上的疤痕确实很像被火灼伤的，但若细看，就会发现那伤痕的边缘有些凸起，这是因为那伤疤本就是假的，是你事先贴上的。一般人不会盯着你的脸细看，也没有机会近看，当然不会产生怀疑。正如我之前所说，女子都有爱美之心，试问又有谁会盯着你的疤痕细细研究呢！方才我之所以会如此装扮，也是为了暗中观察你，这才看清了素梅姑娘脸上的那块疤。至于你是那方玉婷最好的证据，除了你惯用左手外，还有那日黄大哥掷出菜刀时砍出的那道伤。”

宋慈话音刚落，素梅就下意识地举起了手臂，掩住了自己肩头的那道伤痕，而她的这一举动无疑证实了宋慈的话，默认了自己就是那假方玉婷的事实。

几个时辰后，宋慈他们终于见到了常煜。

此刻，他正静静地躺在床上。他虽然活着，却和死了没什么两样，那早就不是一副活人的身躯，那张脸上也没有一个活人该有的表情。那双眼睛大得突出，瞳孔放大，直直地看着来人，就像一具毫无生命力的行尸走肉，无情且无畏。

他穿着件雪白的长衫，除了鬓角有些斑白外，大部分头发还是乌黑的，整齐地束在脑后，发髻上还别着根碧玉的簪子，若是只看装束，倒也算整洁气派，有种不食人间烟火的风雅。

那薛凝霜仍旧跪在常煜的床榻边，紧紧地握住他的手。她看着他的眼神，带着无尽的爱慕与崇敬，就像初次堕入情网的少女在看着自己热恋中的情郎。

法源寺，释空的禅房里，徐延朔亲自擒拿了此次女鬼挖心案的作案人——常府丫鬟素梅，同时，也将她的情郎释空一并逮捕了。

此时，他也押着两人一并来到了常府，站在了常煜与薛凝霜的面前。就连素梅假扮成方玉婷的那件嫁衣，还有她当时所用的那件“铁手”，也在他们进到常府的第一时间就命人去素梅的房中搜了出来。现在可谓人赃并获，抓了个正着！

那一晚，当素梅假扮成方玉婷带伤逃走时，徐延朔本可以直接抓了她，但为了钓到她背后的大鱼，徐延朔选择一路暗中跟随，终于在那城西的破瓦房内看到了与她交欢的男子。躲在暗处的徐延朔认出了那男子便是释空，同时也是十年前的状元郎，方玉婷的未婚夫江鸣赫。

虽然一开始他们也曾怀疑过释空，但徐延朔无论如何也没想到他会以这样的方式与那方玉婷一案挂上钩。直到，他听宋慈说了那番话……

“你就是宋慈？”

当徐延朔在脑海中梳理着这些线索的时候，躺在软塌上的常煜突然说话了。

“正是在下，”宋慈上前一步，鞠身向他行了礼，他弯腰下去的幅度极大，也证明他对常煜是抱着十分敬畏的心，“宋某见过常大侠。”

常煜那鬼魅般的脸上看不出表情，但是隐隐让人感觉到他的嘴角有着微微的牵动，喉咙间也冒出一声好像打呼一样的声响。

一旁的安盛平看着他，总觉得他似乎在笑。

“常大侠……哼，你是这世上，第二个这么称呼我的人。”

宋慈原想问问第一个是谁？但话到嘴边，看看那常夫人跪在他身边的样子，便明白了。

“宋某今日前来，只为一事。”

那常煜不能摇头，因此只能用话语来示意他停止，“你不用说了，今日你们来这里是因为什么，我都明白。我虽然瘫了几年了，但脑子还清醒。”

那夜，素梅回府，已经向他告知了一切，所以常煜自然知道有人事先与柴峻调了包，假扮成他的样子来请君入瓮，为他们设下了这圈套。

那一夜，孙淮没有回来，之后的第二日、第三日……他也没有出现。

孙淮是常煜的亲传弟子，常煜这一生就只收了这么个徒弟。

不过很可惜，常煜只当了孙淮两年的师父。两年后，他便被人偷袭，落下了这个心绞痛的毛病，而且后来身体也每况愈下，渐渐地连行动都困难……

又是几年过后，素梅入了府。

那是个轮廓与容貌和“她”年轻时有着七八分相像的小姑娘，但她们相似的地方也就只有外貌而已。

常煜阅人无数，心知这素梅早晚会惹出事端，不该留在身边。可因为那相似的面容，常夫人对她生出了恻隐之心，不顾他的劝说，执意将素梅留下，并将她那妹妹一同收为了自己的贴身侍女。

就这样，又是两年过去了。这两年里，常煜的身体状况越来越差，到了最后，在鬼门关走了几遭，险些就回不来了。而就在这时，常夫人牵着素梅的手，跪在了自己的面前……

接下来的一切，至今想起都宛如做了一场梦。

那一次，常煜只知道，他是真的不想死了。

是的，他不想死，也不能死！如果他死了，夫人怎么办，婉儿要怎么办？

从素梅跟他说行动失败的那一刻起，常煜就作了最坏的打算。

为了制造出“方玉婷”从坟墓中爬出来，杀人挖心的这个假象，他们费尽了心思，先是订做了几件相同布料和尺寸的喜服，连那婚书一同提前送到被害人的家中。接着，又造出了和方小姐下葬时一模一样的棺材，费时几个月，用了各种方式，才在不被他人怀疑的情况下，运进了城。

素梅当然是假扮方玉婷的不二人选。至于孙淮，则从外乡寻了几个挑棺人，再加上他自己，扮成了地府来的夜叉鬼，负责抬送棺木，营造出恐怖诡异的气氛……

为了隐瞒这个秘密，除孙淮以外的其他三人都被割去了舌头，成了哑巴。这三人的日常生活也都被监视了，不能独自外出，更不能找人告密。

而死人，是最不会泄露秘密的。

见那常煜垂着眼帘，一副快要昏死过去的样子，安盛平生怕这案子还没了结，那常煜就先一命呜呼了。

所以，他赶紧上前一步，抢先问道："既是如此，那常老爷能不能告知再下，这近几月所发生的命案，为何都与你有关？"

听到这话，常煜竟笑了，由于他的身体状况不佳，所以方才即使他想笑，也忍住没吭声，只从喉咙里发出呼呼的声音。但这一次，他再也忍不住了。那笑声似乎牵动了他的每一根神经，只一瞬，就疼得他迅速打住，嘶嘶地吸着气，额上也冒出了汗珠。

"老爷！"

常夫人赶紧按住他那剧烈起伏的胸膛，示意他不要太过激动。

常煜也不是完全不能动，他缓缓伸出手，抚上了妻子的额头。

他仿佛已下了重大的决心，眼神中带着坚毅与一丝淡淡的柔情，那低沉的声音幽幽道："此事与他人无关，乃是我一人指使的，素梅不过是听了我的命令，她是我常家的丫鬟，自然是要听我的。"

"既是如此……"宋慈点点头，"那您为何要这么做？"

"为何？难道你们都瞎了不成！"常煜冷哼一声，"多年前，我奉命执行暗杀任务，对方有个极厉害的侍卫，与我们大战了一夜！那人身手不如我，最后只能偷袭……想想也是下作，好歹也是名门正派，又在那样的府邸做教头，竟使出这么下三滥的伎俩来！他装作被我重伤倒地，结果却趁着我走过去时，突然用尽全力给了我胸口一掌……"

常煜说这些话时，目视着远方，仿佛又回到了那个叱咤江湖的曾经，他并不怀念那段刀口上舔血的生活，也不在乎别人给自己什么样的名号，他只是想念那些可以自由奔放过日子的自己。

“您这么做，就不怕方小姐怪罪吗？”

常煜一愣，那宋慈说这话时，并没有看着他，反而将目光投在了薛凝霜身上，他似乎知道些什么……

“方小姐泉下有知，只会觉得我做得好，又怎会怪罪！你休要胡乱揣测，此事与你无关。既然你知道了我是幕后主使，把我拿了去交差便是了！”

“不行！老爷！”薛凝霜早已泪流满面，此时听了他这番话，更是激动得双肩不住地颤抖，“您不要这么说，是我，都是我！”

“夫人！”

常煜想要制止她，但那薛凝霜像疯了一样摇着头，眼泪大滴大滴地滚落。就在常煜再一次伸出手，想要握住她手腕的时候，她突然退后几步，从地上爬起来，然后猛地拔下了头上的一根金簪，直直地抵在了自己的喉部。

她的动作太过突然，力道也没把握好，在那雪白的脖颈上留下了一抹鲜红。

血珠顺着脖子滑落，流进了领口，她脸色苍白，激动不已。

“玉婷！你干什么！”

“夫人！”

她这一举动仿似一块巨石投进了平静的大海，顿时激起了千层浪。

不仅是那躺在床上的常煜，就连一直面无表情的释空也大叫了一声，快步冲到了她的跟前。

“别过来！”

她痛哭流涕，手中的金簪又扎进了肉里几分。释空的双瞳放大，急得握紧了拳头，却不敢上前一步。

“方才，你叫她玉婷？”

屋里安静得仿佛能听到每个人的呼吸和心跳声，安盛平皱紧眉头，看着那躺在床上的常煜。

释空本不该犯这样的错误，但人在情急之下，难免会出错。所以当常夫人以死相逼时，他忍不住叫出了她的真名。

安盛平看看满脸是泪的薛凝霜，又看看那被安广按住肩膀，跪在地上一脸戾气的素梅。

那杀人的方玉婷是素梅假扮的，可真正的方玉婷，不是应该在十年前已经上吊自杀了吗？

若这薛凝霜才是真正的方玉婷，那死在棺材里被埋在地下的尸骨，又是谁？

“不错，我才是方玉婷……”这个秘密她隐藏了十年，现在终于可以说出来了，但是她并没有喜形于色，因为她此生最惬意的时光早就随着方玉婷这个身份一起死了。成为常夫人后，她一直以为有朝一日能要回自己的身份，可事实显然并非如此，“我才是那个十年前就该死了的方玉婷……”

安盛平觉得自己的头绪更加乱了，“你是方玉婷，那十年前死了的，又是谁？”

“那是……那是……”

“死了的那个，才是薛凝霜。”

不等她回答，宋慈却替她答道。他是这房间里，除了几个当事人外，唯一一个了解这件事情内幕的人。只不过，他还没来得及把这秘密告诉其他几人。而且比起由他自己来陈述，他更加倾向于让常夫人自己说出真相。

常夫人或者说是真正的方玉婷抬起头，呆呆地看着他，那眼神仿佛是在问“你是如何知道的？”

于是，宋慈只好摇了摇头，朝她微微一笑，“你和薛凝霜年纪相当，而且身形也差不多，所以当日在凤栖山开棺验尸时，我以为那棺材里的就是你。直到后来，我发现了柴峻的那幅画……”

“柴峻？”

见她这种反应，宋慈更加确定了自己内心的猜测，她不会是这几起命案的真正主使者，否则她怎会连柴峻是谁都不清楚。可真凶若不是她，难道真是已经没了任何行动力的常煜不成？

“柴峻就是那个画师，素梅也给他发了喜帖，想要趁着新婚之夜挖了他的心……但是他命大，成亲前出了事，所以由我代替他娶了这位方小姐。”

宋慈说着，看了看不远处的素梅，而素梅也在这时抬起了头，狠狠地瞪了他一眼。

“我在柴家闲住了几日，也是在这段日子里，偶然看到了他书房里的一幅画。那画上没有题字，也没有落款，只附了一枚闲章，那章的形状好像是一朵花。”

“一朵花……”方玉婷瞪大了双眼，显然，她明白了他的意思。

“不错，正是一朵花，一朵栀子花。”

宋慈说完，眼神从她脸上飘到了释空身上。释空此时正站在不远处，而他身侧则是正被安广按在地上，满脸狼狈的素梅。

宋慈看着释空握在手中的那串佛珠，这一次，释空没有再将那佛珠藏进袖口。相反，在短暂的沉默后，他没有任何犹疑地将那佛珠举起，大大方方地展示在众人面前。

“宋公子说的，可是贫僧手中这枚挂坠？”

虽是问句，可他的语气却镇定自若得无需任何回答，这无疑是承认了。

那是串碧绿的佛珠，圆润而清澈，挂着黄色的流苏和一块洁白如雪的象牙吊坠。那坠子的形状，俨然就是一朵栩栩如生的栀子花。

“没错，我后来得知，那柴峻除了会帮一些大家族的女眷们画像外，偶尔也会接一些帮忙修补画作的活计来贴补家用。他这个人虽作风不正，但确实有些真本事，所以释空大师才会将那幅方小姐的画像交给他来修补。”

释空那薄凉的唇角勾起一丝冷冷的笑意，“那幅画确实是贫僧画的，也确实是我送去给那柴峻，请他帮忙补色。不过只是幅旧作罢了，如今我们早就不是当年的方玉婷和江鸣赫，那些过去的美好也只能算是一场旧梦，之所以还留着那画，无非是留个纪念，仅此而已。”

说完，朝那病榻上的常煜微微一揖，“还请常老爷见谅，此事贫僧确实做得不妥。”

常煜没有任何回应，从他认识方玉婷的那日起，他就知道不是释空站在了他们夫妻中间，而是自己站在了方玉婷和江鸣赫中间，将他二人彻底分隔，将曾经的方玉婷变成了现在的常夫人……

含泪看了看自己的夫君，方玉婷这才回过神，又一次将目光投向了宋慈，只是这一次，她连说话的声音也大了几分，“既然你已知晓一切，那还等什么？快把我带走吧，我就是方玉婷，我从坟墓里爬出来向那些该死的畜生索命！所以现在，如果一定要偿还，那就把我带走，用我的命去还！”

宋慈顿生怜悯，“常夫人，您这是何苦，当年真正的薛凝霜因为内疚而自缢，她的死刚好给了您一个脱离方玉婷这个身份的时机……埋葬了薛凝霜，却让方玉婷得到了真正的重生，为何时隔这么多年，还要走上这么一条不归路呢？”

“为何？哼，你问我为何？”方玉婷苦笑摇头，“你明知为何还要问我！我这一生，只爱过两个男子，一个是初相见时意气风发、灿若星辰的江鸣赫……试问有几个女子在遇见这样的男子时不动心？更何况我那时还年少懵懂，根本不知道这世上有什么烦恼忧愁，有什么贪慕权贵……所以当那萧万力告诉我，花钱请了他来绑我的正是我那以后的公婆时，我觉得天都崩塌了！虽说那是他父母的意思，可谁能保证他自己不是那样想的！也许他有了更好的选择。既然这样，他为何还要留着我这个远在家乡，登不上大雅之堂的未过门妻子？”

她越说越激动，甚至已不去顾及丈夫和那释空的面子，也许这一刻的方玉婷才真的放下了所有，她想在临死前真正地吐露自己的心声，得到更好的解脱。

“夫哀莫大于心死，而人死亦次之。而就在那时，我遇到了另一个人。他是我此生另一个所爱，他在我濒死之时，把我从鬼门关拉了回来，让本想要一死了之的我有了活下来的勇气……”

方玉婷说着，那看向常煜的眼神也变得愈加柔软。

站在离她不远处的释空却在此时低下了头，若不是他，玉婷也不会受那么多苦，若不是常煜，早在十年前，他们二人就已经天人永别了……

没人把他卷进这场骗局，因为真正设下此局的，就是释空自己。

方玉婷手中的簪子因为紧张又深入了几分。

宋慈和安盛平、徐延朔交换了一下眼神，三人都觉得此时应先安抚方玉婷的情绪，不能让她畏罪自杀。

此时，最担心方玉婷的还是常煜和释空。

释空虽然想去抢夺方玉婷手中的簪子，可又怕自己会激怒她，反而适得其反。至于常煜，他和方玉婷相处了十年，自然非常了解她，也知道此时此刻，唯有一件事可以阻止她。

想到这里，常煜不禁凄然一笑，这几年他机关算尽、杀人无数，只为了能在她身边多留一日，可现如今……

“徐大人，常某有件事想问问您。”软榻上的常煜突然道。

徐延朔本在一旁静观其变，突然听到常煜叫自己的名字，马上集中了十二分精神，瞅着他，点了点头。

常煜这才用那低沉的声线，缓缓问道：“我那徒儿孙淮可是死在了你的手中？”

徐延朔原本并不清楚孙淮的身份，从今日的几次对话中他才明白，孙淮就是负责抬棺材的那个轿夫之首，也就是杀了其他三人又服毒自尽，走路外八字的男子。

负责捉拿那几人的是安广，既然常煜问了他，他也不介意给出答复。

“孙淮等人已在逃跑时身亡，他杀了其余三人后，也服毒自尽了。”

“嗯，”常煜微微点了点头，“孙淮是我几年前收到门下的，当时我已经遇到了夫人，便想着和她长相厮守，退隐江湖。孙淮也是迎风阁的人，他服下的那种毒有个名字叫‘泯言’，是每个迎风阁的成员都随身必备的。这种毒，只需小小一滴，滴入水中就可在片刻间置十余人于死地，更何况那藏在口中的还是未经水稀释的原液，只要在关键时刻用牙齿碾碎那藏在牙中的药丸，即刻便会送命，绝不留任何说话的机会。”

常煜说完，将目光投向了自己的夫人，那眼神中满是温柔，像是初见她时带着无限的惊讶，惊讶这世上竟有如此动人的女子，只看了一眼便走进了他冰冷的心，融化了那钢铁一般的心墙，带领他从地狱来到了人间。

看了常煜的那一眼，方玉婷惊得扔掉了手中的金簪，大叫着朝自己的夫君冲了过去……

来不及了，常煜已经咬碎了那颗藏在自己牙齿中的药丸。

十年前，他是迎风阁的人，多少次出生入死，即便到了最不可能的时刻，他都能化危机为转机，将敌人置于死地。退出迎风阁的时候，他将那药丸从口中取了出来，因为他开始珍视自己的生命，他要好好活着，要守护自己心爱的人。

而今日，他趁着方玉婷去法源寺的时候，命人将那药丸找出，再一次放进了自己的嘴里。

他不想因为病发而亡，一个曾经叱咤风云的杀手，刀口舔血的日子都熬过来了，却死在病榻上，这种屈辱他无法接受！所以，他想要用另一种方式结束自己的生命，以保全尊严。

也许死亡于他来说，反而是一种解脱。

现在他唯一的遗憾是婉儿不在身边，只要女儿还在这世上，他就会觉得自己还有一部分也存活于世，还能陪伴在方玉婷的身边。

那毒液注入喉咙，传来了火辣辣的疼。他的嗓子里一股甜腥，就连喉管也跟着燃烧了起来。

看着方玉婷哭喊着奔向自己，常煜朝她露出了一个微笑，然后永远地闭上了眼睛。

“幕后主使是我，与其他人无关……”

这是常煜在这世上留下的最后一句话。

方玉婷哭喊着朝常煜狂奔而去，即使她拼尽全力，也无法挽回什么。

但有些事，并不会因为死亡而终结，就像真相，无论什么都无法将其掩埋。

宋慈看着方玉婷那声嘶力竭的模样，心中也不是滋味，可有些话，他却不得不说。

“常夫人，人死不能复生，还望您节哀顺变，婉儿还小，她已经失去了父亲，所以……”

在听到他这句话后，方玉婷原本不断抽搐的肩膀微微停顿了下来，虽然背对着他们，没有回应，但宋慈知道，自己无疑是说到了她的心里。

见她的情绪稍稍平复了些，宋慈这才接着道：“三年前临镇闹饥荒，紧跟着又出了疫症，民不聊生、怨声载道。素梅和素柳她们两姐妹原本姓苏，家中是开镖局的，可后来也因为这些变故远走他乡，来了此地。当时，法源寺接济了不少难民，苏家姐妹也在其中，而后又过了几个月，释空便把她们引到常府做丫鬟。也是从那时开始，常大侠的身体开始每况愈下……”

宋慈话中有话，虽然没有明说，但意思却十分明显。

莫说方玉婷，就连释空也皱起了眉，不等宋慈说完，便直截了当地质问起来。

“从那时起……宋公子，您这话是什么意思？”

释空攥着那佛珠，双手呈拳状，狠狠地盯着宋慈。

方玉婷显然将这些话听了进去，她原本被蒙住了双眼，看不清的那些真相也渐渐明朗清晰起来……

三年前，释空带了苏梅和苏柳两姐妹见她，看着苏梅那和自己年轻时有几分相似的脸，方玉婷似乎在她身上找到了自己曾经的影子。尤其是，当苏梅看向释空时，那眼神炙热又大胆，就连当年情窦初开的自己也不曾有过这般热烈的感情。

所以，方玉婷迫不及待地将她们姐妹二人带回了府，她们二人也成了自己的贴身丫鬟。

苏梅改名为素梅，她来常府之前，常煜本还能下床走动，可后来，几次突发病危，甚至到了最后，连床都下不了。

就在这时，素梅主动请命，说要为老爷和夫人分忧，接着她提到了一个人，那人的名字叫作秦九。

一开始，他们本想着去找一些无名无姓，没有家人朋友的乞丐、难民……但因为秦九说，那换心之人的血最好能与常煜的血液相溶，这样换了心之后就不会出现不良反应。

于是释空便想了个法子，他利用自己的名号，开始散布一种说是开了光的符纸，来求符咒的人，用自己的鲜血配上法源寺的香灰书于符咒上，便能保佑自己学业有成，仕途无量。

一时间，文人墨客趋之若鹜。而这之中，也包括一些披着人皮的恶魔。好比那师爷吴晋，他生前害人无数，尤其是那些可怜的年少女子。这些禽兽让方玉婷想起了银狐萧万力，也想起了那雇了人来糟蹋自己的江家二老。她恨这些人，所以，她要素梅以自己的名义去惩罚这些恶徒。

方玉婷死得不体面，十年间，背负了无数骂名。他们甚至还为她造出了一个莫须有的情郎，有的甚至还谣传说她死时已怀了身孕……

既然在世人眼中她如此不堪，那十年后的今日，她也不在乎从墓地里爬出来，做一回真正的食人鬼！

关于换心，方玉婷当然不会傻到直接让秦九给常煜换心，她还未完全相信这秦九的换心之术，不敢轻易把官人的性命交托到他手里。

一次次地杀人，一次次地尝试，后来终于有个乞丐被顺利换了心。只是，他醒来后逃跑了，一直滚到山脚下，变成了一个傻子。没人知道这是为何，不知是因为他在摔落时磕坏了脑袋，还是换心后落下了什么病根。

所以，方玉婷只能将此事再次搁置下来，直到近日，常煜连续发病两次……

想到这里，方玉婷忍不住回头，看了看那跪在堂下的素梅。

她此时已揭去了额上的假疤痕，纵使衣衫不整、发髻凌乱，可看起来仍旧那么美。她们主仆三年，但在那素梅的眼中，方玉婷见不到半丝的哀伤和怜悯，那素梅只是痴痴地望着释空……

方玉婷靠在床榻旁，觉得内心一阵翻涌，既难受又恶心，想起自己这些年就像傻子一般，一直任由他们摆布。

就在这时，徐延朔又说了这样一番话，将方玉婷彻底击垮。

“我们得知那释空曾以血符为由，收集了不少名流公子的鲜血，他应该就是以此为幌子，让常夫人您以为那些受害者的血液都能与常煜相容。但实际上，除去一开始的那位聂秀才和吴晋，其他人都没有去过法源寺。柴峻虽去过，却没有去求过那道灵符。”

方玉婷简直不敢相信自己听到的，“你说什么?！”

“这几人并不是因为那道灵符联系在一块的，不然我们早就查出来了。”徐延朔解释道，“真正把他们联系起来的，是三年前由董兴邦带头举行的那场祭典。”

“你说的，可是那场时疫后的祈福？”方玉婷虽不关心政事，但董兴邦这个名字她还是知晓的，毕竟此人乃长乐乡的名人，他们董氏家族在此处的地位无人能及。

“不错，就是那场祭典！当时参加血祭的人太多了，几乎半个长乐乡的成年男子都参与到了其中，此事又是三年前发生的，所以在查案时便疏忽了。不过，这几人恰巧都参与了，而且此事远不止这么简单，这几人都因为那场瘟疫而走了运，发了家……”

“所以？”

“所以我们怀疑，这几人可能都与那场瘟疫有关，包括释空。三年前，一定有什么不可告人的秘密，而那几人，恰巧便是知情者。”

此话宛如一道惊雷，直听得方玉婷愣在了原地，她曾以为释空是真心诚意地要帮自己，可现在，她突然有些怀疑了。

“释空啊释空，你还真是厉害！”安盛平瞅瞅跪在一旁，仍旧抱着亡夫尸体，因为知道了真相而惊讶呆滞的方玉婷，又看看那披头散发，眼巴巴瞅着释空的素梅，“所有人都被你玩弄于股掌之间，以为你是为了她们好，对你心存感激和爱慕。但到了最后，你为的只是自己的私欲，你用一桩又一桩的杀人案来掩饰自己的罪行！只是不知，你那背后又有什么秘密？你这么做，究竟是因为自己，还是另有缘由？”

释空微笑，看着方玉婷，此刻他眼中也只有方玉婷。

“我原以为，常煜死了，我会舒服些。毕竟这些年，若没有他，我和玉婷也不会走到今日，可……”

释空不再用“贫僧”二字来自称，这一刻，他只是一个普通人，平凡又无奈。

“说来也是讽刺，秦九一心想着报恩，可他根本不知道我只是给了所有人一个希望，根本没想过让常煜活着。就连那药粉……让常煜病情加重的药粉，也是我从他手里拿来的。”说完，他冷冷一笑，“为了救治常煜，秦九研制了很多方法和药物，其中有一种药，人服用之后会心悸不适，一般人也许没什么，只是稍稍有些不适罢了，但常煜……”

宋慈曾与秦九交谈时，也提及了一些相关的问题，再加上宋慈本身也有一定的药理常识，因此很快就明白了释空的意思，“不错，常煜的心脉不通，本就不应受任何刺激，所以心脉越急，对身体越不好，长此以往，更是会加重病情，严重时，确有性命之忧。你这法子倒是两全其美，一来，让常煜一再病发，常夫人不得不有求于你，几次下来，便对你有了依赖，心生感激。二来，常煜越病危，换心之事越是迫在眉睫，就算失败，也与你无关，怨只怨他自己命中应有此劫。况且，你还可以刚好借机除掉你想要除掉的人，并掩饰住你本来的目的。”

“是啊，这么一说，无论如何，你都落了个好名声！”安盛平在一旁附和道，“常夫人就算不念旧情，也得记得你后来对她的好，说不定她心一软，再加上丧夫之痛，还有你的一番甜言蜜语……你就可以左拥右抱，坐享齐人之福了！”

这番话虽不好听，但无疑说出了释空内心最潜在的心声。

他不想要齐人之福，他只想要方玉婷一人，他想要和方玉婷重温旧梦，也想继续做一个高高在上的神，操纵着素梅这个可怜的女子。

以前的江鸣赫，既可以为了自己所爱之人抛弃一切，也可以藐视尘世的一切肮脏。而如今，他自己就变成了一个来自地狱的恶魔，甚至比当年买凶害人的亲生父母还要丑陋数十倍。

“什么情啊爱啊，说到底，不过是自私罢了。”安盛平冷冷地道出了这么一句话。

不知过了多久，突然有人叹了一口气，那叹气的不是别人，正是为了此案才来到长乐乡的徐延朔。他将右手按在佩刀之上，向前跨一步，走到了释空跟前，“释空大师，现在人证物证俱在，还请你跟我回衙门吧。关于吴晋在内那几人的死，还请你如实交代了。”

释空环视四周，素梅正被安广押着，跪在不远处，她身旁还扔着那用来挖心的铁手。秦九显然已经伏法，被他们押入了大牢，难保不会全盘托出……

似乎是看出了释空的想法，宋慈苦笑着摇了摇头，又看看那悲伤的方玉婷，犹豫了一番，终于还是说道：“秦九被捉拿前，告知了宋某一事。”

释空看着他，摆出一副无所畏惧的样子。

宋慈紧跟着道："秦九说，换心之事他并没有把握，但医者，总要给病患一个念想，所以那法源寺的智远……"

"你说什么?！"

不等释空回应，一直没说话的素梅却惊恐地喊了起来，"这不可能，当时老妖怪给他换心时，我就守在门外，他的胸口明明被开了个大洞！"

宋慈苦涩一笑，"智远的胸口确实被开了洞，但那心还是他自己的，并没有换过。而且……智远也没疯。"

"什么！"

"这一切都是秦九和他安排好的，智远也是个聪明人，知道若是自己和常人无异，会很容易引起你们的怀疑，他原本确实想要逃走，可不幸滚落山崖后受了重伤，他索性装疯卖傻起来，好让你们摸不清他究竟是跌坏了头，还是因为换心落下了痴傻的毛病。可好歹这样，他还能活下去。"

这一次，莫说素梅，就连释空也终于露出了惊诧的神色。

"好，很好，"释空仰起头大笑，"我自恃聪明，以为能把别人玩弄于鼓掌之中，可现在看来，我也不过是个傻子罢了……哈，哈哈哈哈！"

他的笑声越来越大，甚至到了停不下来的地步，渐渐地，那笑却变了味，因为即使仰着头，宋慈也能清晰地看到释空眼角凝着的泪。

在三年前的那场瘟疫里，他受了"上面"指派，做出了如此丧尽天良之事，无非是想让自己重新被重用，在朝中留有一席之地。

但到了最后，这一切都成了一场破灭的梦！

然而，就在所有人都看着那仰天长笑的释空时，谁也没有发觉，原本抱着常煜尸体的方玉婷突然站起了身。

她远远地看着释空，脸上的泪也干涸了，那眼神和常煜一样的空洞……

方才常煜服毒自尽时，方玉婷为了奔向他，将那原本抵在自己脖子上，用以威胁他人的金簪扔到了地上。此时，她又在站起身时，不动声色地将那簪子握回了手里。

那簪子上还沾染着她的鲜血，白皙的脖颈仍旧挂着醒目的绯红。

令人猝不及防，她忽地提起了裙摆，快速地朝着释空飞奔而去。

释空仰头大笑，却被人猛地撞了一下。他低下头，看见一个女子正趴在自己胸前无声地哭泣。他手中的佛珠恍然落地，那白玉的栀子花重重地掉在地上，一瞬间碎成了几段。

自出家起，释空便一直戴着这串佛珠，只因为那白玉栀子花，乃是当年他赴京赶考前方玉婷亲手所赠。多年来，他几乎不曾离手。

胸口隐隐刺痛，释空微微皱起了那英俊的眉，他清楚地感觉到正有什么在自己胸前一点点晕染开来，逐渐扩大……

但即便如此，他仍旧伸出双手，紧紧地环抱住了那个扑进自己怀中的影子。

她埋着头，抵着他的胸膛，不停地啜泣。发髻两旁的青丝随着抖动缓缓落下，那发梢还带着股淡淡的花香，这花香沁入心脾，令他沉醉。

谁能想到方玉婷那颤抖的双手中，正紧紧地握着一枚金簪，一寸寸地扎入了释空左侧的胸膛。

爱上江鸣赫，是她的命；爱上常煜，却是她欠下的情。

待到方玉婷抬起了头，那本已止住哭泣的脸上，又一次挂上了泪痕。

这一次，她的泪中不仅有爱，还有恨……

释空却笑了，他突然觉得，也许这一切就是最好的结局。

他伸出修长的手指，用冰冷的指尖滑过他想了半生的那张脸，他爱了她这么多年，却是头一回离她这样近。

而这，也是最后一次。

“为什么……”在他怀中，方玉婷低声喃喃道，“为什么？”

释空觉得，全身的血流正一点点顺着那胸口的破洞远离了自己。但他仍旧笑着，一句话也没说。

“不好！”

从方玉婷突然扑进释空怀中开始，宋慈就觉得有些不对劲。他发现释空微微蹙起了眉头，脸色也愈加苍白起来。

接着，宋慈注意到了释空的僧袍。

今日，释空还披了袈裟。

那袈裟极其华贵，乃是当今圣上听闻了释空出家的缘由后御赐的绯衣，那绯色的袈裟下是件郁金的僧服，如今那僧服的胸前，现出了点点殷红。

宋慈一声惊呼，方玉婷这才仰起头，哀号一声，退了几步。

待到方玉婷退到一旁，众人才发现释空已被她用簪子捅进了胸口，那金簪入肉七分，刚好是他那颗心的所在之处。

“啊！”

那被钳制在地的素梅也发出了一声凄凉的哀鸣，她振臂狂吼，猛地跃然而起。安广本正擒着她，但很显然，他也被方玉婷要杀释空的事震惊到了，有了一丝分神，偏巧在这时，素梅爆发了从未有过的气力，令安广连退两步。

素梅脱离了安广后的第一反应，就是如箭一般冲了出去，她猛跑几步突然双膝跪地，又在瞬息间抄起了那被扔在地上的铁手。

素梅冲出去的同时，安盛平已经全神戒备地站在了宋慈跟前，徐延朔也绷紧了每一根神经，只等她过来与自己对战。可谁都没想到，那素梅并没有逃跑或反抗，她拾起那铁手，利索地套上了自己的手臂，然后从地面一跃而起，满怀着恨意，将自己的左臂对准了方玉婷的后背……

素梅正好在方玉婷的身后，所以她的举动全都被释空看在了眼里。在素梅跃身的一刹那，纵使自己不会功夫，纵使此刻胸前还扎着那金簪，他仍旧在这生死一瞬爆发了从未有过的力量，用双臂抓住方玉婷，将她拥入怀中，然后奋力转身，用自己的血肉之躯，为她挡下了这致命的一击。

铁手无情，素梅早已被愤怒和妒火烧昏了头脑，她使出了全力，这一击下去，竟来不及收手，只能眼睁睁看着自己的手臂贯穿了情郎的身躯，在他背上开出了一个血洞，直接破开了他的胸膛!

释空原本想用自己的身躯挡住素梅，再借转身之际，将怀中的方玉婷甩出去，可他毕竟不是什么武林高手，也高估了自己这残弱的身躯……那铁手从他的背部贯穿，直接捅破了前胸，狠狠地扎入了正站在他身前的方玉婷的胸膛。

素梅没想到释空会扑上来为那女子挡住这一击，可那女子明明伤了他!

为何他临死都不放开她！为何自己这么爱他，他却为了那个女子连命都不要！

绝望之中，素梅发出了比方才还要凄凉的一声惨叫，而就在这一瞬，徐延朔果断出击，抓住了素梅的肩膀，安广也几乎同时出了手。

安广抽出腰间的软剑，砍向了素梅那铁手，血流喷涌而出，素梅的左臂竟被安广生生斩断了，那带着铁具的手臂，则留在了释空与方玉婷的胸腔之中。

素梅骤然倒地，纵使鲜血喷溅如注，也仍不肯闭眼，死死地盯着释空的背影，咬着唇，再也不肯吭声。

方玉婷难以置信地看着自己的胸口，复又抬起头，看了看为自己挡住那致命一击的释空。

“林郎……”

只一句，那一直含在眼中的泪，终于忍不住滑落。

释空出家前的名字叫江鸣赫，字瑞林。

林郎这个称呼，他足有十年不曾从方玉婷的口中听到了……

看着眼前的这个女子，他笑了。

那一瞬，他仿佛又恢复了往日的神采，他仍是那青丝缭绕、义气风发的少年郎。而她，也不再是常夫人，那一刻，她只是方玉婷。

“终于……终于……”

释空的手缓缓抬起，抚摸着她淌血的嘴角，与她一同闭上了眼。

看着自己嫉妒又愤恨的女子终于死了，那趴在地上断了手臂的素梅发出了可怖的笑声。

只是这笑声带着无尽的悲凉、绝望与哀伤。

# 第七章　乌石河沉尸案

夏末初秋之时，一大早有些寒凉。

若是换了以往，陶香这时候可能还未下床，正躺在绣着牡丹花的锦被下，感受着秋日里独有的惬意。

此刻，她正穿着最简单粗糙的衣裙，这种布料和样式，连过去给她家倒夜香的婆子都不穿，脚上的那双旧布鞋鞋底还破了个洞，而且根本不合脚，几乎每走几步，就要掉下来一次，她便只能尽量不抬起脚，拖着地，才能勉强走路。

陶香虽不是正妻，只是老爷两年前纳的一房小妾，但她得到的恩宠丝毫不比那高高在上的四品夫人差。

直到，老爷在朝廷上栽了跟斗，败给了那郡国公……

府里十四岁以上的男丁一律被抄斩，女眷全数发配，虽说陶香嫁进府之前也只是个靠唱曲为生的伶子，但她从小娇生惯养的，哪里受过这般委屈。

原以为可以一步登天，谁曾想刚过了两年好日子，等着自己的，却是下半生无尽的黑暗与苦难。

早知如此，她当年还不如下嫁给那卖馒头的罗老二，起码也有个屋檐能遮风挡雨，一辈子不愁吃穿。

如今，等着陶香的就只有两条路，要么去当官妓，要么，则是在这发配的路上被那群官差折磨死。

她还年轻，才不过十九岁，若给她几个月，让她修养好身子，她仍有本事去钓个富家公子。可现在，照这种情况，她甚至觉得自己无法活着走到最后的流放地。

天刚蒙蒙亮，空气中还泛着露水的潮湿，那种入骨的寒冷不仅刺痛了她的双手双脚，更扎得她的心透不过气来。

走在最前头，穿着件藏青色长衫，留着一脸络腮胡的差人姓林，他是这群负责押送的官兵里的小头目，他这人虽长得有些凶恶，可倒还算正派，也是这一行四个差人中，唯一一个没有占过她便宜的。

至于其他三个差人，有一个因为昨晚吃了不干净的东西，拉了一宿的肚子，所以今早一直由另一人搀扶着，远远地跟在押送队伍后。

此时除了那姓林的走在最前头，队伍后跟着个平时最懒散的姓周的官差外，再无其他人看守。

所以，若想逃跑的话，今日就是她最好的时机。

天蒙蒙亮他们就开始赶路，走到现在，已有差不多一个时辰了。往常要走上差不多一个半到两个时辰才会歇一歇，可今日不一样，他们得等着那在后面追赶的两人，所以必须适当放缓步子。

队伍停在一条大河旁，那河又长又宽，河水湍急得很。岸边则是一望无际的碎石子，穿着破洞的鞋子走在上面，着实让人难受。

显然，大家都累了，这些年纪不大的姑娘们平时都养尊处优惯了，因为生得漂亮，所以即便是丫鬟，也都是各个屋里伺候的，没人干过粗活。更何况，这里还有一位小妾，两个通房和一位名副其实的大小姐。

“大人……大人……”

果不其然，不等陶香找时机开口，便有人先撑不住了。

说话的是那两个通房中的一个，那女子姓马，小名珍珍，是老爷出事前才入府的。她一进门就得了宠，因此平时嚣张得很，从不把他人放在眼里。她虽长得不算出众，但手段了得，也不知入府前是做什么的，总之有一身狐媚子的本事。

那女子近日似乎还勾搭上了那姓周的差人，所以一路上得了很多额外的照顾。

既然她开了口，那姓周的自然不会驳了她的哀求，于是很快就喊了停，一行人三五成群地坐在碎石滩上歇息。

“老大，我去接些水。”那姓周的不想让头儿知道自己是为了照顾相好的才停了赶路，于是只好借口去打水。

林老大点点头，“去吧，你多打些，不然下次经过有水源的地方，也不知要多久了。”

陶香自然不能错过这千载难逢的好时机，她眼珠一转，“官爷，让奴婢帮您吧！”

“你？”姓周的看着她，不怀好意地上下打量一番，颇有些玩味道，“五奶奶娇生惯养的，今日怎么主动干上活了！”

姓周的说着，摆出一副高高在上的姿态，朝她勾勾手指，待到她走近了，又朝她扔过去一个还剩下半袋水的水袋子。

陶香悻悻地接了，没吭声，低眉顺眼地跟着他一起朝河边走去。

这岸边都是些黑色的细碎石子，她那右脚的鞋子破了个洞，走起路来一瘸一拐的，很是辛苦。眼瞅着就要到了河边，突然有颗石子挤进了鞋底的破洞，扎了脚，疼得她“哎哟”一声，竟朝着那河跌了过去……

她这一跌，跌得太过突然，站在一旁的官差根本来不及反应，只见她一头扎进河里，溅起一片水花。而水花过后，便再没了踪影。

那姓周的官差急得直跳脚，站在河水边，一步也不敢往里迈，“头儿！我……我不会水！”

“没用的东西！”

林老大气得恨不得冲上去揪住他，狠狠给他几个大嘴巴。既然不会水，瞎逞什么能，还领着女犯去河边打水，他也不怕自己失足掉进去淹死！

忍着脚下的碎石，林老大加快步伐，跑了几步，这才跑到方才陶香落水之处。

他一边跑一边脱掉佩刀和随身携带的官文，扔给一旁的官差，刚要提一口气扎进河里，却突然远远地听到一声惊呼。

抬起头，就见那陶香才不过片刻的工夫，便被冲到了河中央。此时，她正从那河面上冒出头来，挥舞着双手，哭喊着呼救。

林老大不再犹豫，一个猛子扎进河里，朝着她游过去。

谁知才游了没多远，就见那陶香自己浮出了水面，朝着岸边奋力游了回来。

她身手敏捷，看样子水性极好。

林老大刚一下水，就觉察到了事情有些蹊跷。这河水虽然湍急，但靠近岸边的水清澈又平静，那女犯再柔弱，也不能一眨眼的工夫就被冲得那么远！

此刻再看那陶香的样子，林老大更加笃定她绝不是被水冲过去的，想来，怕是想要借机逃跑，在水深处潜游，才游到了河中央。

只是，她为何又改了主意，中途折返回来呢？

因为才下水，游得还不远，林老大索性停了动作，踩着河底，站起了身。那水方才没过他的腰际，他用手抹了一把脸，瞪着双眼睛，等着她。

陶香似乎是使出了全身的气力，拼了命地游回了岸边，她浑身湿透，湿漉漉的发丝垂在脸颊上，更显得一张小脸又白又嫩。她趴在碎石岸上，大口大口喘着气，脸上的表情仿似见了鬼一般。

“还跑吗？”林老大不慌不忙地走回岸边，站在她身后，冷冷地来了这么一句。

谁知，他不问还好，这话问完，陶香便“哇”的一声大哭起来。

“怎么回事，怎么游到一半，你又回来了？”林老大问道。

“那河里……”陶香哭着，回头看看林老大，满眼的委屈与惊恐，也不为自己开脱，直接答道，“河里死人了！”

“死个人而已，有什么可怕的。”姓周的官差心疼地拍着她的后背，边安慰边作势要将她拦入怀里，“别哭了别哭了，哪个河里还没死过人，不碍事。”

“不！”

陶香挣扎着将他推开，一阵风吹过，她身上本就湿透了，此时一吹凉风，更是忍不住瑟瑟发抖。却不知是因为寒冷，还是因为害怕。

“不是一个，是……是好多死人……”她哭得愈发厉害，用手掩住脸，只能从指缝中传来声声的呜咽，“好多……我这辈子从没见过这么多死人……”

她这番话说完，林老大也不禁蹙起了眉。其实正如那姓周的所说，河里死个人并不是什么稀奇之事，若说别人害怕他也不会放在眼里，可这陶香……当日那万府十四岁以上的男丁全被砍了头，当时血流满地，一排接一排地跪倒在地，每个人犯面前都有个木桶，就等着行刑官一声令下，刽子手手起刀落，接着脑袋。

这硕大的木桶，一个能盛得下两三个人头，那一排木桶，少说也得有十几颗。一阵风刮过，又骚又腥。

这腥自然是指血腥气，而这骚，则是因为有不少人看的时候吓得尿了裤子。

而那五姨太陶香安静地跪在那里看着，她脸色惨白，确实也有些动容，可她既没哭也没喊，连那万大人的头被砍下来，腔子里的血喷了她一脸时，她也只是闭了闭眼。

林老大当时就觉得，这女子不一般。

可此时此刻，她却被吓成了这副模样。这说明，那河里的景象必定十分骇人，至少，要比那日万家四十七口人被砍头还要瘆人。

“你看着，我下去瞅瞅。”

“是，头儿。”那姓周的应和着。

林老大说完，又瞅了瞅聚在不远处的几个女犯。

“看紧点儿，一个也不能跑了。”

说完，他转过身，下了水。

林老大穿着件藏青色衣裳，在水中似一尾青色的大鱼，朝着河水深处游了过去。

眼瞅着，到了那陶香浮出水面呼救之处，林老大仰着脸，狠狠地吸足了一口气，然后一头钻进水中，往河底潜去。

这河不知有多深，他拼了命地往下潜，却仍没看到陶香口中的死人。除了一堆黑色的水草，他连个人影都没寻到。

这被淹死之人，不都应又肿又胀，比平时要大上两圈吗？难道他潜水潜早了，那死人不在这附近？

正想着，又是一坨水草缠上了他的手臂。

林老大心里暗暗咒骂，这河里的水草未免也太多了些，方才一路游来，水下乌压压一片，有长有短，有的还剐到了他的衣裳。

顺手将手臂上那堆缠绕着的水草拉扯掉后，林老大脚下用力踩水，将脸浮出水面，换了口气。看到身上那些随他一起浮出水面的水草，他试图把它们都扯下来。然而就在这时，他突然注意到自己扯下的那团水草根部有些奇怪的土灰色……

他把那水草根部拿到手中摸了摸，那是一种无法言说的感觉，像是发了霉的泥土，或是腐烂的猪肉，而且还伴着股浓浓的腥臭。

他愣了一会儿，猛地反应过来，扔掉那水草，朝着更深的水底潜去。

拨开那层层的，扑面而来的黑色水草，他终于沉到了河中最深之处。

虽然那河中央的水流有些急，但是真沉到水中，却又出奇地平静。

直到，他看见了一张脸。

原本是乌黑的水草，可潜得深了才发现，那水草竟随着水流在水底打了个转，有什么东西冲向了他。

那是一张毫无生气的脸，左半边不知被什么砸了个稀烂，完好的右半边则因为长时间泡在水里而肿胀起来，看起来，就像个可怕的面具。

林老大一细看，发现那是个穿着件灰色长袍的男子，他紧闭着双眼，长发被水冲散，发丝向上，随水流摇摆舞动。

林老大被吓得一个激灵，险些呛了水。他后退了几步，用力摇了摇头，这才忍住没张嘴，可是很快，他的后背又撞上了什么似的。

转过头，他又看到了一张脸。和那狰狞的男尸不同，这一次，他看到的是一张美得宛如一幅画一般的脸。

那是个女子，一个看起来不过二十出头的年轻女子。

她和那男子一样，一头乌发随波逐流，她上身几近赤裸，只穿了一条红色的肚兜。腰间一条长长的桃红色带子，下面是条粉色的裙子，那裙摆和腰间的丝带在水中舞动着，就仿佛她还活着一般。

那女子的脸白得几乎可以用触目惊心来形容，整个人带着一种诡异和凄美。

也许就是因为她的美，连老天都对她格外优待，和那些被泡发的男尸不同，她看起来没有丝毫的狰狞与丑陋。死亡，只是更加衬托出了她的美丽动人……

而直到此时，林老大才发现，这河底，竟到处都是死人！

每一簇水草下，都藏着一具尸首。有多少水草，就有多少死人。

放眼望去，这些人有的立着，有的躺着，每个人的双手都被绑在身后，每个人的脚踝上都用一根粗如手指的麻绳绑着，并且附带着一块大石。

想来，也是因为这个，这些尸体才没浮上水面，一直沉在水底。

若抽干这里的河水，这河底，根本就是个万人坑！

也难怪那陶香会吓得逃回来了。如此恐怖的场面，简直就是人间地狱，别说她是个女子，就连自己这个见过无数生死的一个大男人看了，都不禁吓得浑身发抖，恨不得赶紧逃离这是非之地。

林老大只好再次回过头，紧紧地盯着那美丽的女子。因为，除了她以外，其他的死尸都让人觉得恶心害怕。

那女子紧闭双眼，双手也被绑在了身后，更突出了她胸前优美的高耸，那肚兜则随着水波轻轻浮动……

林老大自认不是个君子，却也不会随意占了陌生女子的便宜。但此时此刻，这河底只有他一个活人，那女尸又美得令人心醉。他越看越觉得，这女子简直比活着的人还美，她似乎根本就没死，只是沉睡在这冰冷的河底，等着有个人来解救自己……

这么想着，林老大不禁伸出手，将自己粗糙的手掌攀附上那女尸如玉般的脸颊上。

突然一阵暗流涌动，那女子紧紧合起的眼睑似乎动了动。

林老大没在意，仍是出神地看着。

不料，那女子竟猛地睁开了双眼！这双眼没有眼珠。

那美丽的脸庞上，只有两个死灰色的空洞，那两个空洞上还挂着丝丝肉片，随着涌动的河水左右轻轻摇摆。

林老大觉得胸口涌起一阵强烈的恶心，他终于忍不住惊呼，张开嘴，狠狠地呛了一口水。

那浸泡过无数尸首的河水涌进他的嘴里，堵在他的喉部，害得他喘不过气来。于是，他赶紧拼命地摆动四肢，踩着水，奋力朝着水面游去。

好在，他顺利浮出了水面。他大口大口地咳嗽，嗓子眼又疼又痒，脑袋也嗡嗡作响。良久，他才把卡在喉部的那口水吐了出来。

林老大低头朝水中看了看，却只能看到一片黑色的阴影。转过头，他便瞧见了岸边的官差正站在那里，奋力地朝自己挥手。他一刻也不想在这水中停留，急忙用那双有力的手臂拍打着水面，朝着岸边游了过去。

过了一会儿，林老大终于安全返回了河边。

他步履沉重地上了岸，脸上的表情甚是凝重，而且也和那陶香一样，看起来苍白得可怕。

“老大，到底什么情况！”

那姓周的官差强打精神，过去扶住他，关切地问道。

林老大双手叉腰，扬起头看着天，良久，才吁出口气，“去报官吧。”

那官差险些以为自己听错了，疑惑地追问：“您说什么？”

“报官。”林老大严肃地拍了拍他的背，又看了看陶香，“就说在河底发现了死人，而且……不止一个。”

南城，望月楼。

宋慈坐在二楼的临街处，斜倚着栏杆，眺望街上熙熙攘攘的人群。

他刚来到长乐乡的那日，天刚下过雨，街上行人不多，这望月楼的大堂里冷冷清清的，只坐了几桌散客。哪像今日，虽然天色仍有些阴沉，但暂时还下不了雨，因此街道左右都聚满了小贩，来往买卖的人也不少，好一番热闹的景象。

桌上的菜不多，而这望月楼每桌必点的，必然就是那芙蓉莲子糕。

听说，那莲子是每日清晨采了，还滴着露水就送进这望月楼的后厨房，然后由专人一颗颗剥开，去了那苦涩的莲心，再蒸熟了碾磨成粉，加上白糖、糯米粉和上好的牛乳做成的。

细糯软嫩的糕点被做成了梅花形状，上面用特制的桂花糖点出红色的印记，光是闻着，就沁人心脾，咬一口，更是唇齿留香，满嘴的芬芳。

只是，那淡淡的香甜过后，又留了一丝耐人寻味的苦涩。

宋慈也不知这苦涩是因为什么。

是那曾经在这望月楼与他擦肩而过的常夫人，还是那只匆匆见了两面，也许再也没有机会相见的安雨柔……

至于那常夫人，或者说是方玉婷，她这一生只能用悲哀两个字来形容。

素梅已经被问斩了，她在临死前说，自己不过是方玉婷的一个影子，一个替身罢了。在释空心里，根本就没人能代替方玉婷。

可释空的死，却给他们留下了诸多遗憾。

画师柴峻大难不死，吐露出三年前那场瘟疫并非因为天灾，而是有人刻意为之。他自己不过是这场阴谋中一枚小小的棋子，根本不知道什么内幕。

也许释空是唯一知情的人，可他却死了，这是不是说明这条线就这么断了……

想到这里，宋慈不禁苦笑，举起酒杯，放到唇边浅酌了一口。那酒在舌尖散开，冲淡了莲子糕的芳香，留下了辛辣的回味。

“喝完这杯，你我都要上路了，下次再见，不知又是何年何月……”

宋慈将要和阿乐一起回福建老家，而安盛平则会带着安广回临安上金殿，关于长乐乡这困扰了他半年之久的女鬼挖心案，亲自去给圣上一个交代。

至于徐大人，则继续留在这里处理一些相关事宜，待全部安排妥当了，才会回临安城复命。

今日，宋慈会先行一步出发，安盛平则会在两日后动身，走水路。

举起酒杯，宋慈微微一笑，他脸上仍挂着那自信的表情，但眉宇间多了一份苦涩的无奈。宋慈仰头干了一杯，然后将手中的酒杯朝下，示意自己一滴未剩，算是最后的道别。

“今日恐有雨，你出门时，可有带伞？”宋慈对安盛平提醒道。

“带了，你不用担心我，我离得近，很快便能回去，倒是你，还不如晚一日再走，不然赶上了雨可如何是好。”

宋慈笑笑，“出门在外，赶上天气不好也是常事，更何况现在正是多雨时节，总为了这雨推延，那我何时才能回家啊！”

两人闲聊着，并肩下了楼，走到大门口时，宋慈接过阿乐递来的缰绳，转头便看到安盛平站在那望月楼的招牌下，含笑注视着自己。

千言万语，在这一笑中化作了云淡风轻。

安盛平虽仍是一副风流倜傥的样子，却在不知不觉间，从郡公府最小的公子变成了一个有担当、有胆识的男子。这样的安盛平，是那么地意气风发……

心头涌起无限的感慨，安盛平看着宋慈，似乎有话要说。

就在这时，远远地传来了一阵喧哗。

接着，是急促的马蹄声和小贩、路人们的惊呼。待到回过头，一匹红枣马已停在了离他们不远的地方，那马上跳下一个穿着绛紫色常服，腰间斜跨着一把大刀的汉子。此人正是那没能赶上为宋慈送行的金刀名捕徐延朔徐大人，他的身后还带了一匹马车。

“安公子！宋公子！”

“徐大人。”宋慈原以为徐延朔赶不及为自己送行，此刻能见到他，倒也有些惊喜，赶紧上前几步，朝他行了个礼，“您太客气了，其实不必赶来……”

谁知，不等他说完，那徐延朔直接打断了他，“又有命案了！”

“命案？”

“正是，”徐延朔的表情十分严肃，“城外有条河，被碎石包围着，人称乌石河，方才有人来报案，说在那河中发现了死尸。”

身后的安盛平听了，立即走下台阶，几步来到两人身旁。

“你说那乌石河？”

“正是。”

见安盛平反应如此之大，宋慈也不禁有些好奇，“四郎，这河可有什么特别之处？”

安盛平拧紧了眉头，面露一丝苦涩，“这乌石河是唯一一条能进城的水路，我后日出发时，要从那河上走。”

接下来的话他没说出口，宋慈也明了他的意思。如今发现了死尸，也不知那河会不会被封，耽误了他回京面圣。

“还是请两位公子亲自过去看看吧，马车我都带来了。”

宋慈和安盛平对视一眼，都有些无奈。

“也罢，”宋慈苦笑着摇了摇头，看着安盛平，“我晚些出发倒也无妨，倒是四郎你……”

“宋兄都这么说了，我又岂能袖手旁观！”

安盛平长叹一口气，也笑了。

“既然如此，那还等什么。”宋慈朝那徐延朔做了个手势，“徐大人，请。”

于是他们三人并行，朝着前方走去。安盛平的贴身侍卫安广此刻也动作敏捷地翻身上了马，并牵上安盛平的坐骑，跟在他们后头，只留下了阿乐一人牵着两头毛驴，傻呆呆地站在那望月楼的大门口。

“公子！”阿乐忍不住大叫起来，“咱们还回去不回去？”

宋慈此时正踩着脚凳，欲上马车，听了他的呼声，下意识地转过了头。

八月的天，说变就变，方才还只有些阴霾的天突然现出一道闪电，炸起了响雷。眼瞅着，这天立马就暗了下来，惊得小贩们四散逃窜，各自寻了地方避雨。

原本一片祥和的街道，刮起一阵凭空而来的邪风，吹落了一地的繁花，扬起一片沙尘。

宋慈忙用袖子遮住了额头，待到那风散了，这才放下衣袖，朝着阿乐摆了摆手。

“案子要紧，你先把行李放好，骑了驴，跟上来便是。”

他话音刚落，骤然大雨倾盆，那雨点仿似不要命般直冲着地面砸来，打到身上，竟有些微微发痛。直到此时，他们才发现，伴着那雨水还下起了冰雹。

宋慈凝望着天，心头泛起一阵不祥的预感。

马车内的安盛平忍不住探出头，催促起来。

于是，宋慈不再犹疑，转过身，上了马车。

只是，此刻的宋慈还不知道，前方等着自己的，竟是一起惊天大案，而那案件背后，又隐藏着如此巨大的阴谋，像是个毫不见底的深渊，会将他推向万劫不复……